dtv

Mirna Funk

# Zwischen Du und Ich

Roman

dtv

MIX
Papier aus verantwortungsvollen Quellen
FSC® C083411

Originalausgabe

Gesetzt aus der Palatino
Satz: Uhl + Massopust, Aalen
Druck und Bindung: CPI books GmbH, Leck
Gedruckt auf säurefreiem, chlorfrei gebleichtem Papier
Printed in Germany · ISBN 978-3-423-28267-3

*Für A.*
*Andrée & Alisa*

*Schwebende Füße in pathetischem Glanze.*
*Ich selbst,*
*Auch ich tanze,*
*Befreit von der Schwere*
*Ins Dunkle, ins Leere.*
*Gedrängte Räume vergangener Zeiten,*
*Durchschrittene Weiten,*
*Verlorene Einsamkeiten*
*Beginnen zu tanzen, zu tanzen*

*Ich selbst*
*Auch ich tanze.*
*Ironisch vermessen*
*Ich hab nichts vergessen,*
*Ich kenne die Leere,*
*Ich kenne die Schwere,*
*Ich tanze, ich tanze*
*In ironischem Glanze*

»Traum«, Hannah Arendt

# TEIL I

# NIKE

## 1

Das Metall sah stumpf und angelaufen aus. Ich zog meinen rechten Fuß langsam aus der braunen Sandale, manövrierte den großen Zeh über die kleine quadratische Platte und legte ihn vorsichtig auf den ersten Buchstaben. Ein D. Ich zeichnete es mit meinem Zeh nach, fuhr weiter zum O, umkreiste es, schwebte auf das R und abschließend auf das A. Ich wiederholte das Ganze mehrmals. Das tat ich nicht jeden Morgen, aber sooft es ging.

Obwohl das Licht schon den Herbst ankündigte, wie es in Berlin im September der Fall ist, brannte die Sonne an diesem Morgen um acht Uhr immer noch so stark, dass sich kleine Schweißperlen über meiner Oberlippe bildeten. Ich wischte sie mit dem Handrücken weg und begann erneut, meinen Zeh über die Metallplatte zu schieben.

Meine Wohnung befand sich im zweiten Stock des Seitenflügels und war dementsprechend dunkel. Eine kleine Scheunenviertelwohnung in der Auguststraße, Ecke Oranienburger. Manche würden mich hier korrigieren, das sei die Spandauer Vorstadt, nicht das Scheunenviertel, aber meiner Familie und mir war das immer egal gewesen.

Als ich vor zehn Jahren eingezogen war und mich meine

Großmutter Rosa zwei Wochen später besuchen kam, griff sie nach meiner linken Hand und zerquetschte sie fast.

»Das gibt es doch nicht!«, rief sie, »du bist in das Haus von Dora gezogen! Hier ist deine Urgroßmutter aufgewachsen.«

Ich erinnere mich daran, dass ich mir nicht sicher war, ob ich mich freuen oder schämen sollte. Über Dora wusste ich kaum etwas. Ich wusste, wann sie geboren worden war – 1912 –, und ich wusste, dass sie umgekommen war – 1941 irgendwo in Frankreich –, aber unter welchen Umständen, darüber hatte Rosa nie mit mir gesprochen.

Fünf Jahre nach meinem Einzug in die Wohnung wurde ihr Stolperstein vor meiner Haustür verlegt: eine Messingplatte, die in den Boden eingelassen ist. Offenbar war die Stolperstein-Initiative auf Dora Waldman gestoßen und hatte die Niederlegung in Auftrag gegeben. Soweit ich weiß, ohne Rosas Mitwirkung. Jedenfalls hatte niemand aus unserer Familie an der Veranstaltung teilgenommen.

Ich legte den Kopf seitlich auf den Knien ab. Mein Blick verlor sich in den Kränen, die verstreut um das Tacheles standen. Sie wiegten gefährlich im Wind, als drohten sie, jede Sekunde das Gleichgewicht zu verlieren. Ihre Aufgabe: eine uralte Leerstelle zu füllen. Es war die letzte große Wunde in Berlin-Mitte, die man nun zu heilen versuchte. Vor über hundert Jahren hatte auf dem Gelände eine Synagoge gestanden, danach ein jüdisches Kaufhaus, das jedoch noch vor dem Ende des Ersten Weltkriegs zwangsversteigert wurde. Erst zog die AEG ein und dann die NSDAP, die das Gebäude an der Oranienburger, Ecke Friedrichstraße für verschiedene Dienststellen nutzte. Nach dem Krieg konnte man dort die Büros der Nationalen Volksarmee finden. Nach dem Mauerfall eignete sich eine Handvoll Künstler eine Geschichte an, die nicht nur nicht die ihre war, sondern die sie für ihre Zwecke falsch interpretierten. Das anarchistische, antiimperialistische Tacheles entstand, das viele in den letzten Jahren glaubten retten zu müssen. Ich nicht. Ich wünschte mir das jüdische Kaufhaus namens Friedrichstadtpassagen zurück, das von nicht jüdischen Deutschen mit dem jiddischen »Tacheles« – »Klartext« – benannt und zur antikapitalistischen Zentrale umgedeutet worden war.

»Guten Morgen, Nike«, rief einer der Kellner des kleinen, hässlichen und dazu noch schlechten Italieners im Vorderhaus. Er war eröffnet worden, um die Massen an Touristen abzufangen, die sich durch die engen Gassen des alten jüdischen Viertels quetschten, um der Vergangenheit nachzuspüren. Jeder, der hier wohnte, mied das Restaurant wegen seiner Hähnchen-in-Pilzrahm-Pasta.

»Guten Morgen!«, antwortete ich und hob meine Kaffeetasse.

Ich legte den Fuß erneut auf Doras Stolperstein. Er war kalt und glatt. Die Prägung ihres Namens drückte gegen meinen Ballen. Mein Kinn lag in der linken Hand, in der rechten hielt ich die Tasse. Ich blickte die Straße hinunter, und da sah ich ihn. Sascha. Er fuhr auf einem Lastenrad mit drei kleinen Mädchen an Bord von der östlichen Auguststraße in meine Richtung. Eine Frau radelte hinter ihm her. Seine Haare waren grau geworden, aber lagen immer noch wirr auf seinem Kopf, ein bisschen so, als scheitere jeder Versuch, daraus eine anständige Frisur zu machen. Sein Blick fiel auf mich, er streckte sofort den Rücken durch und wendete demonstrativ den Kopf von mir ab. Als er auf meiner Höhe angekommen war und begriffen hatte, dass er mich nicht einfach ignorieren konnte, schaute er mir direkt in die Augen und stieß ein »Ach, na!« aus. Im nächsten Moment erhob er sich vom Sattel und trat kräftig in die Pedale. Als wollte er seiner Vergangenheit davonfahren. Sekunden später waren alle fünf auf die Oranienburger Straße abgebogen, und ich blieb allein zurück. Ich fühlte mich sofort wie damals. Als dürfte ich nicht existieren. Nicht hier sitzen, nicht meinen Zeh über Doras Stolperstein schieben, nicht aus einer Kaffeetasse trinken, nicht einatmen, nicht ausatmen. Ich war falsch, und Sascha war richtig.

In der Potasche meiner Jeans vibrierte es. Ich zog mein Telefon heraus, schaute auf das Display und stöhnte laut. *Rosa ruft an*, stand darauf. Ich schloss die Augen und nahm ab. »Hi! Ich fahre gleich los.«

»Wirklich?«, antwortete sie.

»Ja, wirklich. Ich komme pünktlich.«

»Du kommst nie pünktlich.«

»Das stimmt doch gar nicht. Ich bin ein pünktlicher Mensch.«

»Das wärst du vielleicht gerne. Wir alle wollen gute Menschen sein. Wir wollen unser Leben im Griff haben, pünktlich sein, zuvorkommend, gefasst. Jeder will das. Auch du, Nike.«

»Es geht hier nicht darum, ob ich ein guter Mensch sein will, sondern, ob ich so bin, wie ich behaupte zu sein: pünktlich.«

»Genau. Und ich sage dir, das bist du nicht.«

»Und das weißt du woher? Von unseren Treffen alle sechs Monate?«, fragte ich, und Rosa antwortete nicht weniger schnippisch: »Na, dann bis gleich, ich kann ja schon mal den Kaffee aufsetzen. Von Mitte nach Pankow braucht man genau fünfzehn Minuten.«

Ich kippte den letzten Rest Kaffee auf den Bürgersteig, stand auf, lief die Treppe hinauf und nahm dabei die Stufen doppelt. Angekommen in meiner Wohnung, zog ich mich aus, sprang in die nach der Wende lieblos eingebaute Duschtrasse und schloss den weißen Duschvorhang, der am Saum begonnen hatte zu schimmeln, obwohl ich ihn regelmäßig in Chlor tränkte. Nach knapp einer Minute war ich fertig, fuhr schnell in ein rostbraunes Plisseekleid, schlüpfte in meine knöchelhohen Stiefel, griff nach meiner schwarzen Ledertasche, die auf dem Glastisch in der Küche lag, und rannte die Treppen hinunter zu meinem Auto. Der schwarze Fiat Panda stand im absoluten Halteverbot vor der Auguststraße 2, direkt gegenüber von meinem Wohnhaus.

Nach drei Versuchen sprang der Panda endlich an. Ich verband mein iPhone mit dem Autoradio, scrollte durch Spotify und entschied mich für Portishead's *Dummy*. Ein Album, das ich während der gesamten Beziehung mit Sascha gehört hatte. Ich bog direkt rechts ein in die Oranienburger, dann wieder rechts in die Torstraße und links in die Prenzlauer Allee. Meine Großmutter wohnte in der Kissingenstraße gegenüber vom Rosa-Luxemburg-Gymnasium. Zu DDR-Zeiten hatte die Schule *Wilhelm-Pieck-Oberschule* geheißen und sogenannte *Russischklassen* gehabt. Dort wäre ich eingeschult worden, wenn nicht die Mauer gefallen und aus der Schule das Gymnasium geworden wäre, auf dem ich später mit sehr viel Mühe, aber ohne eine Extrarunde zu drehen, mein Abitur schaffte.

Ich fuhr die Prenzlauer Allee immer geradeaus, vorbei an den Plattenbauten am Arnold-Zweig-Weg, in denen in den Neunzigern viele Indonesier und Vietnamesen gelebt hatten, auch meine Freundin Trang. Am verlassenen Burger King nahm ich links die Kissingenstraße, und anstatt mich auf direktem Weg zu Rosa zu begeben, bog ich in den Retzbacher Weg ab. Vor der Nummer 47 hielt ich einfach an. Ich schaltete den Warnblinker ein und den Motor aus. Mein Blick wanderte die sanierte Fassade nach oben zum Dach. Man hatte sie gelb angestrichen. In der Zeit, in der ich dort mit Sascha gewohnt hatte, war sie noch voller Einschusslöcher gewesen. Manchmal hatte ich einen Zeigefinger hineingesteckt und am Ende des schmalen Tunnels eine alte Patrone fühlen können. Ich dachte an die drei kleinen Mädchen im Lastenrad und an die Frau auf dem Fahrrad dahinter und daran, wie glücklich Sascha ausgesehen hatte, bevor er mich entdeckte. Dann schloss ich die Augen und sang leise den Text zu *Roads* mit. Wie ich es auch damals oft getan hatte, wenn ich hinter der von außen abgeschlossenen Zimmertür kauerte.

## 2

Ich weinte, bis ich mir blöd vorkam. Das dauerte knapp fünfzehn Minuten. Danach fühlte ich mich, als wäre das alles nie passiert. Mit Sascha und mir. Und irgendwie stimmte das ja auch. Denn der Körper dieses Mädchens, das genauso hieß wie ich, existierte schon lange nicht mehr. Sieben Jahre dauert es, bis sich alle Zellen ausgewechselt haben. Zweimal hatte sich mein Körper seitdem schon erneuert. Aktuell steckte ich in der dritten Kernsanierung. Drei Nikes entfernt von der alten. Nichts von dem, was diesem achtzehnjährigen Mädchen zugestoßen war, hatte sich an meinem Körper zugetragen. Das war die erträglichste Lüge, die ich mir erzählen konnte. Ich erzählte sie mir, um es in meinem eigenen Körper auszuhalten. Um die Schändung und das unerträgliche Gefühl der Schuld nicht zu spüren. Um nicht in der Befleckung leben zu müssen. Ja, in ihr. Mit ihr wäre einfach.

Ich wechselte zum Radio, startete den Motor und düste zweihundert Meter weiter zu Rosas Wohnung. Sie hatte recht behalten. Dieses eine Mal kam ich wirklich zu spät. Satte fünfundvierzig Minuten.

Aus dem kleinen Kiosk, an dem ich mir früher immer Süßigkeiten gekauft hatte, war ein Blumenladen geworden. Ich griff nach einem Strauß roter Nelken. Die mochte Rosa. Weder der Zusammenbruch des gesamten Ostblocks noch die Wende hatten sie am Kommunismus zweifeln lassen.

Ich klingelte zaghaft, als würde das irgendeinen Unterschied machen, und Rosa öffnete sofort.

Im Treppenhaus roch es nach DDR. Nach Linoleum und Bohnerwachs. Rosa hatte die Wohnungstür angelehnt. Ich schlich mich hinein, zog sofort die Schuhe aus, weil ich um Rosas Sauberkeitsdrang wusste, und hängte meine Lederjacke an den weißen Haken der Plastik-Garderobe. Schon vom quadratischen Flur aus konnte ich Rosa sehen. Sie saß in ihrem grünen Sessel und rauchte.

Im März war sie achtzig Jahre alt geworden. Da hatte ich sie zum letzten Mal besucht. Es war ein Fest mit so vielen Gästen gewesen, dass wir außer einem schnellen *Hallo* zur Begrüßung kein Wort miteinander gewechselt hatten. Meine Großmutter war beliebt und gesellig. Sie hatte viele Freunde, Bekannte und Menschen, die sie schätzten. Ihrer Warmherzigkeit wegen, sagten die meisten. Aber auch, weil sie schlau und engagiert sei. Wenn man zu ihrer engen Verwandtschaft gehörte, konnte man mit den meisten Zuschreibungen wenig anfangen.

»Du bist zu spät!«, zischte sie. Ich drückte ihr die Nelken in die Hand und gab ihr einen flüchtigen Kuss auf die Wange. Sie war teigig. Rosa schmiss die Blumen auf den Tisch. »Danke«, raunte sie. Ihre Stimme war dunkel vom vielen Rauchen, ihre Haut weiß, weich und faltig, das lange Haar trug sie geflochten. Wie immer.

»Willst du eine Zigarette?«, fragte sie genervt, und obwohl ich nie geraucht hatte, hatte ich das Gefühl, keine Wahl zu haben, wenn ich in diesen Räumen voller Rauch überleben wollte. Ich nahm die Schachtel, die sie mir entgegenhielt, und zog eine Zigarette heraus. Ein rotes Feuerzeug mit LIDL-Logo lag auf dem alten Mid-Century-Couchtisch, den sie von einer Wohnung in die nächste mitgeschleppt hatte. Ich zündete die Zigarette an und fürchtete mich vor dem ersten Zug, so, wie ich mich vor Rosa fürchtete.

Wir zogen zufällig im gleichen Moment an unseren Zigaretten. »Du hast rote Augen, hast du geweint?«, fragte sie, und ich schüttelte den Kopf. Sie glaubte mir nicht.

»Wie geht es dir?«, fragte ich, weil ich musste, nicht, weil ich die Antwort hören wollte, und Rosa antwortete wie immer: »Furchtbar schlecht. Das weißt du doch, Nike.«

»Wieso, was ist denn?«

»Nichts.«

»Wenn du nichts sagst, kann ich dir nicht helfen.«

»Wer sagt denn, dass ich will, dass du mir hilfst? Mir kann niemand mehr helfen. Ich sterbe bald«, sagte sie ein bisschen zu laut. Dann zündete sie sich mit ihrem Zigarettenstummel eine neue Zigarette an.

»Ich will dir wirklich nicht zu nahetreten …«

»Das tust du immer. Du kannst gar nicht anders. Das ist dir angeboren«, fauchte sie.

»… aber du erzählst seit zehn Jahren, dass du bald sterben wirst.«

»Und? Sehe ich so aus, als würde ich noch weitere zehn Jahre leben?«

»Ehrlich gesagt, ja«, entgegnete ich und zog die Schultern hoch.

Ich drückte die Zigarette aus, an der ich genau drei Mal gezogen hatte, stand auf, ging zum Balkon und öffnete die Tür.

»Lässt du die bitte zu, danke!«

»Ich brauche frische Luft. Es ist ja total blau hier drinnen. Siehst du das gar nicht?«

»Ich mag blau.«

»Ich weiß, Rosa. Ich weiß. Ganz kurz, ok?«

»Eine Minute!«

»Versprochen.«

Ich atmete tief ein. Von der Kastanie vor Rosas Haus zwitscherten die Vögel. Ich lehnte den Oberkörper über die Brüstung und dachte daran, wie ich vor knapp zwei Jahren zu einer Konferenz eingeladen worden war, die von der Anna-Seghers-Stiftung organisiert wurde. Sie fand im Jüdischen Museum statt und sollte zwei Tage dauern. Das Thema war *Juden in der DDR*. Ich sollte einen Vortrag halten, weil der Vorsitzende meine wissenschaftlichen Publikationen dazu kannte und sie für relevant hielt. Als ich am Morgen der Konferenz dort ankam, passte mich der Leiter ab, nahm mich zur Seite und sagte mir, dass meine Großmutter sich bis in die höchsten Etagen der Anna-Seghers-Stiftung telefoniert habe, um zu bewirken, dass ich von der Veranstaltung ausgeschlossen würde. Ich hätte inhaltlich nichts beizutragen, hatte sie erklärt. Dabei habe sie sich selbst gleich eingeladen und sitze jetzt im Saal. Er fügte hinzu, ich solle mir keine Sorgen machen, er wisse genau, warum er mich um den Vortrag gebeten habe, und er hoffe, dass meine Großmutter nicht die ganzen zwei Tage über Probleme machen werde.

Als ich den Konferenzsaal betrat, saß sie als Einzige schon dort. Rosa trug eine frisch gebügelte weiße Seidenbluse und einen kurzen grauen Rock. Sie hatte sich für schwere, schwarze Holzohrringe entschieden und eine dazu passende Kette umgehängt. Als ich an ihr vorbeilief, ignorierte sie mich. Fünf Meter von ihr entfernt, legte ich meine Tasche auf den Konferenztisch, zog die Jacke aus und hängte sie über den Stuhl. Ich setzte mich kurz, fand die Situation dann aber so skurril, dass ich meinen ganzen Mut zusammennahm, zu ihr ging und »Hallo« sagte.

Sie ignorierte mich weiter.

»Du hast also versucht, mich auszuladen? Deine eigene Enkeltochter?«

»Das stimmt doch gar nicht. Ich habe lediglich dort angerufen, als ich deinen Namen gesehen habe, und denen erklärt, dass du hier nichts zu suchen hast.«

»Wieso soll ich hier nichts zu suchen haben?«

»Weil du nichts über Juden in der DDR sagen kannst.«

»Bist du Jüdin?«, fragte ich meine Großmutter.

»Ja!«

»Bist du die Mutter meiner Mutter?«

»Ja!«

»Bin ich 1983 in Ost-Berlin geboren?«

»Ja … aber!«, sagte sie bissig.

»Genau. Deswegen hat man mich eingeladen, hier zu sprechen.«

»Die haben doch alle keine Ahnung!«, schimpfte Rosa.

»Die Anna-Seghers-Stiftung hat keine Ahnung?«, wiederholte ich und rollte mit den Augen.

»Genau. Bist du mittlerweile schwerhörig?«

»Aber du hast Ahnung?«

»Ja, mehr als die.«

Das dachte Rosa immer. Dass sie mehr wusste als alle anderen. Über alles. Juden in der DDR, Quantenphysik und Darwins Evolutionstheorie. Es spielte keine Rolle, um welches Thema es sich handelte. Rosa war die Expertin, und alle anderen waren armselige Ahnungslose.

Die Schulglocke klingelte, und ich konnte das Gewimmel hinter den Mauern spüren, auch wenn ich nichts sah.

»Mach wieder zu! Sofort! Komm rein oder bleib draußen! Das ist mir egal. Aber mach sofort die Balkontür zu!«, schrie Rosa.

Ich ging wieder rein und stellte mich neben den Röhrenfernseher, auf dem eine schwere Menora aus Bronze thronte.

»Wie fandest du meinen Vortrag eigentlich?«

»Den über die nicht jüdischen Juden der DDR?«

»Ah, damit habe ich jetzt nicht gerechnet.«

»Womit? Dass ich einem Vortrag folgen kann?«

»Dass du meinem Vortrag gefolgt bist.«

»Dafür, dass du keine DDR-Jüdin bist, weißt du ziemlich viel. Das ganze Menora- und Weihnachtsbaum-Gerede hat mir gefallen. Dass wir uns über den Holocaust definiert haben. Dass wir gekommen sind, um eine Art Herzls Altneuland in der DDR aufzubauen. Dass wir gekommen sind, weil wir Kommunisten waren und dafür unser Jüdischsein verleugnen mussten.«

»Wie war das für dich, als sie 1976 Biermann ausbürgerten?«

»Der Anfang vom Ende.«

»Aber trotzdem bist du nicht in die Jüdische Gemeinde eingetreten. Warum?«

»Weil ich Kommunistin bin, deswegen. Meine Identität hat nichts mit der DDR zu tun.«

»Na ja. Der Gründungsmythos der DDR hat dir bei deiner Identitätsfindung sehr geholfen. Kein Opfer sein zu müssen. Widerstandskämpferin, Antifaschistin sein zu können.«

»Niemand ist gerne Opfer.«

»Ja, das stimmt. Niemand ist gerne Opfer, Oma.«

»Ich denke viel an Mama, weißt du«, sagte Rosa, und Tränen liefen durch die Falten in ihrem Gesicht.

»An Lea?«

»Nein, meine Güte, an Dora, meine Mutter. Nicht deine Mutter, Nike. Ihr seid alle nur noch an euch selbst interessiert.«

»Ich habe heute wieder ihren Stolperstein sauber gemacht.«

»Bald werde ich bei ihr sein.«

»Kommt dich Mama manchmal besuchen?«, fragte ich.

»Sie haben so viel um die Ohren. Das Haus, der Garten.«

»Okay, ja, aber kommt sie dich besuchen?«

»Selten.«

»Und wann warst du das letzte Mal im Haus?«

»Was weiß ich. Das Haus ist in dieser verdammten Uckermark, wo gerade alle hinziehen. Wie soll ich dahin kommen?«, zischte meine Großmutter.

»Ich weiß nicht. Mit der Bahn?«

»Wenn du es schon nicht weißt, woher soll ich es dann wissen?«

»Ich weiß es nicht, weil ich ein Auto habe. Willst du, dass ich dich mal hinfahre?«, fragte ich zaghaft.

»Nein danke. Das schaffe ich schon noch selbst.«

»Also, ja eher nicht, so, wie es aussieht.«

»Und wann warst du das letzte Mal bei Lea?«

»Keine Ahnung.«

»Wie kann es sein, dass du deine eigene Mutter nicht besuchst?«

»Wie kann es sein, dass du deine eigene Tochter nicht besuchst?«

»Es ist unerträglich mit dir.«

»Schön, dass wir uns in diesem Punkt einig sind«, antwortete ich und lächelte. Zum ersten Mal an diesem Morgen lächelte auch Rosa, und für einen kurzen Moment sah ich sie mit den Augen ihrer Freunde.

»Willst du hier noch zu Mittag essen? Ich habe Frikassee und Reis vorbereitet. Ich muss beides nur warm machen.«

»Gerne«, antwortete ich.

Rosa drückte ihre Zigarette in den getöpferten grünen Aschenbecher, stand auf und fing an, in der kleinen, ordentlichen Küche zu hantieren. Ich sah mich währenddessen in ihrer Wohnung um. An den Wänden beider Zimmer hingen Fotos. Über ihrem Bett zeigte eines Rosa als Baby in Paris, es musste 1939 entstanden sein. Daneben ein Bild, auf dem sie zusammen mit ihrem Bruder zu sehen war. Rudi war direkt nach dem Krieg mit der Jugend-Alija nach Palästina ausgewandert.

»Hast du Rudi eigentlich irgendwann mal besucht, bevor er gestorben ist?«, rief ich in die Küche.

»In Israel?«

»Ja, genau. In Israel.«

»Nein, natürlich nicht. Was sollte ich da?«

»Hast du ihn nicht vermisst?«

»Das Essen ist gleich fertig.«

»Rosa, wolltest du nie wissen, was aus ihm geworden ist?«

Auf diese Frage bekam ich keine Antwort mehr. Rosa deckte den Tisch, und ich half ihr dabei. Sie stellte zwei dampfende Schüsseln auf bunte, selbst gehäkelte Untersetzer und ließ sich in ihren Sessel fallen. Schweigend aßen wir. Ich trank schwarzen Tee, der wie immer ein wenig zu stark und zu süß schmeckte. Als Rosa fertig war, zündete sie sich eine Zigarette an.

»Rosa, bitte. Kannst du nicht warten, bis ich zu Ende gegessen habe?«, fragte ich, aber meine Großmutter tippte sich nur mit dem linken Zeigefinger an die Stirn.

## 3

Als ich nach Hause kam, musste ich mich sofort übergeben. Das schöne Frikassee, dachte ich kurz, dann kämpfte ich mich ins Bett und versuchte zu schlafen. Unmöglich. Also schob ich die Hand in meinen Slip und dachte, woran ich immer dachte, wenn ich mich selbst befriedigte, um einschlafen zu können. Daran, wie Sascha eines Nachts in das Zimmer unserer Dachwohnung gekommen war. Ich hatte bäuchlings auf dem Bett gelegen, das Kinn auf den verschränkten Händen, im Fernsehen lief *Domian*. Sascha stieg auf die Matratze, positionierte behutsam sein Knie rechts neben meinem Po und das andere links, zog meinen Slip leicht zur Seite und drang mit zwei Fingern in mich ein. Die klebrige Flüssigkeit benutzte er dazu, seinen Penis einzureiben, um ihn daraufhin mit einer gekonnten, relativ schnellen und trotzdem für mich völlig schmerzfreien Bewegung in meinem

Hintern versinken zu lassen. Nie wieder hatte mich jemand so gut anal genommen wie Sascha in dieser Nacht. Nicht mal er selbst. Mit dieser Vorstellung kam ich, wie erwartet, und schlief ein.

Den gesamten Sonntag verbrachte ich liegend im Bett, ohne an irgendetwas Bestimmtes zu denken oder irgendetwas Bestimmtes zu tun. Ich starrte zur Decke oder vergrub mein Gesicht im Kissen und hielt den Atem an. Stundenlang wechselte ich zwischen diesen beiden Positionen. Langweilig wurde mir dabei nicht. Hunger verspürte ich auch keinen. Weinen konnte ich nicht, obwohl ich das möglicherweise hätte tun sollen.

Als mein Wecker am Montag klingelte, fühlte ich mich wie neugeboren. Ich war die Erste am Schreibtisch. Das Hauptstadtbüro des Deutschen Akademischen Austauschdienstes, kurz, DAAD, befand sich im Wirtschaftsforum direkt am Gendarmenmarkt, nur zehn Minuten von meiner Wohnung entfernt.

Während meines Judaistik-Studiums an der FU hatte ich dort eine studentische Aushilfsstelle bekommen. Mittlerweile arbeitete ich auf Dreißigstundenbasis als Referentin.

Gegen neun Uhr trudelten langsam meine ersten Kolleginnen ein und ich freute mich riesig, denn es fiel der Startschuss für die Organisation einer großen mehrtägigen Konferenz, die in einem Jahr in Tel Aviv stattfinden sollte und für deren Organisation ich die Leitung übernommen hatte. Lehrkräfte aus dem gesamten Mittleren Osten sollten eingeladen werden, um Vorträge zum Thema *Juden in Deutschland nach 1945* zu hören und an Workshops teilzunehmen. Auch ich war für eine Keynote vorgesehen.

Um elf Uhr versammelten wir uns im verglasten Besprechungsraum mit Blick über den Gendarmenmarkt. Am Tisch saßen Karin, meine Chefin, Konrad, Tina und ich. Wir waren das Kernteam, das sich um die Organisation kümmern sollte.

»Guten Morgen, alle miteinander. Heute beginnen wir mit der Organisation der Konferenz, die im September 2019 in Tel Aviv stattfinden soll. Ich freue mich, dass ihr da seid. Lasst uns loslegen«, sagte Karin.

»Ich habe uns eine kleine Agenda vorbereitet und die nächsten Schritte notiert«, übernahm ich und projizierte mit Airplay eine PowerPoint-Präsentation an die Wand. »Es gibt zwei Bereiche: Der erste ist *Produktion und Organisation*. Dazu gehören die Location, der Aufbau der Technik, das Catering, Flüge, Hotel sowie ein Shuttleservice. Den zweiten nenne ich *Inhalt und Durchführung*. Wir müssen einen Ablaufplan erstellen, uns einig werden, ob Veranstaltungen parallel laufen sollen oder nicht. Danach können wir beginnen, das gesamte Programm zu entwickeln. Wenn wir gute Wissenschaftler wollen, müssen wir sie spätestens im Januar einladen.«

»Feedback?«, fragte Karin, und Konrad meldete sich.

»Als Projektleiter habe ich nichts hinzuzufügen. Ich würde meinen Fokus auf den ersten Bereich legen, wenn das für euch in Ordnung ist. Nike und Tina könnten den gesamten Inhalt und Ablauf klären. Wie seht ihr das?«

»Das halte ich für eine sinnvolle Aufteilung. Lasst uns ein Weekly für diese Konferenz einplanen. Dienstags um zehn? Passt das allen?«

Alle scrollten durch ihre Kalender, es gab ein einstimmiges »passt«, und damit wurde das Weekly beschlossen. Wir standen auf, packten unsere Handys ein und klemmten die Rechner unter den Arm. Ich griff nach einem Apfel aus der Obstschale und nahm Tina zur Seite, um mit ihr einen wöchentlichen Jour Fixe auszumachen. Karin blieb in der geöffneten Tür stehen und sagte: »Eine Sache noch, die ich fast vergessen hätte. Uns ist leider Micky weggebrochen. Sie hört schon zum fünfzehnten Oktober in unserem Tel Aviver Büro auf. Eigentlich sollte sie uns vor Ort unterstützen. Wir brauchen dringend jemanden, der sie ersetzt. Wenn euch spontan jemand in Tel Aviv einfällt, gebt mir bitte Bescheid.«

Zum Mittagessen war ich mit Trang bei Lutter & Wegner verabredet. Sie war eine meiner ältesten Freundinnen und hatte sich in den letzten zwanzig Jahren aus dem Plattenbau am Arnold-Zweig-Weg herausgekämpft. Mittlerweile arbeitete sie als Director PR im Soho House. In unseren Teenagerjahren hatten wir zusammen die Schule geschwänzt, auf dem Dach des Plattenbaus kiffend unsere Zeit verschwendet und waren sonntags zu Electric Ballroom ins SO36 gegangen, um am Montag betrunken und übermüdet im Mathematikunterricht zu erscheinen.

Trang war die coolste und tollste Frau, die ich kannte. Sie hatte es, trotz ihres alkoholkranken Vaters, der ihr alle drei Tage ein neues blaues Auge verpasste, geschafft, sich ein normales Leben aufzubauen. Das verdiente Hochachtung. Frauenmagazine nennen das, glaube ich, Resilienz. Ich nenne es Überlebenswillen.

Als ich ein bisschen abgehetzt im Wegner ankam, saß sie schon da und bestellte gerade eine Flasche stilles Wasser.

»Du glaubst gar nicht, wo ich am Samstag vorbeigefahren bin!«, sagte ich und gab ihr einen Kuss auf die Schläfe.

»Hallo, Nike? Wie geht es dir? Mir geht es auch gut. Was macht die Liebe?«

»Ach, Liebe, hör zu, ich bin an deiner Platte vorbeigefahren.«

»An meiner Platte?« Trang lachte.

»Du weißt, wie ich das meine.«

»Weiß ich. Was hast du in *fucking* Pankow gemacht? Man müsste mich sedieren und bewusstlos in den Kofferraum werfen, um mich dahin zu bekommen.«

»Das verstehe ich gut«, antwortete ich und dachte an das Pausenklingeln des Rosa-Luxemburg-Gymnasiums.

»Wie geht's meiner Platte?«

»Ich habe Rosa besucht. Deine Platte sieht immer noch sehr plattig aus.«

»Oh, wie geht's der?«

»Wem? Rosa? Zu gut!«

»Zu gut?«

»Sie denkt, sie stirbt bald.«

»Das denkt sie doch seit zehn Jahren.«

»Genau das habe ich ihr auch gesagt. Aber diese Frau wird hundertzwanzig. Das schwöre ich dir. So Frauen wie Rosa, die kriegt man einfach nicht tot. Selbst, wenn man wollte.«

»Bestellst du auch was?«, fragte Trang.

»Ja klar. Ich bin superhungrig.«

In einer unglaublich eleganten und unaufdringlichen Art rief Trang den Kellner an unseren Tisch und bestellte die Trüffelpasta, für die ich mich auch entschieden hatte. »Zweimal«, sagte ich, und Trang komplettierte die Bestellung mit »Vielen Dank«.

»Du bist so gut«, sagte ich und strich sanft über ihren Arm.

»Das ist mein Job. Wie war es nun bei Rosa?«

»Ich weiß nicht. Ich musste mich danach übergeben.«

»*Say what*? Hast du was Falsches gegessen?«

»Keine Ahnung. Ich war so schrecklich erschöpft.«

»Und wie geht's dir heute?«

»Total gut. So als wäre nichts gewesen.«

»Vielleicht doch das Essen.«

»Vielleicht«, murmelte ich.

»Also, Nike, jetzt sag schon, was macht die Liebe?«

»Trang, bitte!«

»Was?«

»Du kennst doch die Antwort.«

»Aber die Antwort kann sich ja auch mal ändern.«

»Die Antwort ist: Ich kann nicht, ich will nicht, *next*.«

»Aber, Nike. Du brauchst Liebe.«

»Ich brauche Herausforderungen, an denen ich mich messen kann. Apropos. Hör zu. Sagt Karin gerade, Micky in Tel Aviv verlässt das Büro zum fünfzehnten Oktober. Und ich dachte auf dem Weg hierher, vielleicht sollte ich das machen.«

»Was machen?«

»Nach Tel Aviv gehen.«

»Willst du das?«, fragte Trang irritiert.

»Ich will irgendwas. Irgendwas, das anders ist. Ich will ein anderes Leben. Ich bin vor einer Woche fünfunddreißig Jahre alt geworden und allein. Ich bin Jüdin und war noch nie in Israel. Ich habe mich in den letzten Jahren meinem Studium und der Forschung gewidmet, und dabei ist mein Leben auf der Strecke geblieben. Findest du nicht auch?«

»Ja, vielleicht.«

»Und …«, setzte ich an.

»Und?«

»Ich bin zu Saschas und meiner alten Wohnung gefahren.«

»Nike! Warum hast du das getan?«

»Ich habe ihn gesehen.«

»Wen, Sascha? Wo?«

»Vor meiner Tür.«

»Hat er dir da aufgelauert?«

»Nein. Er ist mit drei Töchtern in einem Lastenrad an mir vorbeigefahren. Der Mann hat eine Frau und drei Kinder. Und ich, was habe ich?«

Der Kellner kam, brachte die Trüffelpasta, und Trang rollte das in die Serviette eingewickelte Besteck so auseinander, dass es einer Performance glich.

»Wie hast du dich danach gefühlt?«, fragte Trang und schob sich den ersten akkurat auf die Gabel aufgedrehten Pasta-Happen in den Mund.

»Ich habe mich übergeben.«

»Ah, dann war es doch nicht das Essen. Wie sah er aus?«

»Alt. Glücklich. Viel zu glücklich. Wieso darf der so glücklich sein?«

»Glücklich auszusehen und glücklich zu sein sind zwei verschiedene Dinge, Nike.«

»Vielleicht.«

»Hör zu. Mach es!«, sagte Trang.

»Tel Aviv?«

»Ja, *why not*. Schau mal, ohne dich hätte ich vielleicht nie zu mir selbst gefunden. Jetzt bist du dran. Nicht, dass ich denke, dass du nicht bei dir bist. Aber du warst immer gefasst, strukturiert, kontrolliert. Vielleicht täte dir Ausbrechen mal ganz gut.«

»Ja, genau. Ausbrechen!«

»Wie du mich zwei Jahre nach dem Abitur geschnappt hast und mit mir nach Vietnam zu meinem Geburtstort gereist bist, werde ich dir nie vergessen. Du hast dafür sogar dein Studium um sechs Monate verschoben. Dein heiß geliebtes

Studium. Ich habe diese Reise gebraucht. Vielleicht brauchst du jetzt Tel Aviv.«

Als ich mein Besteck aus der Serviette wickeln wollte, fiel das Messer auf den Boden. Ich bückte mich und stieß dabei mit dem Kopf so heftig gegen die Tischplatte, dass die Gläser wackelten.

»Alles okay?«, fragte Trang und zog vorsichtig und liebevoll an meinem kleinen Finger.

»Ja, ja. Weißt du, ich kann sogar einfach Alija machen«, nuschelte ich mit vollem Mund.

»Was ist das?«

»Einbürgerung.«

»Was? Findest du das nicht ein bisschen übertrieben? Du musst ja nicht gleich israelische Staatsbürgerin werden.«

»Ja. Nein. Soweit ich weiß, kann ich meine deutsche Staatsbürgerschaft behalten. Ich muss doch nicht dort bleiben. Ich mache den Job für ein Jahr. Genauso lange dauert die Alija. Ich kriege einen Sprachkurs bezahlt, lerne Hebräisch, bekomme monatlich extra Geld, um anzukommen, und kann die Konferenz organisieren. Also das machen, was ich sowieso machen will.«

Ich lud Trang ein. Bei unseren gemeinsamen Mittagessen wechselten wir uns regelmäßig mit dem Bezahlen ab und kamen uns schrecklich erwachsen vor, wenn wir »Ich übernehme das« sagten. Und irgendwie waren wir das auch längst.

# 4

Auf dem Weg zurück ins Büro ließ ich mir Zeit. Statt quer über den Gendarmenmarkt, lief ich außen herum. Die vielen Tauben, die den Platz bevölkerten, flatterten aufgeregt weg, wenn ich in ihre Nähe kam. Ich wiederholte leise, was ich zu Trang gesagt hatte. Dass ich wegwolle, nach Tel Aviv, neu anfangen, vielleicht zum ersten Mal mein Leben wirklich selbstbestimmt gestalten und nicht nur überleben, nach allem, was passiert war. Dann setzte ich mich ins Café Einstein und googelte *Jewish Agency*. Alles, was ich theoretisch im Studium gelernt hatte, wurde jetzt real. Ich rief die Nummer an, die mir auf meinem Display angezeigt wurde. Es klingelte bestimmt dreißig Sekunden lang, bis sich eine Frau meldete.

»Ja?«, sagte sie, und obwohl es nur ein Wort war, konnte ich ihren russischen Akzent erkennen.

»Guten Tag, mein Name ist Nike Waldman, ich überlege Alija zu machen. Bin ich richtig bei Ihnen?«

»Sind Sie jüdisch?«

»Ja, das bin ich.«

»Ich brauche die Geburtsurkunden von Ihrer Mutter oder von Ihrem Vater. Wer von beiden ist jüdisch?«

»Meine Mutter.«

»Dann von Ihrer Mutter, Ihrer Großmutter und Ihnen. Und ich brauche ein Schreiben eines Rabbiners, der bestätigt, dass die Urkunden in Ordnung sind.«

»Okay. Haben Sie da Präferenzen bezüglich des Rabbiners, der die Echtheit bestätigt?«

»Was für Präferenzen? Das verstehe ich nicht.«

»Ist es wichtig, dass es ein orthodoxer Rabbiner ist, oder geht auch eine progressive Rabbinerin?«

»Egal. Rabbiner, Rabbinerin. Hauptsache, wir haben das Schreiben.«

»Okay, okay.«

»Wie war der Name noch mal?«

»Nike Waldman. Und Ihrer?«

»Daria Kaufman. Und, Nike, willst du die deutsche Staatsbürgerschaft abgeben oder behalten?«

»Unbedingt behalten.«

»Das bedeutet, du musst zum Bürgeramt und die Beibehaltung der Staatsbürgerschaft beantragen, bevor ich die Alija einleite. Das ist wichtig.«

»Okay, verstanden.«

»Und noch ein Punkt. Auf der Geburtsurkunde muss *jüdisch* stehen.«

»Auf welcher?«

»Auf der deiner Großmutter.«

»Wieso?«

»Damit bewiesen ist, dass deine Mutter Jüdin ist.«

»Alles klar. Nein, nein, meine Großmutter ist wirklich jüdisch geboren.«

»Mir ist das egal. Ich sage dir nur, was du brauchst.«

»Danke, ich komme vorbei, sobald ich alles zusammenhabe.«

»Ist in Ordnung«, sagte Daria und legte auf.

Ich hob den Kopf in Richtung Sonne, schloss die Augen und dachte daran, wie ich im Studium einen Essay zum israelischen *Law of Return*, dem sogenannten Rückkehrrecht, geschrieben hatte. Es erlaubt allen Juden die Einwanderung nach Israel, und ich war damals fasziniert gewesen, dass bei diesem Recht die Definition, wer Jude ist, nicht auf der

*Halacha* basiert – dem jüdischen Gesetz, nach dem Jude ist, wer eine jüdische Mutter hat –, sondern, wenn man so will, auf den Nürnberger Gesetzen. Jeder mit einer jüdischen Abstammung, der die Folgen der nationalsozialistischen Ideologie zu spüren bekommen hätte, ist in Israel willkommen. So hatten es die Gesetzgeber nicht offiziell formuliert, aber sehr wohl gemeint, als sie das Gesetz 1950 beschlossen. Fortan konnte jeder mit einem jüdischen Vater und sogar einem jüdischen Großvater israelischer Staatsbürger werden, ohne halachisch jüdisch zu sein.

Ich schaute auf das Display meines Telefons, das auf dem Tisch lag, und erschrak. Zwei Stunden Mittagspause waren eindeutig zu lang. Ich schmiss das Handy in die Tasche und rannte zurück ins Büro. Abgehetzt kam ich an, fing Konrad ab und rief ihm zu: »Hast du Karin gesehen?«

»Karin ist bei einem Termin. Heute kommt sie nicht mehr rein.«

Sofort bekam ich Angst. Angst davor, dass ich meinen Entschluss schon morgen wieder bereuen würde, aus Sorge um mein wohltemperiertes Leben. Angst davor, meinen spontan gefassten Plan nicht weiterzuverfolgen, einen Rückzieher zu machen, um mir mein eigenes Glück zu verwehren, aus Schuld und Scham und dem unbedingten Willen, mich an mir selbst für die fehlende Obhut zu rächen. Ich kannte mich. Ich wusste, dass ich solche Entscheidungen innerhalb weniger Stunden revidierte, nur um nicht noch einmal in eine Situation zu geraten, über die ich keine Kontrolle haben würde. Ich musste mich beeilen, musste mir selbst zuvorkommen und Karin so schnell wie möglich Bescheid geben.

Ich ging zu meinem Schreibtisch, klappte den Rechner auf und schrieb eine E-Mail:

*Liebe Karin,*
*ich habe darüber nachgedacht, dass uns Micky im Oktober verlässt, und überlege, ihren Platz einzunehmen und die nächsten zwölf Monate von Tel Aviv aus die Konferenz zu organisieren. Als Jüdin bekomme ich sofort eine Arbeitsgenehmigung. Wir könnten die Weeklys per Skype oder Zoom abhalten und mich zuschalten. Ich glaube wirklich, dass das von Vorteil für alle wäre. Bitte gib mir Bescheid, was du von der Idee hältst.*

*Aber wenn das nicht klappt, ist das auch kein Problem. Ich kann alles auch von Berlin aus erledigen und jemanden für Tel Aviv finden.*
*Liebe Grüße*
*Nike*

Ich las die E-Mail mehrmals durch, formulierte manche Sätze neu und überarbeitete bestimmte Ausdrücke. Dann löschte ich den letzten Absatz und drückte auf *Senden.*

Als ich am nächsten Morgen aufwachte, dachte ich keine Sekunde daran, dass ich am gestrigen Tag auf die Idee gekommen war, Berlin zu verlassen. Erst als ich den Flugmodus meines Telefons ausschaltete, wurde ich daran erinnert, was ich getan hatte. Ich starrte auf mein Display. Dort stand: *Sorry für meine späte Antwort. Super Idee. Lass uns morgen direkt über Tel Aviv sprechen. Gute Nacht, Karin.*

Sofort wurde mein Kopf heiß, und ich sprang aus dem Bett. Ich fühlte mich überrumpelt von mir selbst, bekam Angst vor meinem eigenen Mut. Während ich die Kissen ausklopfte und die Bettdecke akkurat faltete, legte ich mir Ausreden zurecht, die ich Karin später vortragen würde. Ich würde ihr eine plausible Begründung liefern, warum das eine absurde Idee gewesen sei und ich doch alles viel besser von Berlin aus organisieren könne. Aber nichts an dieser Ausrede ergab Sinn. Nicht einmal für mich selbst. Ich hatte gestern doch schon gewusst, dass ich kalte Füße bekommen würde, und genau deswegen hatte ich diese E-Mail abgeschickt und Tatsachen geschaffen. Um mich zu beruhigen, sagte ich mehrmals laut: »Du machst das jetzt einfach und punkt!«, was mich wiederum sehr an meine Mutter Lea erinnerte.

Weil ich meine Verwirrung nicht selbst auflösen konnte, rief ich auf dem Weg zur Arbeit Trang an, die nichts als große Freude versprühte und es schaffte, mir zumindest für die kurze Zeit am Telefon all jene Bedenken zu nehmen, die ich ihr im Stakkato vortrug. Dann meldete ich mich bei Lea und kündigte ihr, ohne Genaueres auszuführen, einen Sonntagsbesuch an, über den sie sich ehrlich freute. Sofort fragte sie, ob sie etwas für mich vorbereiten solle, zum Essen zum Beispiel, und ob ich nicht ein paar Körbe voller Spätsommeräpfel mitnehmen wolle, dafür solle ich aber besser noch Plastikeimer mitbringen, damit sie mir nicht ihre geliebten Körbe mitgeben müsse. Während wir sprachen, fragte ich mich, ob meine Mutter jemals in Tel Aviv gewesen war. Aber sie hatte den Ort nie erwähnt. Nicht einmal als Sehnsuchtsstätte, wenn etwas schiefgegangen war, so, wie es die meisten Diaspora-Juden taten.

Anders als erwartet, verlief das Gespräch mit Karin unkompliziert. Sie wirkte einfach erleichtert, dass sich das Problem mit Micky so schnell geklärt hatte. Meinen Mut honorierte sie, erinnerte mich aber daran, dass mir nur noch drei Wochen in Berlin blieben, und sie bat Konrad direkt darum, mir einen Flug zu buchen. Was blieb, war Organisatorisches. Nichts ging mir leichter von der Hand. Am Sonntag würde ich die drei Geburtsurkunden bei Lea abholen und in der Woche darauf eine Rabbinerin aufsuchen, um die Urkunden bestätigen zu lassen. Dann musste ich nur noch den Antrag auf Beibehaltung der Staatsbürgerschaft stellen und die Unterlagen alle zu Daria bringen.

Die Abende bis zum Besuch bei meiner Mutter nutzte ich damit, auf Airbnb nach Wohnungen zu suchen und Mitglied von Facebook-Gruppen wie *Secret Tel Aviv*, *Apartment Exchange*, *Apartments in Tel Aviv*, *Tel Aviv-Berlin*, *Israelis in Berlin*, *Normal Israelis in Berlin* und *Germans in Israel* zu werden. In kurzen, knackigen Posts stellte ich mich vor und suchte nach einem Apartment oder einer Möglichkeit, meine Wohnung in Berlin mit einer Wohnung in Tel Aviv zu tauschen.

Am Freitagvormittag druckte ich alle Informationen aus, die sich auf der Website der Jewish Agency befanden, den Wikipedia-Eintrag zum *Law of Return* und sogar Bilder von drei Wohnungen, die sich als mögliche Optionen herausgestellt hatten, und ordnete sie in Klarsichtfolien. Anschließend fuhr ich nach Wilmersdorf zum Judaika-Laden bei Chabad Lubawitch und kaufte meiner Mutter eine Mesusa, die ich festlich einpacken ließ.

# 5

Am Sonntag stand ich um sieben Uhr auf. Einfach, um den Stress und Druck rauszunehmen und mir mit allem Zeit zu lassen und nichts zu vergessen. Direkt nach dem Aufstehen kümmerte ich mich um die Wochenendwäsche und steckte sie in die Waschmaschine, die sich in meinem gefühlt 0,5 Quadratmeter kleinen Bad befand und als Ablage für Kosmetika herhalten musste, weil kein Platz mehr für ein Regal blieb.

Dann räumte ich Stück für Stück jedes Zimmer auf. Das beruhigte mich. Das tat es immer. Ich nahm die unter der Woche getragenen Kleidungsstücke vom kleinen Hocker, von dem der pistaziengrüne Lack abblätterte, faltete sie zusammen und räumte sie in die kleine Kommode, die ich Rosa bei einem ihrer unzähligen Umzüge abgeluchst hatte. Über das Bett legte ich eine Tagesdecke aus goldenem Jacquard. Mit einem Staubtuch, das ich mir in den Slip geklemmt hatte, wischte ich die ebenfalls pistaziengrüne Stehlampe in der rechten Ecke neben meinem Bett ab. Ich reinigte die Staubfänger auf dem Fensterbrett und richtete sie neu aus. Darunter waren eine kleine Menora, die ich von Rosa geschenkt bekommen hatte, eine Schmuckschatulle von Helga, der Mutter meines Vaters, und eine Schale, die ich mit Trang in Vietnam gekauft hatte.

Nach dem Frühstück räumte ich das Geschirr in den Geschirrspüler, sprühte den Glastisch in der Küche mit Glasreiniger ein und wischte mehrere Minuten darauf herum, bis ich keine Schliere mehr erkennen konnte. Kurz bevor ich aufbrechen musste, räumte ich die Wäsche aus der Maschine und hängte sie auf den Wäscheständer in meinem Wohnzimmer.

Als ich das Haus verließ, goss es in Strömen. Ich rannte zum Auto, das diesmal nicht in der Auguststraße stand, sondern zwanzig Meter weiter in der Oranienburger Straße. Ich riss die Tür auf, warf meine Tasche auf den Rücksitz und setzte mich hinters Steuer. Ich war bereits klitschnass. Auf dem Telefon tippte ich Leas Adresse in die Maps-App, schloss das iPhone ans Radio an, suchte auf Spotify nach Solanges *True*-Album, drückte auf *Play* und fuhr los.

Die Scheibenwischer musste ich auf die höchste Stufe einstellen, um überhaupt etwas sehen zu können. Die Straßen waren wie leer gefegt, und die Bäume schüttelten sich im Sturm. Jetzt ist der Sommer vorbei, dachte ich, und schaltete die Heizung ein.

Ich fuhr denselben Weg wie zu Rosa und weiter auf die Autobahn. Ab dem Berliner Ring fiel das Netz aus und damit auch Spotify. Es wurde still im Auto, nur die rasend schnellen Scheibenwischer brachten einen Sound hervor, der, wenn man so wollte, wie eine Melodie klang. Ich achtete penibel darauf, nicht schneller als achtzig zu fahren, weil ich auf keinen Fall sterben wollte, jetzt, wo ich mir eine zweite Chance gab. Dadurch verdoppelte sich die Fahrtzeit, die normalerweise eine Stunde und zwanzig Minuten betrug.

Lea und Thomas wohnten in Grumsin. Also mitten in der Uckermark. Dem Gebiet, das gutbürgerliche Familien aus Berlin seit den späten Neunzigerjahren für sich entdeckt hatten, um dort alte DDR-Scheunen und Häuser aufzukaufen und anschließend zu sanieren. Ich nannte sie die *Hamptons von Berlin*.

Lea und Thomas hatten das Grundstück erst als Wochenendhaus gekauft und vor fünf Jahren noch einmal ordentlich Geld investiert und es mit einer Solaranlage sowie einer funktionierenden Heizung versehen. Das war der Moment, als ich begriff, dass sie für immer dort leben würden. Abgeschottet in diesem Elf-Einwohner-Kaff. Ihr Haus lag nicht mal an der einzigen Straße von Grumsin, sondern hundert Meter davor im Wald. Es gab einen kleinen Trampelpfad von ihrem Grundstück zur Grumsiner Straße, und immer, wenn ich ihn nahm, musste ich an den Weg zu meiner Grundschule denken.

Er verlief zwischen dem Kissingen-Sportplatz und einem dicht bepflanzten Grünstreifen. Morgens holte ich meine Freundin Tatjana ab, und zusammen gingen wir auf dem meist matschigen Trampelpfad zur Schule und am Nachmittag wieder zurück. Für Fußgänger und Autofahrer war er nicht einsehbar. Nicht eine Woche verging, ohne dass uns Männer entgegenkamen, die ihre erigierten Penisse in der Hand hielten und uns anstarrten, wenn wir an ihnen vorbeiliefen. Immer, wenn ich Lea davon erzählte, hieß es, das seien doch nur Exhibitionisten, völlig harmlos, sie könnten eben nicht anders, als kleinen Mädchen ihre blau angelaufenen Penisse ins Gesicht zu halten.

Mich hatte es immer irritiert, dass meine Mutter die Situation so grundlegend anders eingeschätzt hatte als ich. Denn intuitiv spürte ich nicht nur einen tief greifenden Ekel vor diesen Männern, sondern auch die Gefahr, die von ihnen ausging.

Nach über zwei Stunden im Auto fuhr ich über die überschwemmte Auffahrt zum Haus. Meine Mutter hatte das Außenlicht eingeschaltet, so dunkel war es. Der Himmel war wolkenverhangen und pechschwarz, das Wasser schien nur so aus ihm herauszufließen. Ich blieb noch ein bisschen im Auto sitzen, obwohl ich nach wie vor keine Musik hören konnte. Auf meinem Display leuchtete ein *E*. Das für *Endstation Brandenburg* stehen konnte oder eben für ein fehlendes Netz. Ich unternahm einen kurzen Versuch, mich ins Wifi einzuloggen, aber offensichtlich hatte mein Vater das Passwort wieder geändert. Das tat er einmal im Monat, um sich zu schützen, vor wem auch immer, in diesem völlig abgehängten Nirgendwo.

Ich musste fünfmal klingeln, bis meine Mutter endlich öffnete. Das kleine Wellblechdach über der Eingangstür war gegen den Regen machtlos. Das Wasser tropfte mir von der Nase, als meine Mutter vor mir stand. Sofort quetschte ich mich an ihr vorbei, schüttelte mich wie ein nasser Hund und zog mir die Schuhe aus.

»Du bist ja ganz nass. Bist du nicht mit dem Auto gekommen?«, fragte Lea und reichte mir die Hand zur Begrüßung. Mein Vater saß am Küchentisch und lötete irgendwas. Ich warf einen kurzen Blick auf das Foto von mir, das im Eingangsbereich hing. Es musste vor etwa fünfundzwanzig Jahren entstanden sein, bei einer Aufführung von Sartres *Fliegen* am Deutschen Theater. Ich sah traurig aus.

»Nike, was stehst du da im Flur, komm rein, Mama hat Kuchen gemacht!«, rief mein Vater mit seiner weichen Stimme.

Ich ging zu ihm in die Küche und setzte mich an den schweren Holztisch. Er klopfte mir auf die Schulter.

»Möchtest du etwas trinken?«, fragte meine Mutter, und ich antwortete: »Gerne einen grünen Tee.«

»Trinkst du den immer noch?«

»Ja.«

»Und?«, fragte mein Vater.

»Alles gut.«

»Schön. Bei uns auch. Alles gut. Bald kommt der Herbst. Da muss ich den Garten winterfest machen. Man hat immer was zu tun. Das ist gut.«

»Ja, das ist gut.«

»Deine Mutter hatte schlimme Rückenschmerzen in den letzten Monaten.«

»Thomas, lass es. Das interessiert Nike sowieso nicht«, sagte meine Mutter, und ich spürte, wie mein Inneres zu einem Punkt zusammenlief. Ich rollte hinter geschlossenen Lidern mit den Augen, sodass keiner es sah. »Warst du schon beim Chiropraktiker oder bei der Massage?«, fragte ich.

»Nein, die können nichts machen.«

»Aber vielleicht ja doch.«

»Nein, das muss ich aussitzen«, sagte meine Mutter, fasste sich an den Nacken und stöhnte laut. Sie schob ein Stück Kuchen auf den Heber und legte es auf einen Teller. »Apfelkuchen«, sagte sie nur.

»Ah, super«, antwortete mein Vater.

»Ich habe euch was mitgebracht«, rief ich, stand auf, ging in den Flur zurück und holte meine Tasche in die Küche. Ich kramte nach der Mesusa und überreichte das Päckchen meinem Vater.

»Was ist das?«

»Pack's aus!«

Meine Mutter stellte drei Teller auf den Tisch, legte die Gabeln in die Mitte und brachte einen Serviettenhalter aus Messing. Ich entriss meinem Vater das Päckchen und schob es zum Platz meiner Mutter. »Los, hier, mach auf, Lea!«

Lea setzte sich, stöhnend, und wickelte die Mesusa aus. Sie hielt sie in der Hand, drehte sie hin und her und fragte: »Was ist das?«

»Eine Mesusa!«

»Eine was?«

»Eine Me-su-sa«

»Und?«

»Die macht ihr euch außen an den Türrahmen, damit euer Haus vor Bösem geschützt wird.«

»Bitte?«, fragte mein Vater.

»Das ist jüdische Tradition«, erklärte ich.

»Ach so«, sagte meine Mutter, schob die Mesusa von sich weg, nahm eine Gabel und begann, ihren Kuchen zu essen.

»Ich werde Alija machen!«, brach es aus mir heraus.

»Schon das zweite Wort, das ich heute nicht kenne. Deine Tochter will mich mal wieder dumm aussehen lassen, Thomas.«

»Ich will dich nicht dumm aussehen lassen.«

Meine Mutter schaute mich durch ihre halb geschlossenen Augen böse an und verzog den Mund.

»Alija heißt Einbürgerung.«

»Na, so was. Ein deutsches Wort, das jeder verstehen kann«, sagte mein Vater und lachte laut.

»Können wir vielleicht erst mal in Ruhe Kuchen essen? Du kannst uns später alles zu deiner Metula erzählen.«

»Alija: Einbürgerung. Mesusa: Schutzschild für den Türpfosten.«

»Ich finde, es reicht«, schrie meine Mutter. Mein Vater lachte verlegen. Ich zuckte zusammen wie schon als Kind immer. Dann nahm ich alle Kraft zusammen, die ich in meiner Körpermitte finden konnte, und sagte: »Ich brauche meine, deine und am besten noch Rosas Geburtsurkunde. Ich habe einen Job in Tel Aviv angenommen und werde ab Mitte Oktober Alija machen, also, mich einbürgern lassen.«

»Hast du den Verstand verloren?«, fragte Lea, und mein Vater tätschelte ihre Hand.

»Nein, wieso? Ich gehe einfach für ein Jahr in eine andere Stadt, um dort für den DAAD eine Konferenz vorzubereiten.«

»Und das muss Tel Aviv sein?«, fragte mein Vater vorsichtig.

»Da ist nun mal die Konferenz. Ich verstehe gar nicht, wo das Problem ist.«

Meine Mutter stand auf, schob ihren Stuhl nach hinten – die Holzbeine quietschten laut auf den Bodenkacheln – und ging ins Wohnzimmer.

Als sie zurückkam, hielt sie drei Dokumente in der Hand, die sie mir wortlos auf den Schoß warf. Meine Geburtsurkunde, ihre und Rosas.

»Danke«, sagte ich und suchte die Papiere sofort nach den Worten *Jude* oder *Jüdisch* ab, denn das musste darauf ausgewiesen sein, so hatte es mir Daria schließlich erklärt.

»Da steht ja nirgends *Jude* oder *jüdisch*.«

»Wie bitte?«, fragte meine Mutter verächtlich.

»Da steht nirgendwo, dass wir Juden sind.«

»Wieso sollte das auch vermerkt sein? Das sind in der DDR erstellte Geburtsurkunden. Religion spielte keine Rolle. Und das tut sie in meinem Leben auch heute noch nicht, falls dich das interessieren sollte, Nike.«

»Das weiß ich, Lea. Also, dass dich Religion nicht interessiert. Ich könnte dich jetzt korrigieren und sagen, Judentum ist vor allem Kultur. Aber das ist jetzt unwichtig. Wieso stammt Rosas Geburtsurkunde aus der DDR? Sie ist doch in Paris geboren?«

»Das musst du Rosa fragen«, flüsterte mein Vater.

»Sonst noch was?«, fragte meine Mutter schnippisch.

»Nein«, antwortete ich.

Ich blieb insgesamt zwei Stunden und erklärte meinen Eltern, dass ich leider nicht zum Mittagessen bleiben könne, weil ich noch Trang treffen müsse. Lea liebte Trang, und damit war die Sache erledigt. Die Urkunden schob ich in eine der Klarsichtfolien, zu den ausgedruckten Bildern der Airbnb-Apartments und dem Wikipedia-Eintrag über das *Law of Return*. Nichts davon hatte ich Lea und Thomas gezeigt.

Mittlerweile hatte es aufgehört zu regnen. Meine Mutter blieb im Haus. Nur mein Vater begleitete mich nach draußen und klopfte aufs Autodach, als ich losfuhr.

## 6

Ich stand vor einem offensichtlich unlösbaren Problem. Rosa war in Paris geboren. Ihr Vater Martin, der sich in den Kriegswirren erst in Frankreich und später in der Schweiz aufgehalten hatte, war 1949 in die DDR gegangen, um einen Ministerposten anzunehmen. Seine Tochter nahm er allerdings nicht mit, sondern brachte sie nach dem Kriegsende bei einer Amme in München unter. Als er Rosa Anfang der Fünfzigerjahre wieder zu sich holte, ließ er ihr eine neue Geburtsurkunde ausstellen, auf der ihre jüdische Identität nicht ausgewiesen war. Das Original aus Frankreich war unauffindbar. Ohne die echte Urkunde, auf der Rosas ethnische Zugehörigkeit ausgewiesen war, würde ich keine Alija machen können.

Den ganzen Sonntag verbrachte ich in Sorge, Karin zu viel versprochen zu haben. Wahllos verschickte ich WhatsApp-Nachrichten an ein paar Freunde. Marlene, die ich seit meiner Kindheit kannte, antwortete mir, und wir verabredeten uns spontan für die nächste Woche. Ich spielte gedanklich Möglichkeiten durch, wie ich die Sache doch noch retten könnte.

Am Montagmorgen schrieb ich der Jüdischen Gemeinde eine E-Mail und hinterließ eine Nachricht auf dem Anrufbeantworter. Ich hoffte, dass sich dort zumindest die Geburtsurkunden meiner Urgroßeltern befanden, mit denen ich Rosas Jüdischsein beweisen könnte. Zwei Tage lang bekam ich keine Antwort. Am Mittwoch stürmte ich hektisch in die Räumlichkeiten in der Fasanenstraße. Direkt hinter der Hochsicherheitstür, an der man wie am Flughafen kontrolliert wurde, befand sich der Empfang. Eine etwa fünfzigjährige, stark geschminkte Frau ignorierte mich so professionell, dass ich dafür sogar einen kurzen Moment Anerkennung aufbringen konnte. Hätte mich Karin nicht schon in Tel Aviv gesehen und ich kein Ticket für einen Flug in zwei Wochen gehabt, ich hätte ihr die Macht gegönnt und mich freiwillig untergeordnet.

»Hallo, mein Name ist Nike Waldman. Ich habe am Montag angerufen, eine Nachricht hinterlassen und eine E-Mail geschrieben. Es geht um meine Alija und die Geburtsurkunden meiner Urgroßeltern.« Sie reagierte nicht auf mich, sondern nahm den Hörer vom Telefon, tippte eine Nummer, drehte sich in ihrem dunkelgrauen Bürostuhl von mir weg und fing an, auf Russisch zu sprechen. Dem Tonfall nach mit ihrer besten Freundin, Mutter oder Schwester. Ich veränderte meine Position so, dass sie mich zumindest aus dem linken Augenwinkel sehen konnte, und wiederholte meine Sätze. Sie aber drehte ihren Bürostuhl unauffällig zehn Zentimeter nach rechts, zog mit den Fingern an der Telefonschur, und ihr Gesicht verschwand aus meinem Blickfeld. Ich konnte nur noch ihren Rücken sehen. Sie trug einen zitronengelben Pullunder mit einer aufwendigen Stickerei. Ihr blondiertes Haar war zu einer Hochsteckfrisur drapiert, und ihre gold lackierten Nägel klackerten rhythmisch auf der Plastiklehne.

Nach einer gefühlten Ewigkeit, in der ich nichts tun konnte, außer zu warten, legte sie auf, drehte sich zu mir um und sagte: »Da.«

Ich schaute sie böse an und schwieg.

»Worum geht es?«

»Das wissen Sie ganz genau. Sie haben mich doch gehört.

»Ich habe telefoniert.«

»Ich weiß, das habe ich gesehen.«

»Ich muss jetzt los. Sagen Sie mir schon, was Sie wollen.«

»Es geht um meine Alija und die Geburtsurkunden meiner Urgroßeltern.«

Sie legte einen weißen Zettel und einen Kugelschreiber auf den Tresen. Im nächsten Moment griff sie nach ihrer Handtasche und zog Handspiegel und Lippenstift hervor. Ich schrieb die Namen meiner Urgroßeltern auf und schob den Zettel in ihre Richtung. Sie legte Spiegel und Lippenstift zurück in die Tasche, nahm den Zettel und platzierte ihn, ohne ihn eines Blickes zu würdigen, neben der Tastatur auf ihrem Schreibtisch. Dann schnappte sie sich ihre Jacke.

»Nein, nein. Nicht gehen. Bitte, Sie müssen nach den Namen suchen. Es ist wichtig, wirklich.«

»Ich muss in die Mittagspause.«

Ich schaute auf mein Handy. Es war elf Uhr fünfzehn.

»Bitte, bitte. Mein Flieger nach Tel Aviv geht in zwei Wochen. Ich habe Daria aus der Jewish Agency versprochen, die Unterlagen noch diese Woche vorbeizubringen. Kennen Sie Daria?«

»Daria ist meine Schwägerin.«

»Daria ist super.«

»Ich gehe jetzt. Grüßen Sie Daria.«

»Ich kann sie nicht grüßen, wenn ich die Akten nicht kriege.«

»Okay, ich gucke kurz, aber wenn ich nicht sofort etwas finde, gehe ich in meine Mittagspause.«

»Oh, mein Gott. Ja, jetzt, geht ganz schnell. Wie heißen Sie?«

»Elvira.«

»Elvira, danke, dass du deine Mittagspause verschiebst.«

Elvira suchte zehn Minuten nach den Akten, fand sie aber nicht. Was sie fand, war die Akte von Rosas Halbbruder Stefan Waldman, der in den Neunzigerjahren offensichtlich einen Giur gemacht hatte, also zum Judentum übergetreten war. Seine Mutter Kerstin, Martins letzte Frau, war keine Jüdin gewesen, und daraufhin war Stefan konvertiert. Rosa hatte Stefan nur selten erwähnt und nie Kontakt zu ihm aufgenommen, da sie sich und ihren Bruder Rudi als Originale und Stefan nur als rechtelosen Nachzügler empfunden hatte.

Im Auto, das ich vor der Synagoge geparkt hatte, googelte ich nach Stefan Waldman und sah, dass er 1985, vier Jahre vor Martins Tod, eine Dokumentation mit dem Titel *Der Fremde* über ihn gedreht hatte. Auf YouTube fand ich den Trailer dazu und klickte ihn an. Die Dokumentation handelte von der offensichtlich sehr einsamen Kindheit, die Stefan mit seinem sechzig Jahre älteren Vater Martin gehabt hatte. Sie erzählte aber auch aus Martins Vergangenheit und von der Geburt seiner einzigen Tochter: Rosa. Und dann sah man für zwei Sekunden, wie Martin in einem abgewetzten Sessel saß und Rosas Original-Geburtsurkunde in der Hand hielt. Da war sie also! Es gab sie doch, und möglicherweise hatte Stefan sie in seinem Besitz.

Aufgeregt suchte ich in den Google-Ergebnissen nach einem Kontakt und stieß auf Stefans Website. Eine E-Mail-Adresse war nicht zu finden, dafür ein Formular, über das man ihn erreichen konnte. Ich zögerte keine Sekunde und erklärte kurz, wer ich war, Rosas Enkelin und Martins Urenkelin, dass ich vorhatte, nach Tel Aviv zu gehen, dort gerne Alija machen würde und dafür Rosas Original-Geburtsurkunde bräuchte. Ohne meine Nachricht noch einmal durchzulesen, schickte ich sie ab. Vom Auto aus schaute ich auf das sanierungsbedürftige Gebäude der Jüdischen Gemeinde, hinter dem gerade die Sonne verschwand, und zum ersten Mal in meinem Leben, wie um es auszuprobieren, flüsterte ich: *»Baruch Hashem.«*

Als ich wieder an meinem Küchentisch saß, um nach einem Apartment zu suchen, begriff ich es endlich: Meine Ansprüche standen mir im Weg. Nicht nur der Mietpreis, sondern auch der Standard in Tel Aviv war mit dem in Berlin nicht vergleichbar. Die meisten Wohnungen, die mir angeboten wurden, waren bis zur Decke vollgestellt und heruntergekommen. Die Badezimmer unsaniert, der Putz blätterte von den Wänden ab. Die Fenster schienen undicht, bei manchen waren sogar die Scheiben kaputt. Auch auf meine Posts, die ich seit Tagen auf den unterschiedlichsten Seiten hinterlassen hatte, waren keine zufriedenstellenden Antworten gekommen. Mal stimmten die Daten nicht, mal hatte ich kein Vertrauen in den möglichen Untermieter, mal war die angebotene Wohnung in einem unzumutbaren Zustand. Ich bereitete Karin sogar darauf vor, dass ich aufgrund der Kürze der Zeit erst einmal in einem Hotel unterkommen müsse und vor Ort weitersuchen. Ihrem irritierten Blick hielt ich keine Sekunde stand und versicherte, dass ich die anfallenden Kosten selbstverständlich selbst übernehmen würde. Dabei hatte ich dafür gar kein Geld.

Fünf Tage vergingen, in denen ich täglich in mein E-Mail-Postfach schaute, bis ich einen richtigen Brief erhielt. In ihm steckte die Urkunde, *Juif* stand handschriftlich darauf. Dazu hatte Stefan eine Notiz gelegt: *Wie schön, dass du nach Israel gehst. Vielleicht begibst du dich auf Spurensuche zu dir selbst, wie ich es einst tat. Ruf mich doch an, wenn du möchtest. Vielleicht kann ich dich unterstützen.*

Keine Zeit, dachte ich, und nach Spurensuche fühlte ich mich auch nicht: Bis zum Abflug blieb mir ein bisschen mehr als eine Woche, und ich hatte immer noch keine Wohnung.

Am Sonntag bekam ich eine neue Nachricht auf eins meiner Tauschangebote. Die Illustratorin Maayan Leider wollte nach Berlin, um an der HdK Kunst zu studieren, und bot ein Studio in Neve Tzedek an. Ein Stadtteil an der Grenze zu Jaffa, nur dreihundert Meter vom Meer entfernt und direkt neben dem Wochenmarkt Shuk Ha'Carmel. Ihr kleines Studio hatte ein Wohnzimmer, eine Küche und eine Galerie, auf der eine Matratze lag. Dazu gehörte ein wunderschöner, gepflegter Garten, in dem ich mich schon liegen, lesen und mein neues Leben genießen sah. Maayan und ich chatteten erst zwei

Stunden auf Facebook und facetimten danach eine Stunde, um uns noch besser kennenzulernen. Ihr Studio war sauber und ordentlich, sie selbst wirkte umgänglich und zuverlässig. Es schien perfekt. Aber auch wenn sich etwas nicht stimmig angefühlt hätte, hätte ich zugesagt. Ich musste zusagen. Karin und die Zeit saßen mir im Nacken, also führte ich mir noch einmal alle Vorteile vor Augen, gab mir einen Ruck und sagte Ja.

## 7

Als ich im siebten Stock des KaDeWe an der Austernbar ankam, saß Marlene schon auf einem der gepolsterten roten Drehhocker. Ihr langes blondes Haar hatte sie zu einem Pferdeschwanz zusammengebunden. Sie trug einen fleischfarbenen Rollkragenpullover und einen braunen Lederrock. In meiner Tasche lagen die drei Geburtsurkunden.

Ich hatte Marlene immer bewundert und auch ein bisschen gefürchtet. Früher mehr als heute. Besonders in einem Sommer, es muss in den Neunzigerjahren gewesen sein. Es war kurz vor meinem achten Geburtstag. Marlene lebte mit ihren Eltern, guten Freunden von Lea und Thomas, in Berlin-Marzahn. Einem sozialistischen Labyrinth aus Häusern, die alle gleich hoch waren. Sie war fünf Jahre älter als ich. Wir hingen auf einem Hinterhofspielplatz ab, wie sie, strategisch platziert, in regelmäßigen Abständen im Labyrinth auftauchten. Er bestand aus ein paar völlig verrosteten, in Beton eingelassenen Gerätschaften, die Kindern nachmittags das Leben lehren sollten. Ein Klettergerüst. Eine Schaukel. Eine Wippe.

Die Sonne war bereits untergegangen, und der Himmel färbte sich samtblau. Es gab keine Bäume, nur ein paar Sträucher, die weiße »Knallerbsen« trugen, wie wir sie nannten. Unsere Eltern hatten uns eingebläut, sie niemals in den Mund zu nehmen, so giftig seien sie. Bis heute erschrecke ich, wenn ich sie sehe.

Marlene war zwei Köpfe größer als ich und angstbefreit. Rückblickend weiß ich, dass sie das in Marzahn in den Neunzigern auch sein musste. Wir alle mussten das. Egal, wo wir in Ostberlin wohnten.

Sie lief zu einer Gruppe Jugendlicher, die rauchend am Gerüst standen, und schnorrte sich eine Zigarette. Ich blieb ein paar Meter entfernt auf einer Treppe sitzen. Ich wollte nach Hause, zu ihr nach Hause, hatte aber keine Ahnung, wie ich dahin kommen sollte. Ich rief ihr zu, »Marlene, lass uns gehen!«, aber sie hörte mich nicht. Vielleicht wollte sie mich nicht hören. Ein Junge aus der Gruppe kam langsam auf mich zu, musterte mich und sagte: »Woher hast du denn diese jüdische Hakennase? Du siehst ja aus wie eine Jüdin.« Und ich weiß noch genau, wie ich hoffte, Marlene würde mein Geheimnis nicht verraten, nur um dem Jungen für einen kurzen Moment zu gefallen, da sagte sie schon: »Die hat sie, weil sie eine ist.«

»Los, wir schnappen uns die Jüdin!«, schrie der kleine, dicke Junge mit Bomberjacke und Springerstiefeln neben Marlene. Er hatte weiße Schnürsenkel durch die Ösen gefädelt.

Ich rannte los, in meinem knielangen olivgrünen Baumwollrock, den ich beim Rennen hochziehen musste, um nicht zu stolpern. Und sie rannten hinter mir her. Ich lief die mit Steinplatten ausgelegten Fußwege entlang, kletterte über einen Zaun, jagte durch eine Grünanlage an Sträuchern vorbei, die mir mein Gesicht zerkratzten und von denen aus ich eine beleuchtete Straße sah. Ich erreichte sie, und meine Verfolger ließen von mir ab.

Am nächsten Tag saß ich mit verschorften Schlieren auf den Wangen im Wohnzimmer, starrte auf den Fernseher und sah Flammen aus den Fenstern eines Hauses schießen, das mit Sonnenblumen bemalt war. Davor standen grölende Menschenmassen, und ich war froh, am Vortag entkommen zu sein.

»Nike!«, rief Marlene, als ich neben ihr auftauchte und auf den Hocker kletterte. Ich war immer noch zwei Köpfe kleiner als sie. »Du siehst toll aus«, sagte ich zu ihr, und sie griff nach meiner Hand. »Ich habe mich so gefreut, dass du dich gemeldet hast!«, sagte sie und meinte es auch.

»Los, lass uns Champagner bestellen!«

»Gerne!«, antwortete Marlene.

»Es gibt etwas zu feiern«, rief ich.

»Du hast dich verlobt!«

»Was?«

»Du bist schwanger!«

»Marlene, nein.«

»Ein neuer Job?«

»So was in der Art.«

»Nun erzähl schon!«

Der Kellner stellte uns zwei Gläser hin, und ich verfolgte gedankenverloren die aufsteigenden Blasen.

»Hallo? Träumerin!«, rüttelte mich Marlene aus meinen Gedanken.

»Ich gehe nach Tel Aviv, und zwar schon Donnerstag.«

»Wow! Diesen Donnerstag? Also in zwei Tagen?«

»Ja, verrückt oder?«

»Das sieht dir so gar nicht ähnlich! Oder hast du das schon lange geplant und einfach nichts gesagt?«

»Nein, ich habe vor drei Wochen das Angebot bekommen, dort für ein Jahr zu arbeiten, und anstatt lange zu überlegen habe ich mich einfach entschieden, es zu tun.«

»Das freut mich sehr für dich. Weißt du, Ben und ich waren im Frühjahr vor zwei Jahren dort.«

»Wirklich? Das wusste ich gar nicht.«

»Ja, unsere Verlobungsreise. Vier Tage Strand, Meer, Sonne und Liebe.«

Ich starrte auf Marlenes Ehering. Ein riesiger funkelnder Stein prangte an ihrem rechten Ringfinger.

»Seid ihr noch glücklich?«, fragte ich.

»Sehr!«

»Toll.«

»Was macht die Liebe bei dir? Gibt es da wen?«

»Nein.«

»Wie lange bist du jetzt Single?«

»Ich wollte eigentlich mit dir feiern und mich verabschieden.«

»Aber das tun wir doch. Sag, wann war noch mal deine letzte Beziehung?«

»Ich weiß nicht mehr. Vor acht Jahren?«

»Und Affären?«

»Marlene, ich bin glücklich mit mir.«

»Du hast Angst.«

»Nein.«

»Doch. Du hast Angst, dass jemand wieder so ist wie Sascha.«

»Okay, ich habe Angst, dass jemand wieder so ist wie Sascha.«

»Aber du musst dich davon lösen. Es gibt so tolle Männer da draußen. Und du bist so eine schöne, kluge Frau.«

»Joah. Durchschnitt, würde ich sagen.«

»Du spinnst. Du hast zu viel auf Lea gehört.«

»Wieso sagst du das?«

»Weil ich fünf Jahre älter bin und dich mein Leben lang kenne. Ich weiß, wie sie dir zugesetzt hat. Du bist hässlich, du kannst nichts, du nervst. Sie war die Erste. Nicht Sascha.«

»Bis vor zehn Minuten hatte ich noch gute Laune.«

»Es tut mir leid. Alles. Verstehst du!«, sagte Marlene und nahm mich in den Arm. Ich verstand sofort, was sie meinte.

»Nehmen wir den großen Austernteller?«, fragte ich.

»Ja, den nehmen wir. Du bist eh eingeladen heute. Und jetzt lass uns anstoßen. Auf Tel Aviv. Halt, auf Nike in Tel Aviv! Auf die schöne, schlaue Nike in Tel Aviv!«

Die Gläser klirrten, als wir sie aneinanderstießen, und ein kleines bisschen Champagner tropfte auf meine Hand. Tränen drückten gegen meine Augen. Ich schluckte. Erst als ich an die Dokumente in meiner Tasche dachte, wurde die Anspannung weniger.

Ich verließ das KaDeWe und überquerte die Joachimsthaler Straße, um zur Synagoge zu gelangen. Eine Kopie von Stefans Dokumentarfilm hatte ich mir auf einen USB-Stick gezogen, nur um ganz sicherzugehen. Dabei hätte ich keinen Grund zur Sorge haben müssen. Der alte Ehrenberg schaute sich alles an, beglückwünschte mich zu meiner Entscheidung, Alija zu machen, und ließ seinen Assistenten umgehend das Bestätigungsschreiben erstellen. Ich lief zwei Etagen höher, in die Jewish Agency zu Daria, drückte ihr alles in die Hand und sagte: »Mein Flug geht am Donnerstag.«

»*Joffi*. Wir haben jetzt alles. Du fliegst erst mal mit dem Touristen-Visum rüber und fängst die Alija offiziell einfach ein bisschen später an.«

»Und das ist kein Problem?«

»Nein, nein, das ist kein Problem. Warst du beim Bürgeramt?«

»Nein, da habe ich morgen früh den Termin.«

»Gut! Ruf an, wenn du den Antrag abgegeben hast, dann leite ich das Alija-Verfahren ein.«

»So machen wir es.«

Erleichtert rief ich Karin und Trang an, um ihnen die wichtige Neuigkeit zu erzählen. Anschließend überquerte ich erneut die Straße, besorgte mir zwei große Reisekoffer im KaDeWe und fuhr danach in den Baumarkt, um Umzugskisten zu kaufen. Gleich heute Abend würde ich die Kleidung, die ich in Tel Aviv nicht benötigen würde, und meine persönlichen Unterlagen im Keller verstauen.

Zwei Tage später klingelte mein Wecker um sechs Uhr morgens. Ich öffnete die Augen, blickte auf meine beiden vollgepackten, dickbäuchigen Koffer, an denen jeweils ein Namensschild baumelte, und atmete tief aus. Das letzte Mal, dass ich eine ähnlich wenig durchdachte Entscheidung getroffen hatte, war am Tag meines Auszugs gewesen. Ich dachte daran, wie ich mit meiner Reisetasche vor Saschas Tür gestanden hatte und er mir den Wohnungsschlüssel in die Hand gedrückt hatte.

»Du musst jetzt hier leben«, hatte er gesagt. Eine Stunde später hatte ihn der von mir gerufene Krankenwagen in die

Psychiatrische Klinik des St.-Hedwig-Krankenhauses gebracht. Es war der Anfang vom Ende gewesen, und ich hoffte inständig, dass meine Entscheidung mich diesmal an einen anderen Punkt führen würde.

Auf dem Weg zum Flughafen Schönefeld saß ich in meinem bestellten Uber und schaute aus dem Fenster. Die Sonne schien kräftig. Der Himmel war blau. Ich hatte sogar meine Jacke ausziehen müssen. Mit fünfzig Stundenkilometern fuhr ich an meinem alten Leben vorbei, an Ecken, an denen die schrecklichen genau wie die unwichtigen Erinnerungen der letzten dreißig Jahre klebten. »Können wir uns ein bisschen beeilen?«, sagte ich zum Uber-Fahrer, und er drückte aufs Gas.

# NOAM

## 8

Noam schlängelte sich vorsichtig an den anderen Gästen vorbei, um den letzten freien Tisch zu ergattern. Es war sechzehn Uhr und das Sheleg voll.

Er setzte sich leise auf den beigen Rattanstuhl und kramte im türkisfarbenen Stoffbeutel, den er immer bei sich trug. Während er nervös seinen alten Toshiba-Rechner herauszog, stieß er mit dem Ellenbogen gegen den nackten, mit Sommersprossen bedeckten Oberschenkel einer Frau vom Nachbartisch. Sofort bildeten sich Schweißperlen auf seinen Schläfen. Hitze stieg ihm ins Gehirn und verursachte einen stechenden Schmerz im Kopf. Er entschuldigte sich viermal hintereinander, klappte den Rechner auf und atmete erleichtert aus.

Auf dem Display erschien ein vollgeschriebenes Word-Dokument. Noam markierte die drei Seiten Text, indem er den Cursor umständlich von oben nach unten bewegte, und löschte alles. Dann speicherte er das leere Dokument unter einem neuen Titel ab: »רקיה יביב«. »Lieber Bibi«.

Auf der Ben Yehuda Street, die zwanzig Meter vom Sheleg entfernt eine Kreuzung mit der Geula Street bildete, war der Wochenendverkehr in vollem Gange. Es war Donnerstag, und das Hupen der Autos klang energisch und hoffnungsvoll zugleich. Die Fahrer glaubten offensichtlich fest daran, etwas an ihrer Situation verändern zu können. Als hätten sie den letzten Donnerstag schon vergessen, an dem alles identisch abgelaufen war und sich ihr Wunsch nach Einfluss auch nicht erfüllt hatte.

Die Kellnerin stellte einen Espresso und einen Aschenbecher auf den Tisch. Noam blickte überrascht vom Display auf und erkannte Tamar.

»Lange nicht gesehen«, sagte sie vorwurfsvoll.

»Du weißt immer noch, was ich nehme«, antwortete Noam.

»Wie kann man das vergessen? So kompliziert sind deine Bestellungen ja nicht.«

»Espresso.«

»Genau. Und ein Aschenbecher.«

»Wie geht es deiner Großmutter?«, fragte er leise, damit ihn niemand außer Tamar hören konnte.

Tamar stockte, kniff die Augen zusammen und neigte den Kopf.

»Ich kann mir auch Sachen merken«, erwiderte Noam.

»Offensichtlich nicht meine Telefonnummer.«

»Ich war die letzten Monate komisch drauf und wollte dich damit nicht belästigen. Du hattest ja schon genug zu tun mit deiner Großmutter.«

»Fünf Monate lang komisch drauf?«, fragte Tamar und verdrehte die Augen.

»Lange Geschichte. Ich erzähle sie dir irgendwann mal.«

»In fünf Monaten?«

»In sechs«, lachte er, und Tamars Nasenflügel weiteten sich.

»Das ist ja bald.«

»Ich wollte einfach nur nett sein. Bestimmt ist das anders rübergekommen. Tut mir leid«, sagte Noam, »wirklich.«

»Entschuldigung angenommen«, sagte Tamar und strich Noam über die dicken schwarzen Haare, die weder ergraut noch ausgefallen waren, anders als bei den meisten israelischen Männern über vierzig.

Viele behaupteten, ihr großflächiger Haarausfall hänge mit dem Stress der Armee und der Reserve zusammen, einige sagten, es seien die dominanten Ehefrauen, und andere glaubten, es liege an den Östrogenen im Humus. Was auch immer es war, Noam war unbeschadet davongekommen und konnte sich damit ein nicht unbedeutendes Alleinstellungsmerkmal sichern.

»So, ich mach mal weiter«, sagte Tamar und drehte sich um, ohne auf Noams Reaktion zu warten.

Er schaute ihr aufmerksam hinterher. Sein Blick wanderte von ihren Waden aufwärts bis zum Po und blieb dort haften. Dann ertappte er sich bei dieser für ihn schwer chauvinistischen Handlung und schämte sich sofort. Er schüttelte erst den Kopf und anschließend den ganzen Oberkörper. Die Frau am Nebentisch fragte ihn, ob alles okay sei. »Ja, ja«, entgegnete er, »nur eine Windböe vom Meer.«

Noam hob leicht seinen Hintern vom Stuhl und zog den Tabak aus der Hosentasche. Blättchen und Filter, die lose in der Tabakpackung lagen, befreite er von Krümeln und braunen, kleinen Fäden. Er pustete alles sauber, platzierte akribisch erst das Blättchen und danach den Filter auf dem Tisch und rollte sich seine siebzehnte Zigarette des Tages.

Er steckte sie in den Mund, zündete sie an, nahm einen tiefen Zug und drückte anschließend den Rauch durch die Nasenlöcher. Mit den Zähnen riss er eine Packung braunen Zucker auf und schüttete ihn vollständig in seinen Espresso.

Noam lehnte sich zurück, trank den Espresso mit einem Schluck aus und schloss die Augen. »Lieber Bibi«, flüsterte er, und noch einmal: »Lieber Bibi«.

Die Idee für seine neue Kolumne war ihm auf dem Weg zum Sheleg gekommen. Er war wie jeden Tag mit dem Bus von Bat Yam nach Tel Aviv gefahren, hatte sich in die letzte Reihe gesetzt, wie er es auch immer als Junge getan hatte, und die Stirn ans Fenster gelegt. Die ersten Tropfen Regen des Jahres waren gegen die Scheibe gefallen, und Noam hatte sich so gefühlt, als spiele er in einem Neunzigerjahre-Popmusikvideo mit. Er hatte erst traurig und dann mit verliebter Miene aus dem Fenster geschaut. Plötzlich war ihm die Idee gekommen. Einfach so. Wie Ideen eben blitzartig ins Gehirn schießen. Und sofort hatte er sie für genial befunden und entschieden, den anderen Text zu löschen.

Bis Dienstag würde er Zeit haben, am neuen Stück zu schreiben. Seit fünf Jahren lieferte er für die Wochenendausgabe der bekannten linken Tageszeitung eine Kolumne zur politischen Lage Israels. Alle Leser liebten sie. Aber noch mehr als die Leser liebte Noam selbst seine Texte.

Die Sonne ging am Ende der Geula langsam unter, es sah aus, als würde sie ins Meer tauchen. Der Himmel verfärbte sich lila. Die Temperatur sank. Es war Anfang Oktober. Am Tag wurde es noch bis zu siebenundzwanzig Grad warm, doch am Abend roch es bereits nach Herbst.

Noam wischte über sein Trackpad, um den Ruhemodus zu beenden. Der Cursor schien im Takt seines Herzschlags zu blinken. Und er begann zu tippen.

*Lieber Bibi. Es ist, als hättest du vor vielen Jahren dein Land verlassen, um einen Kampf zu kämpfen, der nicht deiner ist. Jeden Tag warte ich darauf, dass du zurückkehren wirst. Als eine neue*

*Person natürlich. Du hast dich längst selbst verloren, bist ein anderer geworden, hast dein Ich unter einem Stein versteckt, um zu überleben.*

*Aber eines Tages wirst du einfach vor der Tür stehen. Mit einem langen Bart und vielen Narben an deinem Körper. Du hast Dinge getan und gesehen, die kein Mensch getan und gesehen haben sollte. Du klopfst an die Tür des Hauses, das mal deines war, bevor du in die Wälder gingst und jeder glaubte, du wärst längst tot. Dein bester Freund öffnet die Tür und erstarrt, und man hört eine Frauenstimme aus der Dunkelheit hinter ihm rufen. Die Stimme deiner schönen Frau, die du damals zurücklassen musstest. Sie ruft: »Schatz, wer ist da an der Tür?«, und ein Baby weint aus derselben Richtung, und dann beginnst du zu weinen. Das erste Mal seit einer viel zu langen Zeit.*

Noam speicherte den Text ab und klappte den Rechner zu. Er drehte sich eine weitere Zigarette und bestellte bei Gil, dem anderen Kellner des Sheleg, einen weiteren Espresso.

Tamar kassierte gerade ihre Kunden ab, und Noam rief ihr zu: »Setzt du dich kurz an meinen Tisch, wenn du Schluss machst?«, aber Tamar zuckte nur mit den Schultern und lachte.

Noam drehte sich eine neue Zigarette, während die andere noch im Aschenbecher glühte, kippte den Espresso, den Gil ihm gebracht hatte, sofort runter und fuhr sich mit der Zunge über die schmalen Lippen, um den Tabakgeschmack mit dem der Kaffeebohnen zu verbinden. Er nahm einen weißen Kapuzenpulli von *Fruit of the Loom* aus dem Stoffbeutel, in dem sein ganzes Leben steckte, und zog ihn sich über den Kopf.

Er schloss erneut die Augen und formulierte den Text in Gedanken weiter. Nein, eigentlich wiederholte er den Text, den er bereits geschrieben hatte. Immer und immer wieder. Noam spürte, wie ein wenig mehr Blut als nötig in seinen Unterleib gepumpt wurde, und seufzte leise. *»Mit einem langen Bart und vielen Narben an deinem Körper. Du hast Dinge getan und gesehen, die kein Mensch getan und gesehen haben sollte«*, flüsterte er fünfmal hintereinander und zog im Takt des Textes den Rauch in seine Lunge und stieß ihn aus den Nasenlöchern aus.

Er spürte, wie Tamar sich leise auf den freien Stuhl neben ihm setzte, hielt die Augen weiterhin geschlossen und schob mit den Fingern die gedrehte Zigarette in ihre Richtung. Noam stieß gegen Tamars Hand, krabbelte mit jedem Finger einzeln auf ihren Handrücken und genoss die Wärme, die von ihr ausging. Er legte den Kopf auf ihre rechte Schulter und sagte: »Ich habe dich vermisst!«

»Ich habe dich auch vermisst«, antwortete sie und steckte sich die Zigarette in den Mund.

»Was machen wir heute noch?«, fragte Noam.

»Ich weiß nicht, was du machst, aber ich gehe gleich ins Levontin 7.«

»Warum?«

»Einfach so. Freunde treffen.«

»Willst du nicht mit mir sein?«, wollte Noam wissen.

»Du kannst doch mitkommen!«

»Aber wenn du mit anderen bist, dann bist du nicht mit mir.«

»Na ja. Ob das jetzt so stimmt.«

»Wen triffst du denn?«

»Yoni, Ella, Ari, und ich glaube, Liron wollte auch kommen.«

»Ich würde lieber nur mit dir sein.«

»Aber Noam, ich bin schon verabredet und will nicht absagen.«

»Das verstehe ich. Es sind ja deine Freunde.«

»Genau. Wieso kommst du denn nicht einfach mit?«

»Vielleicht mache ich das ja auch. Gib mir mal ein bisschen Zeit.«

»Du hast alle Zeit, die du willst. Niemand setzt dich unter Druck.«

»Was habt ihr im Levontin vor? Karaoke?«

»Ja, genau. Eigentlich wollte ich dir das gar nicht sagen.«

»Warum?«

»Weil ich dachte, du findest Karaoke bescheuert.«

»Ich finde Karaoke nicht bescheuert.«

»Dann ist ja gut«, seufzte Tamar.

»Dafür brauche ich aber erst mal einen Arak.«

»Was? Du kommst mit?«

»Ja, bei Karaoke sage ich nicht Nein!«

»Wie toll! Also, lass uns Arak trinken und später rüberlaufen«, sagte Tamar und drückte Noams Kopf mit ihrer Schulter nach oben. Er nahm ihr die Zigarette aus dem Mund, zog selbst daran und gab ihr einen Kuss auf die Wange.

Aus einem Arak waren letztlich sechs für jeden geworden, und als Noam und Tamar zwei Stunden zu spät taumelnd im Levontin 7 ankamen, sang Liron gerade auf der kleinen Bühne hinten am Ende des langen, schmalen Raumes *I will always love you* von Whitney Houston. Noam und Tamar quetschten sich an zahlreichen Menschen vorbei, die lauthals den Refrain mitsangen. Auf dem Tresen standen Kerzen, und dahinter versuchten die Barkeeper, mit den Unmengen an Bestellungen zurechtzukommen. Als das Saxofon-Solo begann, griff Noam nach Tamars Hand, zog sie an sich und küsste sie auf den Mund. Er küsste sie so lange, bis der Song zu Ende war, und flüsterte ihr ins Ohr: »Wir fangen heute noch mal von vorne an, okay?«, und Tamar nickte.

Liron sprang unter tosendem Beifall von der flachen Bühne und ging direkt zur Sofaecke gegenüber der Bar, wo sich die Freunde versammelt hatten. Yoni saß auf dem schwarzen abgewetzten Tisch und zog an einem gelben Strohhalm. Ella gestikulierte so stark, dass alle verstanden, wovon sie sprach, auch wenn ihre Stimme im Lärm unterging. Und Ari schlabberte wie ein Hund seine Freundin ab, die ihm den Song gewidmet hatte. Als Liron Tamar aus den Augenwinkeln erspähte und erkannte, wen sie da vor sich herschob, schubste sie Ari zur Seite und sah böse in Tamars Richtung: *What the fuck soll dieser Typ hier?*

Neun Monate lang hatte Tamar Liron in den Ohren gelegen: *Noam hier, Noam dort, Noam ruft nicht an, Noam hat gesagt er liebt mich, Noam ist plötzlich verschwunden, Noam ist total süß.* Vor ein paar Wochen war es ruhig geworden, und Liron war sich sicher gewesen, den Namen nie wieder hören zu müssen. Und jetzt stand er da, dieser vierzigjährige Typ, der mit ihrer vierundzwanzigjährigen besten Freundin ausging.

Tamar fiel Liron in die Arme, platzierte den Mund direkt an Lirons Ohrmuschel und flüsterte: »Bitte, sei nett zu ihm. Ihm ging es nicht gut, deswegen hat er sich nicht gemeldet. Er wollte mich nur schützen. Er hat sogar nach Safta gefragt und wollte wissen, wie es ihr geht. Bitte, bitte? Okay?«

»Okay«, stöhnte Liron und drückte Tamar so fest wie noch nie. Danach wandte sie sich Noam zu und begrüßte ihn so freundlich, wie es ihr möglich war.

»Wie sieht's aus, Noam, singst du was?«, fragte Liron.

»Ich weiß noch nicht. Vielleicht«, antwortete er.

»Du musst dich bei Yotam melden«, sagte sie und zeigte auf einen Typen mit Dreadlocks, der rechts neben der Bühne an einem Pult stand. Neben ihm warteten einige Leute, die ihre Songs anmelden wollten.

»Los, mach!«, sagte Tamar und gab Noam einen kleinen Schubs. »Ich hol uns noch zwei Arak!«

»Okay, gut«, antwortete er und gab ihr einen liebevollen Kuss auf die Nasenspitze. Liron zog die Stirn hoch, und Tamar zwinkerte ihr zu.

Noam und Tamar gingen Hand in Hand auf die Bar zu und bogen in verschiedene Richtungen ab. Während Noam sich in die Schlange vor dem DJ-Pult einreihte, kämpfte sich Tamar zur Theke durch. Es dauerte ewig, bis sie endlich bestellen konnte. Zwei weitere Lieder wurden gesungen. Und als der Barkeeper endlich die beiden Arak auf die Bar knallte, zog sie, wie schon im Sheleg, das Geld aus ihrer Hosentasche und bezahlte.

Zurück am Tisch, wollte Tamar sofort wissen, welchen Song Noam singen würde, aber obwohl sie ihn anbettelte, es zu verraten, sagte er kein Wort.

»Kannst du eigentlich singen?«, fragte Ari und hob provozierend das Kinn. Noam schüttelte den Kopf, verzog das Gesicht und antwortete: »So gar nicht.«

»Oh, umso besser. Nichts ist schlimmer beim Karaoke als jemand, der singen kann. Die Leute wollen jemanden hören, der so ist wie sie, und nicht jemanden, der so ist, wie sie gerne wären.«

»Das stimmt«, antwortete Noam und stieß mit seinem kleinen Arak-Glas gegen Aris Cocktail. Das Schirmchen wackelte.

Yotam hinter dem DJ-Pult nahm das Mikrofon und sagte:

»Noam Elstein? Noam Elstein? Noam, du singst *Lady Grinning Soul* von David Bowie?«

»Ah, das bist du«, schrie Tamar und zog Noam am Arm. »Noam, Noam«, feuerte sie ihn an, und die anderen fielen ein. Noam riss sich vorsichtig los und ging langsam zum Pult. Er griff nach dem Mikrofon, das Yotam ihm entgegenhielt, klemmte es kurz zwischen die Beine, zog seinen Hoodie aus, schmiss ihn neben die Bühne und zupfte sein T-Shirt zurecht. Dann signalisierte er Yotam, dass er bereit sei, und Yotam startete den Song. Auf der Leinwand hinter Noam erschien David Bowie. Das dreißig Sekunden lange, hoch dramatische Klavier-Intro nutzte Noam, um sich in der Mitte der Bühne in Position zu bringen. Mit seinen langen, feingliedrigen Fingern strich er sich die schönen Haare nach hinten, senkte den Kopf und erhob ihn mit dem Beginn der ersten Strophe. Starr blickte er in den Scheinwerfer, der seine grünen Augen funkeln ließ. Da fing Noam an zu singen, zu singen, wie keiner es vor ihm geschafft hatte und keiner es an diesem Abend nach ihm schaffen würde, denn Noam war so gut, dass sich über den bis an die Decke gefüllten, von Stimmengewirr flirrenden Raum eine Stille legte, als wäre die Welt gerade untergegangen. Noam hörte nur noch Noam, wie er mit seiner klaren und sanften Stimme *Lady Grinning Soul* sang.

*She'll come, she'll go*
*She'll lay belief on you*
*Skin sweet with musky odor*
*The lady from another grinning soul*
*Cologne she'll wear*
*Silver and Americard*
*She'll drive a beetle car*

*And beat you down at cool Canasta*
*And when the clothes are strewn*
*Don't be afraid of the room*
*Touch the fullness of her breast*
*Feel the love of her caress*
*She will be your living end*
*She'll come, she'll go*
*She'll lay belief on you*
*But she won't stake her life on you*
*How can life become her point of view*

## 9

Egal, wie viel Mühe sich Noam gab, egal, an wen oder woran er dachte, er konnte einfach nicht kommen. Nach einer halben Stunde Penetration war er so genervt von sich selbst und so angewidert von dem Akt als solchem, dass er entschied, Tamar einen Orgasmus vorzuspielen.

Darin war er geübt. Das tat er seit Jahren. Nicht nur bei Tamar, sondern bei jeder Frau, in die er eindrang. Kommen konnte er fast nur noch unter der Dusche, wenn er masturbierte und an den Feuerball dachte, um den die Erde mit 29,78 Kilometer pro Sekunde sauste. Wenn er es besonders eilig hatte, stellte er sich einfach vor, wie der Feuerball sein Antlitz trug, und schon tropfte der leicht nach Ammoniak riechende Samen aus dem kleinen Loch, in das er einmal als Sechsjähriger seinen Daumen gesteckt hatte.

Noam stöhnte laut und zitterte leicht. Nicht zu kräftig, weil nur Frauen das taten, so hatte es ihm Asher erklärt, aber stark genug, um einen echten Orgasmus anzudeuten.

Mit einer schnellen Bewegung zog er das Kondom von seinem Schwanz, spuckte hinein, ohne dass Tamar etwas merken konnte, denn er hatte theatralisch den Kopf in ihren Bauch gestemmt, und knotete es oben zu. Dann stopfte er es in die Hosentasche seiner Jeans, die neben der Matratze auf dem Boden lag, und legte seine Wange auf Tamars Schenkel. Tamar kraulte Noams Kopf, und er bekam Gänsehaut. Irgendwie wollte er weg, aber gleichzeitig wollte er diesen Moment genießen. Es war zum Verrücktwerden, dachte er.

Noam wusste nicht genau, wie viel Zeit vergangen war, aber Tamars Hände lagen mittlerweile neben ihr und nicht mehr auf ihm. Was ein eindeutiges Zeichen dafür sein musste, dass sie eingeschlafen war. Er hob seine Wange von ihrem Schenkel, schaute zu ihr hoch und sah, dass ihre Augen geschlossen und ihre Atemzüge gleichmäßig waren. Vorsichtig tastete er nach seiner Jeans, zog sie leise an und überlegte sich parallel dazu eine schlüssige Antwort, sollte Tamar doch nicht eingeschlafen sein, sondern ihn gleich enttäuscht fragen, wieso er plötzlich einfach so verschwinden wolle. *Nein, ich will nicht verschwinden. Ich schlafe einfach nur lieber mit einer Hose*, würde Noam sagen. So jedenfalls hatte er es sich überlegt. Er fand diese Erklärung nicht besonders gut und auch nicht besonders logisch. Aber das war egal. Das Wichtigste war, dass er eine Ausrede hatte.

Noam schaffte es unbemerkt aus Tamars Wohnung und atmete vor der Haustür erleichtert aus. Es war zwei Uhr nachts, und sein Magen knurrte. Kein gutes Zeichen, dachte er sich. Noam versuchte, sich zu erinnern, wann er das letzte Mal etwas gegessen hatte, aber es fiel ihm nicht ein. Vielleicht gestern, vielleicht vor zwei Tagen. Vielleicht war es aber auch länger her gewesen. Wer konnte die Tage schon voneinander unterscheiden?

Nicht weit von Tamars Wohnung entfernt, gab es einen Falafel-Laden. Daran erinnerte sich Noam. Zur Sicherheit sollte er etwas Essbares kaufen und zu sich nehmen, dachte er. Sonst würde es ihm wieder schlecht gehen. Das kannte er von sich. Wenn zu lange nichts außer Espresso in seinen Magen gelangt war, krümmte er sich tagelang vor Schmerzen auf der Couch. Dafür aber hatte er keine Zeit. Die neue Kolumne wartete.

Als er am grell beleuchteten und spärlich eingerichteten Falafel-Laden ankam, knurrte sein Magen noch immer, aber Appetit hatte er trotzdem keinen. Doch darum ging es nicht. So hatte er es von klein auf gelernt. Es ging darum, am Leben zu bleiben. Und die zwei Falafel, die er pro Woche verdrückte, halfen ihm dabei.

Auf dem Weg zum Mersand aß er seinen Falafel. Er wusste, das war eines der wenigen Cafés in Tel Aviv, das um diese Uhrzeit noch geöffnet war. Noam setzte sich auf einen der freien Holzstühle und zog seinen Tabak aus der Hosentasche. Den türkisfarbenen Stoffbeutel stellte er auf dem Stuhl neben sich ab. Die Kapuze seines Hoodies schob er sich über den Kopf. Dann drehte er sich ganz in Ruhe eine Zigarette und sog genüsslich den Rauch ein. *Der Wunsch nach einer Zigarette ist immer besser als der erste Zug*, dachte er und schrieb den Satz in die Notes seines alten iPhones.

Noam liebte das Mersand. Es war nach seinem Gründer benannt, Walter Mersand. Einem alten Berliner Juden, der die Shoah überlebt und die verlorene Heimat nach Tel Aviv gebracht hatte. Nach Kriegsende trafen sich dort jeden Tag

Jeckes, deutsche Juden, aßen Käsekuchen und tranken frisch gebrühten Kaffee. So, wie sie es immer getan hatten, bis sie ihrer Identität beraubt wurden.

Darunter mischten sich irgendwann die Hipster Tel Avivs, bis sie das Café endgültig übernahmen. Obwohl es schon seit fünfzig Jahren existierte, hatte sich die Einrichtung des Cafés nicht verändert.

Noam bestellte einen Espresso bei der einzigen Kellnerin, die noch arbeitete. Sie hatte ihr langes, gelb blondiertes Haar locker zu einem Dutt gebunden und trug ein Nasenpiercing mit einer Kette, die zu einem Ring an ihrem Ohr führte. Als sie Noam den gewünschten Espresso und Zucker brachte, blieb sie stehen, musterte ihn und fragte unsicher: »Hey, bist du nicht Noam Elstein, der Kolumnist von der *Haaretz*?«

Noam antwortete: »Nein, du musst mich verwechseln, ich bin Arik Rosenthal und Psychiater im Ichilov Krankenhaus.«

Woraufhin sie mit ihm über ihre Schlafstörungen sprechen wollte, aber Noam winkte ab und begründete sein Desinteresse mit einer wohlverdienten Pause von seiner Nachtschicht. Die Kellnerin reagierte mit Verständnis, und Noam dankte ihr freundlich.

Er klappte seinen Rechner auf, aber der Akku war leer. Fingerschnipsend rief er die Kellnerin zurück und bat um einen Bleistift und ein großes Blatt Papier, was sie prompt brachte. Noam nahm den Bleistift in die Hand, schrieb *Lieber Bibi* oben auf das Papier und legte den Bleistift wieder auf den Tisch. Ein Sherut hielt direkt vor dem Mersand, und Noam schaute hoffnungsvoll auf die aussteigenden Personen. Seit seiner Kindheit glaubte er fest daran, dass jeder Moment das Potenzial bot, sein altes Leben zu beenden und ein neues einzuläuten. Es müsste nur die richtige Person auftauchen, und plötzlich wäre alles anders.

Ein kalter Windhauch streifte seine unrasierte Wange. Sein Blick fiel aufs Meer, das er hasste. Nur zweihundert Meter entfernt lag es, tosend und unruhig. Das letzte Mal, dass er mit einer Badehose bekleidet über den Sand gerannt war, musste siebenunddreißig Jahre her sein.

Seine Mutter Miri hatte das Meer geliebt. Und die Sonne und die Wärme. Egal, zu welcher Jahreszeit, Miri war zum Strand gegangen, immer mit einem pinken Bikini bekleidet, hatte ihr Badehandtuch ausgebreitet und sich stundenlang nicht mehr vom Fleck gerührt. Noam war dabei gewesen. Ob er wollte oder nicht. Und wenn beide abends rot verbrannt in die Wohnung zurückgekehrt waren, hatte Miri erst sich und anschließend Noam mit Aloe Vera eingerieben, um sie für den nächsten Tag vorzubereiten. Noams erstes Wort war »Strand« gewesen. Auf Deutsch, Miris Muttersprache, nicht auf Hebräisch. »Strand« sagte er jetzt laut zu sich selbst. Und dann noch einmal.

Noam griff nach seinem Tabak, den Blättchen und dem Filter, drehte sich eine frische Zigarette, steckte sie in den Mund und zündete sie an. Er nahm den Bleistift und schrieb:

*Es gibt nicht viele Menschen, die mir wichtig sind. Asher ist mir wichtig, und du bist mir wichtig, und danach kommt erst mal lange gar nichts mehr. Ach klar, Amit natürlich, der ist mir auch wichtig. O Gott, wie wichtig er mir ist. Du kennst Amit nicht, aber vielleicht wird sich das irgendwann einmal ändern.*

*Obwohl wir uns viele Jahre nicht gesehen oder gehört haben, ist meine Erinnerung an dich sehr lebhaft. Oft denke ich daran zurück, wie wir zusammen die Schule schwänzten. Mit Büchern und Ziga-*

*retten bewaffnet, sind wir morgens in die entgegengesetzte Richtung gelaufen, in die wir hätten gehen sollen. Wir haben gelesen und diskutiert und in die Wolken geschaut. Was die Erwachsenen in ihren Fernsehgeräten sahen, konnten wir in den wenigen Formationen erkennen, die nichts weiter waren als Ansammlungen kleiner Wassertröpfchen und Kristalle. Es gibt einen Tag, von dem du behauptet hast, er habe dich für immer verändert. Sechzehnjährig besuchtet ihr als Familie das Philadelphia Museum of Art. Du bist durch die Gänge und Räume gelaufen und warst genervt. Du wolltest raus, weg, bei deinen Freunden sein. Aber Zila, deine Mutter, bestand darauf, dass du bleibst. Plötzlich entdecktest du ein Bild des amerikanischen Künstlers Barnett Baruch Newman. Die vertikalen Linien, die über die rote Fläche verliefen, sagtest du, hätten dich alles Alte vergessen und das Leben neu denken lassen. Es war wie ein Fenster in eine andere Welt, in eine andere Realität.*

*Vor ein paar Jahren, an einem der vielen Tage, an dem ich dich schrecklich vermisste, googelte ich Barnett Newman. Ich suchte auch nach dem Bild. Du selbst hattest mir nicht sagen können, wie es heißt.* Repetition Number One *war sein Titel. Newman schuf es 1950. Ein Jahr nach deiner Geburt.*

*Wusstest du, dass es für ihn unmöglich war, so zu malen, wie man es noch vor oder sogar während des Zweiten Weltkriegs getan hatte? Danach war es unmöglich, in eine Welt der Eindrücke zurückzukehren, in eine Welt der Formen und Farben. Was könnten sie abbilden nach all dem Ungeheuerlichen, was passiert war? Also begannen sie ganz von vorne.*

*Lieber Bibi, du hast immer gesagt, du würdest sechsundzwanzig Stunden des Tages damit verbringen, über Unschuld nachzudenken. Über Unschuld und Schuld. Verzweifelt suchtest du nach der Innentasche eines dicken, warmen Mantels, in der du unterkommen könntest, um auf Ewigkeit Schutz zu finden. Aber weil es keinen Mantel gab, nirgendwo, bist du in diesen niemals endenden Krieg gezogen, um deine eigene Unschuld zurückzuholen. Bringst du mir meine mit, wenn du wiederkommst?*

*Dein alter Freund*

*Noam*

Noam rief: *»Ifshar chesh bon«*, als die Kellnerin gerade die Stühle aufeinanderstapelte. Er war der letzte Gast. Sie brachte ihm die Rechnung. Er schrieb seine Telefonnummer auf den Zettel, riss das kleine Stück mit der Nummer ab und drückte es der Kellnerin zusammen mit fünfzig Schekel in die Hand. »Wenn du Hilfe beim Einschlafen brauchst, melde dich!«, sagte er und lächelte sanft.

»Mach ich vielleicht«, antwortete sie und bedankte sich für das großzügige Trinkgeld. Noam packte seinen Tabak ein, griff nach dem Brief an Bibi und lief nach links die Allenby Street entlang Richtung Busbahnhof.

## 10

Das weißgelbe Licht der Laternen schärfte die Konturen aller Gegenstände und ließ sie plastischer aussehen. Die Farben der Bäume, Häuser, Mülleimer und Bänke wirkten matt und samtig. Noam wollte mit seiner Hand darüberfahren. Surreal wie eine Kulisse in einem Filmstudio erschien Tel Aviv um diese Uhrzeit. Nicht besonders stabil, aber greifbar. Die Billigläden auf der Allenby waren alle geschlossen. Nur die Kioske, in denen man Nüsse, Wasser und Tabak kaufen konnte, waren noch geöffnet. Die Besitzer hielten sich vor ihren Fernsehern wach. Einer schrubbte den Boden vor seinem Geschäft, vermutlich hatte ein Wochenendbesucher hier sein Erbrochenes zurückgelassen.

Noam spürte die kühle Luft der späten Nacht in der Nase. Ein Müllauto fuhr an ihm vorbei.

Nach einer halben Stunde Fußweg bog Noam links in die Levinsky Street. Jetzt konnte er schon die gigantischen Rampen in den Himmel wachsen sehen, von denen die Busse ins ganze Land geschickt wurden. Unter ihnen hatte sich ein Biotop entwickelt. Im ärmsten Teil der Stadt lebten, arbeiteten und schliefen jene, die keinen klassischen Lebenslauf vorweisen konnten oder wollten. Vor zwanzig Jahren wurde die *Tachanat Merkazit* als größter Busbahnhof der Welt eröffnet. Für ein Land mit neun Millionen Einwohnern geradezu absurd.

Das passiert, wenn sich seit Jahrhunderten alles nur ums Weggehen und Ankommen dreht, dachte Noam.

Er setzte sich auf eine freie Holzbank an der Haltestelle des Busses aus Eilat. In einer halben Stunde würde der eintreffen, und mit ihm Noams Onkel Asher. Kurz vor Sonnenaufgang. Noam drehte sich eine neue Zigarette. Sein Kopf war frei. Die letzten Tropfen Arak verließen gerade seine Blutbahn. Müdigkeit spürte er keine. Vielleicht würde das später passieren oder morgen oder übermorgen. Noam schloss kurz die Augen, um die Stille zu genießen, die gegen seine Ohren drückte, und als er sie wieder öffnete, hatte sich die Welt dunkelblau verfärbt. Auch Noam fühlte sich dunkelblau. Wenn er irgendetwas über seine Seele sagen konnte, dann war es, dass sie diese Farbe trug.

Asher stieg als Letzter aus dem Bus. Er rieb sich die Augen. Noam sah, dass er gerade erst aufgewacht war. Vor Erschöpfung eingeschlafen in Eilat und vor Erschöpfung aufgewacht in Tel Aviv. Asher setzte sich neben Noam auf die Bank, ohne etwas zu sagen, griff nach dessen Tabak und drehte sich eine Zigarette.

»Wie geht's dir?«, fragte Noam.

»*Beseder*, ok«, sagte Asher, »wie geht's dir?«

»*Beseder*«, nickte Noam.

Ashers Kleider waren dreckig, seine Fingernägel kaputt und gelb von der jahrelangen Arbeit mit Lösungsmitteln. In seinem grauen Bart klebte Farbe. An seinen Ohren auch. Überall eigentlich.

»Du siehst aus wie ein Pollock«, lachte Noam.

»Was soll das sein?«

»Ach, so ein Künstler, der mit Farbklecksen gearbeitet hat.«

Asher griff in seine Hosentasche und zog Geldscheine heraus. Er befeuchtete den schmutzigen Daumen mit der Zunge und zählte sie. Vier davon drückte er Noam in die Hand.

»Danke.«

»Bitte.«

»Was machen wir jetzt?«, fragte Asher.

»Was willst du machen?«

»Ich brauche einen Espresso.«

»Okay. Das lässt sich organisieren.«

»Was brauchst du noch?«

»Eine Frau!«

»Das kann ich nicht organisieren«, sagte Noam und lachte.

»Nicht?«

»Nein.«

»Wirklich nicht?«

»Nein, wirklich nicht.«

»Schade.«

»Wie läuft es mit dem Hotel?«

»Gut, gut«, antwortete Asher und kniff die Augen zu, als würde er lügen.

»Wie weit bist du?«

»Zwölf Bäder von hundertzweiundzwanzig habe ich fertig gefliest.«

»Du hast also noch ein paar vor dir«, sagte Noam und schlug Asher auf das rechte Knie.

»Sieht so aus. Ja.«

»Ist es schön? Das Hotel, meine ich?«

»Keine Ahnung. Was ist schön? Bin ich Architekt, oder was?«

»Nein, aber du wirst ja ein natürliches Empfinden haben.«

»Willst du mich verarschen, Noam? Natürliches Empfinden, was redest du?«

»Welche Farbe hat denn das Hotel?«, fragte Noam, um das Gespräch am Laufen zu halten, ohne Asher in die Ecke zu drängen.

Asher dachte nach. Er blickte umher, auf der Suche nach etwas, das ihn an die Farbe des Hotels erinnerte, und fand ein Werbeplakat, auf dem eine Frau abgebildet war. Um ihren Körper war ein Tuch geschlungen, das nur von einem Knoten gehalten wurde, darunter schien sie nackt zu sein. Ihr Lächeln versprach, dass die Zitronenbonbons von Osem so glücklich machten wie ein frischer Windhauch, der sich in ihrem Stofftuch verfing.

Asher zeigte auf die Frau: »So. Wie das Tuch«

»Zitronengelb«, sagte Noam.

»Was auch immer.«

»Eine gute Farbe.«

»Ja? Wieso?«

»Ich weiß nicht. Dachte ich nur.«

»Verstehe.«

»Hast du geschlafen? Im Bus?«, fragte Noam.

»Nein. Ich bin nicht müde.«

»Du sahst aus, als wärst du gerade aufgewacht, als du aus dem Bus gestiegen bist.«

»Hörst du nicht zu? Ich habe nicht geschlafen, und ich bin auch nicht müde. Ich will einen Espresso und einmal kurz irgendwo reinstecken. Das ist alles.«

»Asher, bitte.«

»Was? Kann man mit dir nicht mal mehr wie mit einem Mann sprechen? Was soll das? Was tust du so?«

»Alles gut. Du willst reinstecken.«

»Ja. Los, lass uns abhauen.«

»Wo wollen wir denn hin?«

»Lass uns nach Hause fahren.«

»Und dein Espresso?«

»Den kaufen wir bei Itzik im Laden«, sagte Asher und schaute auf seine Uhr. »In acht Minuten kommt der Bus nach Bat Yam. Lass uns den nehmen.«

»Okay.«

Noam packte den Tabak in seinen Beutel, und als Asher aufstand, erhob auch er sich. Beide liefen langsam auf das mit Taubenkot und Moos bedeckte Gebäude zu und verschwanden in ihm wie so viele vor ihnen.

Aus dem kompaktesten Beton, der in den Sechzigern zu bekommen war, war der Bahnhof gebaut worden. Obwohl sich viele einen Abriss wünschten, er war nicht mehr möglich, sonst würde Tel Aviv, so hatten es Wissenschaftler berechnet, für zwei Wochen in einer Staubwolke versinken.

# 11

Die Sonne brannte sich ihren Weg bis zu Noam, der Asher gerade bis zum Oberschenkel reichte. Die schwarze Kippa auf seinem kleinen Kopf rutschte ständig von den dicken Locken. Miri hatte vergessen, sie mit einer Haarnadel festzustecken. Wo Noam auch hinsah, überall waren Beine. Vor ihm, hinter ihm und rechts und links von ihm. Wenn sie sich bewegten, entstanden kleine schmale Spalte, durch die er spähte und zu erkennen versuchte, was eigentlich vor sich ging. Die Luft war schwer von der schwülen Hitze der letzten Augusttage. Sechsundachtzig Prozent Luftfeuchtigkeit, hatte irgendein Erwachsener am Morgen gesagt. Das hatte Noam sich gemerkt, ohne zu wissen, was es eigentlich bedeutete. Die anderen Erwachsenen hatten mit Stöhnen reagiert, und einer nach dem anderen hatte Geschichten von ähnlich heißen Augusttagen zum Besten gegeben. Noam hatte versucht, den Worten aufmerksam zu folgen und ihnen einen Sinn zu verleihen, aber es war ihm schrecklich schwergefallen. Seit zwei Tagen sorgte ein Stein in seinem Bauch für Unruhe. Genauer gesagt, seit sich die Erwachsenen in der Wohnung versammelt hatten, die Noam sein Zuhause nannte. Das Zuhause, in dem er, seit er angefangen hatte zu denken, mit seinen Eltern Miri und Avraham gelebt hatte. Die Erwachsenen hatten im Wohnzimmer gesessen und in der Küche gestanden, in der sein Abba ihm jeden Morgen Frühstück machte. Cornflakes mit Milch und Schokoflocken. Noams Lieblingsgericht. Jeder Morgen begann gleich. Er saß an dem quadratischen Küchentisch, der gerade so in die kleine Küche passte. Ihm gegenüber saß sein Abba, die Cornflakes-Schüssel stand auf der gewachsten Tischdecke mit altmodischem Blumenmuster. Miri sah er nie an diesem Tisch. Wenn er sie suchte, fand er sie meistens im Bett.

An diesem Morgen aber war sie von einer Ecke der Wohnung zur anderen gejagt, wie Noam es noch nie bei ihr gesehen hatte. Es hatte ihm Angst gemacht, und er hatte sich in der Schrankwand seines Kinderzimmers versteckt. Im Laufe des Morgens hatte Miri ihn dort entdeckt und herausgezerrt. Sie sagte seltsame Dinge, die Noam nicht verstand. Dass er sich zu benehmen habe an diesem Tag. Dass sein Abba sich das gewünscht hätte. Und dass es jetzt keine Cornflakes mit Schokoflocken gebe, egal, wie oft er diese Forderung noch wiederhole. Da hatte Noam nur gedacht, dass Miri etwas verdreht haben müsse, denn dass Noam sein Frühstück bekäme, wäre der einzige Wunsch, den sein Abba gehabt haben könnte.

Noams Magen hatte geknurrt. Den ganzen Morgen schon. Und als sich die Erwachsenen bereit gemacht hatten, das Haus zu verlassen, hatte er ein letztes Mal versucht, Miri daran zu erinnern, dass er noch immer kein Frühstück gehabt hatte, aber Miri antwortete auf Deutsch, damit nur Noam es verstünde: »Dein Vater wird heute beerdigt. Ich denke, es gibt Wichtigeres.«

Asher fing gerade noch so Noams Kippa auf. Er drückte sie ein bisschen zu fest auf Noams Kopf und griff nach seiner Hand. Aber der Stein in Noams Bauch verschwand nicht. »Du bist gleich dran«, flüsterte Asher. »Wir sind es ja gestern Abend noch mal durchgegangen. Du hast dir alles gemerkt, oder?«, fragte er ängstlich. Noam nickte.

Der Rabbi rief Noams Namen. Die Erwachsenen, die vor Noam standen und ihm die Sicht versperrt hatten, traten zur Seite, und er lief auf den Rabbi zu. Der alte Mann schaute

Noam liebevoll an und umarmte ihn fest. Für einen kurzen Moment wünschte sich Noam, der Rabbi würde ihn nicht wieder loslassen, sondern ihn einfach mitnehmen, zu sich nach Hause, und von nun an das Frühstück machen. Aber der Rabbi löste die Umarmung, versuchte, Noam von sich zu schütteln und sagte: »Du musst jetzt das Kaddisch vortragen, Noam. Das ist wichtig. Na, komm, lass los!«

Leise begann Noam zu murmeln. *»Jitgadal vejitkadasch sch'mei rabah. B'allma di v'ra chir'usei v'jamlich malchusei, b'chjeichon, uv'jomeichon, uv'chjei dechol beit Jisroel, ba'agal u'vizman kariv, v'imru. Amein.«* Die Finger hatte er noch immer fest in das Gewand des Rabbis gekrallt.

»Noam, du musst mich loslassen«, wiederholte der Rabbi und begann vorsichtig, Noams kleine Finger von seinem schwarzen Anzug zu lösen. Als er es bei der einen Hand geschafft hatte, griff er nach ihr und drückte sie so fest, wie er Noam umarmt hatte, und Noam ließ mit der anderen Hand los. Der Rabbi sprach leise die erste Zeile des Kaddisch-Gebets, und Noam stimmte ein. Als der Rabbi merkte, dass Noam es sicher vortragen konnte, verstummte er, ohne dabei Noams Hand loszulassen. *»Jitgadal vejitkadasch sch'mei rabah«*, sagte Noam, und alle antworteten: *»Amein.«*

*»B'allma di v'ra chir'usei v'jamlich malchusei, b'chjeichon, uv'jomeichon, uv'chjei dechol beit Jisroel, ba'agal u'vizman kariv, v'imru: Amein. J'hei sch'mei raba m'vorach, l'allam, u'l'allmei allmaja. Jitbarach, ve jischtabach ve jispaar, ve jisromam, ve jisnasei, ve jishadar, ve jishadar, ve jisaleih, ve jishalal schemeih d'kudschah b'rich hu. Le eihlah min kol Bir'chasah ve schiratah tuschbechatah ve nechematah, de ami'ran Be'allmaja, v'imru. Amein. Je heih schlahmah rabbah min schmajah, ve chjim aleinu ve al kol jisroel v'imru. Amein.«*

Noam machte drei Schritte zurück, beugte sich nach links und sagte »*Oseh*«, beugte sich nach rechts und sagte »*'hu b'rachamah ja'aseh*«, und er beugte sich nach vorn und sagte »*Ve al kol jisroel v'imru. Amein.*«

Dann blieb er stehen, hielt einen kurzen Moment inne. Er spürte, wie der Stein in seinem Bauch wieder größer wurde. Eine Schwalbe flog flach über den Friedhof. Der Olivenbaum unweit des Grabs knackte vor Hitze. Kein Wind wehte. Keine Wolke war am Himmel zu sehen. Der Rabbi drückte Noams rechte Hand, zerquetschte sie fast. Eine kleine Träne lief über Noams Wange. Die erste seit vielen Wochen. Das letzte Mal hatte er geweint, weil eines Morgens die Schokoflockenpackung leer gewesen war. Was für eine Kleinigkeit, dachte Noam jetzt, und kurz bevor er abschließend »*Oseh schalom bim'ro'mav, hu b'rachamah ja'aseh schalom aleinu, ve al kol jisroel v'imru. Amein*« sagte, verstand er, dass der Stein nun niemals wieder verschwinden würde. Dass dieser Stein vielleicht einfach sein Abba war. Anstatt neben ihm zu gehen, saß er jetzt in Noam fest. Noam schwor sich, diesen Stein zu lieben, zu halten und nicht zu verfluchen, auch wenn er sich unendlich schwer anfühlte. Er schwor sich, niemals wieder wegen einer Kleinigkeit zu weinen und keine Cornflakes mit Schokoflocken mehr zu verlangen oder zu essen. Und er schwor sich, niemanden wieder so fest zu umarmen wie den Rabbi, der Noam schließlich weggedrückt hatte.

Die Tage nach der Beerdigung vergingen wie hinter einem Schleier. Noam nahm alles nur ganz dumpf und leise wahr. Milchig war sein Blick auf die Dinge, die passierten. Jeden Morgen wachte er irgendwo anders auf. Jeden Morgen brachte ihn jemand anderes in den Kindergarten, und wieder eine andere Person holte ihn ab. Miri sah er nie.

Eine Zeit lang wohnte er bei seinen Großeltern, Jankel und Dina. Ein von seiner Großmutter gesticktes Bild hing über dem kleinen schmalen Bett in dem Zimmer, in dem er schlief.

Irgendwann kam Asher, Avrahams Bruder. Er packte Noams Kleidung und die wenigen Spielsachen zusammen und brachte ihn in eine Wohnung, die Noam noch nicht kannte. Asher erklärte ihm, dass Jankel und Dina zu alt seien, um sich um ihn zu kümmern. Miri sei zurück nach Deutschland gegangen. Sie habe den Schmerz um Avrahams Tod nicht mehr ausgehalten. Noam wohne ab jetzt bei ihm, er habe extra eine neue Wohnung angemietet, in einer Kleinstadt namens Arad, nicht weit vom Toten Meer. Er erzählte ihm nicht, dass er wochenlang versucht hatte, Miri zu überreden, nach Arad mitzukommen, aber letztlich gescheitert war. Was Avraham nie wirklich geschafft hatte, war auch Asher nicht gelungen. Miri ließ sich nicht einfangen, nicht festlegen und auch nicht an ein Leben binden, das sie nicht führen wollte.

Miri hatte ihre Familie in Frankfurt von einem Tag auf den anderen zurückgelassen, um in Israel neu anzufangen. Wenige Monate nach ihrer Ankunft hatte sie die Zwillinge Asher und Avraham kennengelernt und sich erst in den einen und dann in den anderen verliebt. Zwei Sommer und zwei Winter hatten sie so zu dritt verbracht, bis Miri Noam bekam und alle wussten, dass Avraham der Vater war. Kurz darauf hatte Avraham sie dazu überreden können, in die Nähe seiner Eltern nach Jerusalem zu ziehen. Er wollte Noam die Stabilität schenken, die der von seiner Mutter nicht erwarten konnte.

Nach Avrahams Tod wurde Asher Noams einzige Bezugsperson. Die Besuche bei Jankel und Dina wurden weniger. Auch weil Asher viel arbeitete und versuchte, das Bauunternehmen, das er und Avraham gemeinsam geführt hatten, allein am Laufen zu halten. Was sich als äußerst schwierig herausstellte, weil Avraham der Mann mit dem unternehmerischen Talent gewesen war. Asher konnte gut mit den Bauarbeitern, aber das Erstellen von Rechnungen, das Abheften von Unterlagen und die komplexe Organisation der Arbeit in einem Unternehmen fielen ihm schwer.

Für Noam hatte er nicht viel Zeit. Frühmorgens verließen die beiden gemeinsam die Wohnung, danach trennten sich ihre Wege. Schnell lernte Noam, allein zur Schule zu gehen und alleine von der Schule nach Hause zu kommen. Er begriff, wie man mit einem leeren Kühlschrank am Leben bleibt und wie man sich selbst ins Bett bringt. Er nahm den neuen Lebensrhythmus an, den Asher ihm bot. Wie es jedes Kind tat.

## 12

Als Noam aufwachte, war er allein im Apartment. Asher war nirgendwo zu sehen. Noam lag auf dem Rücken, neben ihm der Brief an Bibi. Der sämige Geruch der Bettwäsche, die seit über einem Jahr niemand gewaschen hatte, drang in seine Nase. Heute würde er sie in die Wäscherei bringen, ganz sicher, dachte er. Aber das hatte er auch schon an jedem anderen Morgen der letzten dreihundertfünfundsechzig Tage gedacht, ohne anschließend in eine Wäscherei gefahren zu sein.

Noam schaute auf die Wanduhr, die schon vor dem Einzug neben der Küchenzeile gehangen hatte. Dreizehn Uhr sechsunddreißig. »Gleich stehe ich auf«, versicherte er sich laut und schloss die Lider.

Vor seinem inneren Auge tauchte das Bild aus dem kleinen Zimmer in Dina und Jankels Wohnung auf. Eine Stickerei, die zwei Pferde zeigte. Ein schwarzes und ein weißes, rennend. Um ihr Leben rannten diese Pferde, so hatte es Noam damals empfunden. Dina hatte das Bild selbst angefertigt. Es war nichts Besonderes, aber für Noam hatte es eine große Bedeutung. Die Pferde, der Boden und die Wolken im Himmel waren aus gelben, orangenfarbenen und roten Fäden gestickt. Alles auf diesem Bild schien zu brennen. Die Welt glich einem Inferno. Es war das perfekte Bildnis für das Leben, die Liebe, für alles eben, fand Noam.

Noam interessierte sich nicht für Kunst und hatte in seinem Leben trotzdem unzählige Ausstellungen besucht. Zwar immer nur in Israel, denn in keinem anderen Land war er je gewesen, aber kein einziges Bild, das in irgendeiner hippen Tel Aviver Galerie oder einem wichtigen Museum in Jerusalem zu sehen gewesen war, hatte jemals die Emotionen in ihm ausgelöst, wie es die Stickerei seiner Großmutter vermocht hatte. Hohe Kunst aus der Antike. Gemälde aus dem zwanzigsten Jahrhundert. Geschredderter Banksy-Quatsch. Alles Müll. Wenn Noam an die zwei rennenden Pferde dachte, fühlte er sich wohl. Aufgehoben. Angekommen. Verstanden.

Seine Großeltern Dina und Jankel waren in Bergen-Belsen von den Briten befreit worden und hatten sich im Lazarett kennengelernt. Um Dinas Gesundheit war es ein Leben lang schlecht bestellt gewesen. Die schlimmen Bedingungen, für die das Konzentrationslager zwischen Celle und Hannover bekannt gewesen war, hatten ihren Tribut gefordert.

Jankel hatte um die Hand der gerade mal achtundzwanzig Kilogramm wiegenden Dina angehalten, und sie heirateten fünf Tage nach ihrer ersten Begegnung. Verwandte hatte keiner von ihnen mehr, oder sie wussten nicht, wohin sie die Wirren des Krieges getragen hatten. Nun waren Dina und Jankel sich selbst Familie. Kurz nachdem die Alliierten das KZ aus Seuchenschutzgründen abgebrannt hatten, kamen sie ins Lager für *Displaced Persons*. Das DP Camp Belsen war in einer alten Wehrmachtskaserne untergebracht, nur wenige Hundert Meter vom ehemaligen KZ entfernt. Dort lebten Dina und Jankel zusammen mit zwölftausend anderen Menschen, dort wurden ihre Zwillinge Asher und Avraham geboren. Kurz nachdem das Lager im Sommer 1946 geschlossen wurde, bestiegen sie ein Schiff nach Haifa. In Israel wollten sie ein neues Leben aufbauen. Dina war fixiert auf ihre beiden Jungen gewesen, ihre *Diamanten*, wie sie sie genannt hatte. Sie standen für das Überleben. Durch die Geburt hatte sich Dina endlich wieder menschlich fühlen können. Weniger wie Schalenwesen, wie Primo Levi die Menschen im Lager beschrieben hatte. Gestalten ohne Antlitz, an der Grenze zwischen Leben und Tod, Nichtmenschen, in denen der göttliche Funke erloschen ist.

Noam blickte wieder zur Wanduhr. Fünfzehn Minuten noch. Er stellte sich vor, wie er an einer Zigarette zog, den Rauch tief inhalierte und ihn in kurzen kräftigen Stößen wieder herausblies. Seit seinem zehnten Lebensjahr rauchte er. Noch nie hatte er darüber nachgedacht aufzuhören.

Da fielen ihm Tamar und das Kondom ein. Er schaute

an seinem Körper hinunter zu seiner Jeans, inspizierte die winzige Beule neben seinem Penis und stellte sich das verschmierte Kondom vor, das in seiner Hosentasche steckte. Mit einem Mal begriff er, dass Tamars Körpersaft an diesem Kondom klebte und auch an seiner Hand. Überall eigentlich. Noam wurde panisch. Er wollte sofort seine Hände waschen, aber dazu hätte er aufstehen müssen, und dafür fehlte ihm die Kraft. Dann realisierte er, dass er auch das Bettzeug berührt hatte, und das nicht nur einmal in den letzten dreihundertfünfundsechzig Tagen. Ja, dass auch Asher dieses Bettzeug berührt und an ihm die Körpersäfte aller Frauen abgerieben hatte, bei denen er gekommen war.

Das gelang zwar nur noch selten, und meistens waren es Prostituierte, aber das wusste Noam nicht. Ihm gegenüber prahlte Asher nur von den schweren Brüsten, die hin und her geschwankt waren, als er die Frauen von hinten genommen hatte, wie richtige Männer es eben taten.

Heute würde er das Bettzeug wirklich, also wirklich, in die Wäscherei bringen, versicherte sich Noam erneut. Das beruhigte ihn.

Die Abstände, in denen er auf die Uhr blickte, hatten sich verringert. Und als alle dreiundvierzig Minuten verstrichen waren, die er sich zum Aufwachen gegeben hatte, hob er den Arm und winkelte das Bein an, um sich bereit zu machen aufzustehen.

Da schossen erneut Bilder durch Noams Kopf, in extrem schnellen Schnitten. Pferde, die durch brennende Wälder rannten, mischten sich mit dem Bild von Tamars Vagina. Noam wurde von einer olfaktorischen Wahrnehmung dieser Vagina heimgesucht und drehte den Kopf ruckartig zur Seite, um ihr zu entkommen, aber jetzt stieg wieder der sämige

Geruch der Bettwäsche durch die Nase hinauf in sein Gehirn. Er dachte daran, wie dringend er eine Zigarette brauchte und, noch dringender, einen Espresso. Ashers Lachen hallte in seinen Ohren und wie er *reinstecken* sagte. Noam wiederholte das Wort, sah sich selbst in *Point-of-view*-Perspektive, wie er Tamars Vagina penetrierte, und sprang von der Matratze auf.

Jetzt musste er unbedingt seine Hosentaschen leeren. Er fand das Kondom und warf es aus dem einzigen Fenster des kleinen Zimmers. Es war nicht größer als fünfzehn Quadratmeter. In der Pantry-Küche, die direkt neben den Eingang gebaut worden war, hatten weder Asher noch Noam jemals etwas gekocht. Sie besaßen nicht einmal einen Kühlschrank. Auf dem Herd stapelten sich Briefe und Rechnungen.

Noam zog seine Hose aus, warf sie auf den Kleiderhaufen, der neben der ausgeklappten beigen Couch lag, die sie als Bett benutzten, und ging zum Bad. Auf dem Weg steckte er sein Handy ans Kabel, um den Akku aufzuladen.

Noam öffnete den Wasserhahn und schloss für einen kurzen Moment die Augen. Sein dünner Körper warf einen schmalen Schatten auf den Boden. Die Haut war an den Rippen eingefallen, der Rücken stark behaart. Noam fuhr sich mit der Hand durchs Haar, das er selbst schnitt. Noch nie war er bei einem Friseur gewesen. Niemals hätte er eine fremde Hand, bewaffnet mit einer Schere, in die Nähe seines Kopfes gelassen.

Das Wasser lief über seine wohlgeschwungene, aber kleine Nase und tropfte auf seinen großen, schönen Penis. Nur Ashers war noch größer, und es verging kein Tag, an dem er seinen Neffen nicht an diesen wichtigen Unterschied erinnerte. Noam schloss erneut die Augen, umgriff seinen Penis, bewegte die Hand langsam vor und zurück und dachte an die

Sonne und die Erde und daran, dass sich nur einer der beiden Planeten bewegte, während der andere stillstand, ja, dass die Erde alles Erdenkliche daransetzte, von der Sonne wahrgenommen zu werden, während sich diese nicht im Geringsten für die Erde interessierte, einfach still im All schwebte und vor sich hin glühte.

Nach zehn Sekunden Erregung spülte er das bisschen Leben, das in ihm steckte, den Abfluss hinunter und sank zu Boden. Er kauerte in der Ecke der von Asher gefliesten Duschkabine. Das Wasser prasselte auf seinen Körper. Alles schmerzte. Er dachte an den gestrigen Abend und daran, dass er für Tamar vor halb Tel Aviv *Lady Grinning Soul* gesungen hatte. Noam schämte sich schrecklich. Er versuchte zu verstehen, was er sich dabei gedacht hatte, aber es fiel ihm nicht ein. Der dringende Wunsch, aus seinem Körper zu springen, stieg in ihm auf. Er griff sich hektisch an die Brust und krallte die Finger in seine Haut, als könnte er sie abziehen, als wäre sie nur ein eng anliegendes Kostüm. Aber sie ließ sich nicht entfernen. Das war er. Das war der Körper, mit dem er geboren war. Das war der Körper, mit dem er sterben würde.

Handtücher gab es keine im Bad. Auch nicht in der Wohnung. Vielleicht irgendwo in dem Haufen Wäsche, um den sich niemand kümmerte.

Er tapste aus dem Bad, Wasser tropfte auf den Boden, da sah er, dass Asher zurückgekommen war. Er saß, nur mit einer Jeans bekleidet, auf dem Rand der Ausklappcouch, trank Kaffee und rauchte.

*»Alan«,* sagte Asher, und Noam antwortete: *»Alan.«*

»Hast du geduscht?«, fragte Asher.

»Ja. Wo warst du?«

»Tabak holen und Kaffee. Ich habe dir einen mitgebracht«,

sagte Asher und zeigte auf einen Pappbecher, den er auf dem Stapel Briefe abgestellt hatte. Noam ging zur Küche und griff nach dem Becher. Er roch am Kaffee, pustete kurz darauf und trank davon. Asher reichte ihm eine Zigarette. »Hier. Zusammen ist besser. Weißt du doch.«

Mit der Zigarette im Mund und dem Kaffeebecher in der Hand, lief Noam zur Kommode. Aus einer geöffneten Schublade hingen T-Shirts und Socken. Er stellte den Becher ab, wühlte nach Boxershorts und fand nur eine weiße. »Die ist von mir!«, rief Asher, und Noam roch daran. Der Geruch des Urins und der Exkremente war längst verflogen. Man konnte lediglich die farblichen Rückstände erkennen, aber wen interessierte das schon. Noam jedenfalls nicht. Er zog die Unterhose an.

Der Akku seines Handys war zu zwölf Prozent aufgeladen. Das würde für ein oder zwei Anrufe reichen. Vielleicht auch, um die NBA-Ergebnisse zu checken und zu schauen, was Tamar so machte. Oder die Kellnerin mit den blonden Haaren, die er mit wenigen Klicks auf Instagram finden würde.

Noam ging zurück ins Bad, klappte den nassen Toilettendeckel nach oben und setzte sich hin. Dann stellte er den leeren Kaffeebecher neben sich und aschte hinein. Er öffnete den Browser seines iPhones, tippte ein N in die leere Leiste, und automatisch erschien der Name der Website: *NBA.com*. Er sah die Ergebnisse der letzten Spiele durch und studierte eingehend jeden einzelnen Artikel auf der Seite. Das verschaffte ihm ein seltenes Gefühl von Ruhe. Er hatte selbst jahrelang aktiv Basketball gespielt. Seit er das nicht mehr tat, bot ihm das Internet Ersatz. Mehrmals täglich las er sich durch Basketballseiten. Fast kam es ihm vor, als würde er dadurch selbst spielen. Nur dass er jetzt die besseren Pässe geben konnte, höher springen und die klügeren Entscheidungen treffen.

Nachdem er auf dem neuesten Stand war, öffnete Noam die Facebook-App und scrollte seinen Newsfeed entlang. Seit vor einiger Zeit die Algorithmen verändert wurden, zeigten sie nur noch maximal fünfzehn verschiedene Posts aus den letzten vierundzwanzig Stunden an und dabei oft immer wieder dieselben, obwohl man schon beim ersten Mal nicht mit einem Like reagiert hatte. Wie einfach wäre es, Facebook zu retten, dachte Noam. Alles, was Zuckerberg tun müsste, wäre, auf das nunmehr jahrelange Flehen der Nutzer einzugehen und die Posts aller Freunde, Seiten und Gruppen in chronologischer Reihenfolge zu zeigen.

Aber Zuckerberg hörte ja nicht zu. Ihm schien es egal zu sein, was die Nutzer wollten, auch wenn es sein Unternehmen geradewegs in den Tod führte. Aber damit war er nicht allein auf dieser Welt, dachte Noam. Niemand hörte mehr zu, stattdessen monologisierten wir aneinander vorbei, auf den digitalen Plattformen, die man uns bot, und gaben vor, Gespräche führen zu wollen. Für ein neues Miteinander, für ein neues Verständnis, für einen neuen globalen Dialog – so waren diese Netzwerke eingeführt worden. Und doch bewiesen sie vor allem, wie der Mensch eigentlich gestrickt war: nicht dialogfähig und schon gar nicht gewillt, jemandem außer sich selbst zuzuhören.

»Menschen sind unerträglich«, sagte Noam laut, schloss Facebook und öffnete Instagram. Er schaute sich im *Entdecken*-Teil verschiedene Profile an, denen er nicht folgte. Ausschließlich von Frauen. Er likte dort einzelne Bilder, meistens Porträts oder Selfies, und mischte zwischendurch einzelne

Mood-Bilder darunter, damit es nicht zu auffällig wurde und man ihn nicht für einen Weirdo hielt.

Noam suchte mit der Hand nach dem Toilettenpapier, aber da war nur Leere. Er blickte sich panisch um, in der Hoffnung, irgendwo Reste entdecken zu können, aber auch hinter der Toilette beim Abflussrohr stand keine Rolle. »Asher!«, schrie Noam, und noch einmal: »Aaaaaasher!«

Asher öffnete die Tür zur Toilette. »Was schreist du so? Soll ich dir hoch helfen, oder was?«, fragte er abfällig.

»Wo ist das Toilettenpapier?«, fragte Noam verzweifelt.

»Was weiß ich? Nerv mich nicht! Nimm Zeitung!«, fauchte Asher ihn an.

»Ich will aber keine Zeitung nehmen.«

»Das riecht nicht gesund, Noam.«

»*Elohim Adirim*, ich will mit dir nicht über meine Scheiße sprechen, ich will, dass du mir Toilettenpapier bringst.«

»Kannst du nicht hören, oder was? Ich habe kein Toilettenpapier. Kauf doch welches! Ach, warte, stimmt, du hast ja kein Geld. Soll ich dir ein bisschen Geld für weiches Toilettenpapier geben? Für deinen kleinen zarten Hintern, den man am liebsten sofort ficken will, wenn man ihn sieht?«, schrie Asher.

Noam legte die Hände aufs Gesicht, schüttelte den Kopf und nuschelte »*Elohim Adirim*« in sich hinein. Er richtete sich auf und schrie so laut, wie es ihm möglich war: »Hol mir sofort Papier, du verdammter manipulativer Hurensohn!«

Das funktionierte. Wie immer eigentlich. Asher schlurfte ins Zimmer, holte eine Werbebroschüre, die er zwei Tage zuvor aus dem Briefkasten gefischt hatte, und schmiss sie vom Türrahmen aus in Noams Richtung. Die Blätter fielen auseinander und landeten auf dem nassen Boden.

»Verpiss dich!«, schrie Noam, und Asher drehte sich unbeeindruckt um.

Dann wischte Noam seinen Hintern mit einem nassen Stück Papier ab, auf dem ein riesiger runder Käse abgebildet war, der gerade mit fünfzehn Prozent Rabatt bei AM:PM verkauft wurde.

Als er aus dem Bad kam, hielt Asher ihm schon eine gedrehte Zigarette hin, die Noam dankend in Empfang nahm. »Ich muss nach Tel Aviv. Erledigungen und so. Soll ich dich mitnehmen?«, fragte Asher, und Noam nickte. Er ging zum Wäschehaufen, nahm seine schwarze Jeans heraus, zog sie an und schnappte sich auf dem Weg zur Wohnungstür ein T-Shirt. Er packte das Aufladegerät seines Rechners in den Stoffbeutel und verließ mit Asher die Wohnung.

## 13

Es war ein heißer Tag. Die Temperaturen waren noch einmal gestiegen, obwohl zu diesem Zeitpunkt im Jahr niemand mehr damit gerechnet hatte. Sogar der Taxifahrer redete ausschließlich über das Wetter und darüber, dass dieser Oktober heißer war als alle, die er je erlebt hatte. Und es waren einige gewesen: »Dreiundfünfzig«, sagte er mehrmals hintereinander, hob dabei die Hände vom Lenkrad und warf sie in die Luft.

An der Herzl Street stiegen Asher und Noam aus. Sie liefen auf das große Café an der Ecke zum Rothschild Boulevard zu und setzten sich an einen Tisch.

»Wir müssen Amit heute noch holen!«, sagte Noam auffordernd.

Asher winkte ab. »Ich habe keine Zeit. Ich muss nach Eilat. Weitermachen.«

»Ich habe auch keine Zeit. Ich muss noch den Text für die neue Kolumne abtippen.«

»Es ist dein Sohn, nicht meiner, Noam«, zischte Asher.

»Ich weiß. Asher, ich glaube, ich fühle mich, als würde ich krank werden«, Noam fasste sich an den Hals und streichelte über den Bereich, wo er seine Mandeln vermutete.

»Du siehst blass aus.«

»Ich sehe blass aus, oder?«

»Ja, sehr.«

»Ich glaube, ich muss absagen.«

»Sag lieber ab. Ich würde Dana einfach anrufen. Du willst Amit doch nicht anstecken, oder?«

»Auf keinen Fall. Ich will Amit auf keinen Fall anstecken«, wiederholte Noam und fasste sich erneut an den Hals.

Er zog sein Handy aus der Tasche und schaltete es an. Sofort gingen etliche Nachrichten ein. Für einen kurzen Moment hoffte er, dass Tamar sich gemeldet hätte, aber von ihr war nichts gekommen. Nur Dana nervte: *Wo bist du? Wo bleibst du? Kommst du noch? Amit steht hier mit gepacktem Rucksack!*

Noam fühlte sich sofort gestresst. Wut stieg in ihm hoch. »Asher, schau dir mal die Nachrichten von dieser bekloppten Fotze an!«

»Will ich gar nicht sehen. Eine Riesenfotze. Ich habe nie verstanden, was du von der wolltest. Eine dumme Fotze.«

»Das einzige Gute, was diese Tante hinbekommen hat, ist Amit.«

»Amit, *baruch hashem*, Amit ist ein Geschenk. Ich würde ihm mein Herz schenken«, sagte Asher und tat so, als würde er sich das Herz aus der Brust reißen und auf den Bürgersteig werfen.

»Asher, du bringst mich zum Weinen. Wenn ich an Amit denke und daran, dass ihm etwas passieren könnte.« Noams Augen füllten sich mit Wasser.

»Er ist ein Elstein. Ein richtiger Elstein. Du weißt doch, sein Kinn ist der Beweis. Amit hat das Elstein-Kinn«, sagte Asher, während er Zeige- und Mittelfinger beider Hände auf die Daumen gelegt hatte und die Arme vor- und zurückbewegte.

»Ja, das hat er, Asher. Das Elstein-Kinn. Die Liebe, die ich ihm entgegenbringe, ist übermenschlich, überweltlich. Sie ist zu groß. Schon vom ersten Moment, als ich ihn nach seiner Geburt sah. Mein Amit. Mein Fleisch und Blut. Meine Seele. Mein Herz. Aber seine Mutter geht gar nicht«, sagte Noam und rollte mit den Augen. Dann wählte er Danas Nummer.

»Dana, was geht?«

»Wo bleibst du denn?«, antwortete Dana verärgert.

»Ich bin krank. Superkrank. Mir geht es furchtbar schlecht. Ich kann Amit unmöglich abholen heute.«

»Aber er freut sich auf dich. Er hat schon seinen Rucksack gepackt.«

»Du willst also, dass ich ihn anstecke? Verstehe ich das richtig? Du willst lieber einen freien Abend mit deinem hässlichen Typen, und dafür nimmst du in Kauf, dass Amit möglicherweise morgen ins Krankenhaus muss und stirbt?«

»Was?«

»Du hast mich schon verstanden, Dana!«

»Ja, das habe ich. Lass gut sein. Es ist kein Problem. Natürlich will ich nicht, dass Amit ins Krankenhaus muss. Ich sage ihm Bescheid, dass es dir nicht gut geht. Melde dich, wenn du wieder gesund bist. Vielleicht schaffst du es, ihn am kommenden Wochenende zu nehmen.«

»Küss meinen Schatz von mir und sag ihm, wie sehr ich

ihn liebe«, raunte Noam leise ins Telefon und legte auf. Asher bestellte zwei Goldstar bei der Kellnerin und schob Noam den Tabak hin.

Still saßen sie nebeneinander am Tisch an der Herzl Ecke Rothschild und beobachteten das rege Treiben. Autos, die hupten, Tel Avivis, die ihren Hunden hinterherrannten und den herausgedrückten Kot in schwarze Tüten füllten, Frauen, die Männer küssten, und Männer, die Frauen durchs Haar pusteten. Sie alle waren Statisten in dem Film, in dem Asher und Noam die Hauptrollen spielten.

Nachdem Asher sein Bier ausgetrunken hatte, bezahlte er für beide und schob Noam unauffällig hundert Schekel zu, für die der sich nickend bedankte. Asher klopfte Noam auf die Schulter, winkte sich ein Taxi und verschwand im Tel Aviver Verkehr Richtung Hauptbahnhof.

Noam bestellte sich ein weiteres Bier und zog seinen Laptop aus dem Stoffbeutel. Er verband ihn mit dem Kabel, klappte ihn auf, öffnete Word und starrte erst einmal eine halbe Stunde lang auf die weiße Seite, bevor er anfing, den Brief abzutippen.

Als er fertig war, musste er wieder an Dana denken und daran, wie unfassbar es war, dass er mit dieser Frau jemals auch nur ein Wort gewechselt hatte. Sie kannten sich aus Netanja, wo Asher und Noam ein paar Jahre gelebt hatten. Dana, die fünf Jahre jünger als Noam war, hatte in einem Kiosk gejobbt, in dem sich Noam fast täglich Tabak gekauft hatte. Wenn er ihr das Geld gegeben hatte, hatte er meistens ihre Hand berührt und dabei gelächelt. Jahre später, als Dana schon in Tel Aviv lebte, hatte sie auf Facebook nach Noam gesucht und war lange Zeit nicht fündig geworden. Noam hatte sich erst angemeldet, als alle auf Facebook waren und man sich ohne ein Facebook-Profil mit niemandem mehr treffen konnte. Sie hatte ihm eine Freundschaftsanfrage geschickt und eine kleine Nachricht dazu: »Wir kennen uns aus dem Kiosk in Netanja!«

»Ja klar!« hatte Noam geantwortet, ohne sich an Dana zu erinnern. Zwei Tage später gingen sie ein Bier trinken, und vier Wochen danach war Dana schwanger.

Als sie ihn anrief, um ihm von ihrer Schwangerschaft zu erzählen, lag Noam gerade bei einer anderen Frau im Bett. Er hatte nach dem Telefon gegriffen, abgenommen, der nackte Rücken hinter ihm, Danas Stimme klang unsicher in seinen Ohren. Eine Kakerlake rannte von der kleinen alten Biedermeierkommode über das Bettlaken zur Tür in die Küche. Noam war daraufhin aufgesprungen, in den Flur gelaufen, damit der nackte Rücken ihn nicht hören konnte, und hatte Dana erklärt, er werde sie sofort heiraten. Dann hatte er sich angezogen und war zu ihr gefahren, um den restlichen Tag und die gesamte Nacht seine Hand nicht mehr von ihrem Bauch zu nehmen. Achtundvierzig Stunden später sagte er ihr am Telefon, dass er sich geirrt habe, und machte Schluss.

Mittlerweile war Amit sieben Jahre alt und ging zur Schule. Einmal im Monat kam er zu Asher und Noam und schlief zwischen ihnen auf der Ausklappcouch. Jeden Mittwoch sollte Noam ihn außerdem vom Hort abholen.

Das war heute, dachte er, fasste sich vorsichtig an den Hals und sagte leise: »Und nächste Woche ist wieder ein Mittwoch.«

Er trank den letzten Schluck seines Goldstars und rief der Kellnerin zu: »Noch ein Bier, bitte!« Er nahm sein Telefon in die Hand und tippte: »In einer Stunde im Sheleg?«

»Gerne!«, antwortete Tamar kurz darauf.

# 14

Der Himmel war grau und wolkenverhangen. Wenn in Tel Aviv die Sonne nicht schien, wirkten die heruntergekommenen Fassaden noch morbider als ohnehin. Erst vor nicht allzu langer Zeit hatte man begonnen, einzelne Gebäude aus der Kolonialzeit zu sanieren, besonders rund um die Fußgängerzone auf der Nachalat Benjamin, anstatt nur Milliarden in Wolkenkratzer zu stecken. Es würde Jahrzehnte dauern, Tel Aviv zu erneuern. Ein Unterfangen, das dringend nötig war, wenn man die Stadt am Leben halten und ihr nicht einfach beim Verfall zusehen wollte.

An manchen Tagen hatte Noam sehr viel Aufmerksamkeit für seine Umgebung übrig. Da war es ihm möglich, alles, was er sah, wahrzunehmen und sogar zu verarbeiten. An anderen Tagen jedoch schien nichts, das um ihn herum passierte, irgendeinen Einfluss auf ihn zu haben. Er selbst konnte diese Tage zwar voneinander unterscheiden und eindeutig in diese Veränderung hineinspüren. Was aber die Ursache dafür war, konnte er sich nicht erklären.

Er wusste, dieser Tag war ein guter. Einer, an dem er sehr wohl verbunden mit dem Außen war, ja, fast schon Teil von der Welt, in der er lebte. Vielleicht sogar aus ihr entstanden, wie Eva aus der Rippe Adams.

Gestern hatte er die Kolumne an die Redaktion geschickt. Davor hatte er sie noch mehrmals hintereinander gelesen und jede Zeile geliebt. Wirklich geliebt. So sehr, wie keine Kolumne jemals zuvor.

Noam saß auf einer Bank auf der Allenby und stellte sich vor, wie man ihn in den folgenden Tagen, wenn die Kolumne erschienen war, auf sie ansprechen würde, auf die Genialität, die in ihr steckte und damit auch in ihm. Er stellte sich vor, wie ihm fremde Menschen die Hand schütteln würden, um ihm zu danken. Dafür, dass er es geschafft hatte, das, was sie schon so lange gedacht und gefühlt hatten, in Worte zu fassen. Er stellte sich vor, wie er durch Tel Aviv spazieren würde und einzelne Menschen, die ihn erkannten, plötzlich begannen, ihm zu applaudieren. Noam verlor sich einige Minuten lang in dieser Fantasie und lächelte selig.

Es vergingen bestimmt zwanzig Minuten, bis Noam die Kapuze seines verschwitzten Hoodies vom Kopf zog und erst einmal tief einatmete. Er spürte die Vibration seines Telefons, zog es aus der Hosentasche und sah auf dem Display Hanans Namen.

»Hanan!«

»Noam, das war lustig. Wir haben alle gelacht. Wirklich. Ohne Ausnahme. Ich habe den Text heute beim gemeinsamen Lunch vorgelesen. Du hättest die Gesichter sehen müssen. Einmalig. Ich wünschte, du wärst dabei gewesen. Wann schickst du den richtigen Text? Wir drucken heute Abend.«

»Wow. Ich dachte nicht, dass er lustig ist, sondern eher, na ja, emotional, nachdenklich … ergreifend. Und was meinst du mit ›den richtigen Text schicken‹?«

»Na, die richtige Kolumne. Noam, Alter, was ist los?«

»Du hast die richtige Kolumne gestern von mir bekommen!«

»Das kannst du nicht ernst meinen. Dieser irre Brief an Bibi? Was soll das?«

»Das ist kein irrer Brief an Bibi, das ist Poesie.«

»Das ist keine Poesie, Noam, das ist zusammengeschwurbelter Schwachsinn.«

»Hanan, ich sag es dir jetzt einmal ganz ruhig, du druckst diesen Brief. Es ist das Beste, was ich jemals geschrieben habe.«

»Noam, das ist der letzte Dreck. Ich kenne dich, ich weiß, was du kannst. Du bist scharfzüngig, klug, ein bisschen meschugge, aber genau das ist der Grund, warum wir dich bei uns haben wollen. Das, was du da gestern geschickt hast, ist Müll. Das bist nicht du.«

»Das bin mehr ich als alles, was du von mir gelesen hast. Wenn du diesen Brief als Dreck bezeichnest, dann sind wir geschiedene Leute. Dann kannst du dir einen neuen Kolumnisten suchen. Dann kannst du dir deine beschissene Kolumne in den Arsch stecken, du dämlicher Vollidiot. Einen Chefredakteur nennst du dich, *Elohim Adirim*, du bist ein Müllfahrer. Ein Altpapier-Einsammler. Deine Scheiß-Altpapier-*Haaretz* liest kein Mensch, Mann. Wieso bloß, huh? Wieso liest keiner in diesem Land deine Scheiß-*Haaretz*? Alles, was die Leute gelesen haben, war meine Kolumne, Hanan. Meine Kolumne!«, schrie Noam ins Telefon und legte auf. Die Hand, mit der er das Telefon hielt, zitterte. Seine Lippen bebten, und seine Zähne schlugen aufeinander. Ein *Egged*-Bus donnerte an ihm vorbei. Der braune Hund des Besitzers des Lebensmittelladens, vor dem er saß, bellte Noam an. Noam konnte sich nicht beruhigen, keinen klaren Gedanken fassen, nicht gleichmäßig atmen, nicht mehr ausatmen, nicht mehr schlucken. Die Spucke lief ihm seitlich aus dem Mund. Eine Frau, so alt wie Miri, blieb stehen und fragte, ob alles in Ordnung sei, aber Noam fauchte sie weg.

Er entschied, einfach loszulaufen, griff seine Sachen und stampfte in irgendeine Richtung. In Noams Kopf brodelte, zischte und blitzte es. Von Zeit zu Zeit stieß er Wörter oder

Laute aus. Meistens ergaben sie keinen Sinn. Manchmal schon. Der Name des Chefredakteurs war darunter und Beleidigungen, die Noam an ihn richtete. Dann sagte er den Text der Kolumne vor sich hin, den er längst auswendig konnte. Das beruhigte ihn überraschenderweise. Es war wie ein Mantra. Er liebte seinen Brief an Bibi immer noch. Wie hatte Hanan ihn nur als Dreck bezeichnen können? Es war nicht zu begreifen. Noam schüttelte den Kopf. Er schüttelte ihn in schnellen, kurzen Intervallen und lief weiter. Er hatte kein Ziel mehr, jetzt, wo alles, was er die Woche über getan hatte, verloren war. Die Kolumne war nicht nur sein einziges Einkommen gewesen, sie war seine Beschäftigung. Sie war, wofür er mittags aufstand. Wofür er das Haus verließ. Wofür man ihn kannte. Er war seine Kolumne. Wer sollte er nun ohne sie sein?

An einer Bushaltestelle ließ er sich auf die kleine Metallbank sinken. Er breitete seinen Hoodie wie ein Laken über die Sitzfläche und kippte zur Seite. Sein Kopf landete sanft. Er legte beide Hände unter die Wange auf den Pullover und verzog Mund und Augen wie ein Baby, das weinte.

Seitlich liegend beobachtete er den AM:PM auf der anderen Straßenseite, aus dem unablässig Menschen mit ihren Einkäufen strömten. Wie normal diese Leben waren, dachte Noam. Als ekelhaft normal hatte er sie immer empfunden. Noam war stolz darauf, dass er anders lebte, dass er sich nie angepasst hatte an das, was die Menschen und insbesondere die Israelis gemeinhin als normale Lebensentscheidungen betrachteten. Zur Armee gehen, einen Job anfangen, eine Beziehung führen, heiraten, Kinder kriegen. Erst eines, dann das zweite, und wenn man eigentlich schon längst zu müde für zwei Kinder war, einfach ein drittes bekommen. Jetzt, in diesem Moment, wünschte er sich, gemeinsam mit einer Frau, Hand in Hand, den Supermarkt verlassen zu können. Vielleicht mit einem Baby in der Trage, einem Kleinkind im Kinderwagen und einem dritten, das nervend am Bein zerrte. Er wollte fertig sein vom Leben, zu erschöpft, um sich über solch belanglose Dinge wie Hanans Äußerung aufregen zu können.

Gerade als Noam so etwas wie eine Tränenwelle von hinten gegen seine Augäpfel drücken spürte, entdeckte er eine alte Frau, die sichtlich Mühe hatte, ihre drei weißen Plastiktüten mit dem blauen Schriftzug zu tragen. Mit einem Satz sprang Noam auf und rannte wie lebensmüde über die viel befahrene Allenby, ohne nach links oder rechts zu schauen. Die Autos, Taxis und Busse hupten, und beinahe wäre Noam einen klassisch israelischen Tod gestorben: erwischt von einem Auto. Aber er überlebte.

Noam begrüßte die ältere Frau. »Hallo, wie geht's dir?«, fragte er. »Ich bin Noam, kann ich dir helfen?«

»Hallo, Noam, danke, dass du fragst. Es geht schon, es geht schon«, antwortete sie.

»Nein, nein, lass mich dir helfen. Wie heißt du?«

»Ich heiße Tzipi. Du brauchst mir nicht zu helfen. Ich wohne gleich da vorne in der Montefiore Street.«

»Tzipi, gib mir die Tüten. Die sehen schwer aus. Ich habe Zeit, ich will dir helfen«, sagte Noam und entriss Tzipi ihre Tüten.

»Was machst du da, gib mir meine Tüten zurück!«

»Tzipi, ich will dir nur helfen. Ich trage die Tüten und bringe sie dir nach Hause. Bitte! Lass mich dir helfen, bitte«, bettelte Noam.

»Aber ich habe gesagt, ich will keine Hilfe!«, schrie Tzipi

und machte mit beiden freien Händen das Rega-Zeichen, legte Zeige- und Mittelfinger auf den Daumen und die beiden anderen auf die Handfläche und signalisierte damit: *Warte! Moment mal*. Die Leute, die den AM:PM verließen, beobachteten das Spektakel vorsichtig und versuchten zu unterscheiden, ob es sich hier um eine Familienfehde oder einen Übergriff handelte, aber es war nicht eindeutig zu erkennen.

»Ich weiß, ich weiß. Genau das habe ich auch immer gesagt. Gemeint habe ich es aber nie. Du bist eine starke Frau. Du kannst das mit den Tüten sicher alleine. Morgen kannst du sie wieder so tragen, wie du es willst. Heute ist hier jemand, der für dich da sein will. Akzeptiere das doch einfach!«, rief Noam verzweifelt.

Noam hielt Tzipi seinen angewinkelten Arm zum Einhaken hin, und nachdem Tzipi ihn noch einmal sehr lange sehr böse angeschaut hatte, atmete sie lautstark aus und hakte sich bei Noam ein. Der trug glücklich und stolz Tzipis Tüten. Auf dem Weg in ihre Wohnung schwiegen sie. In Noams Kopf wurde es ganz ruhig. Alles in ihm war plötzlich im richtigen Rhythmus, im richtigen Takt.

»Wo ist deine Frau, wo sind deine Kinder?«, fragte Tzipi, und Noam zuckte mit den Schultern.

»Du brauchst eine Frau, Noam«, sagte sie und drückte ihm den Ellenbogen in die Rippen.

»Du hast recht«, antwortete er.

»Das ist nicht gesund. Menschen sollten nicht alleine sein.«

»Aber du bist auch allein, Tzipi.«

»Ja, jetzt. Aber ich war mein ganzes Leben nicht alleine. Meine Kinder sind alt, meine Enkel sind alt, meine Urenkel sind bereits in der Schule.«

»Wie viele Urenkel hast du?«

»Zwölf?«

»Weißt du es, oder vermutest du es?«

»Ich vermute es. Ich müsste sie erst mal zählen. Wahrscheinlich würden mir nicht mehr alle Namen einfallen.«

»Verständlich.«

»Bestimmt.«

Dann schwiegen sie wieder. Vor einem heruntergekommenen Haus hielt Tzipi an. »Wir sind da«, sagte sie.

»Ich trage dir die Tüten hoch«, erwiderte Noam und wollte gerade zur Treppe laufen.

»Noam, stell die Tüten mal ab, ich will dir was sagen. Etwas Wichtiges«, sagte Tzipi mit rauer Stimme. Ihr weißes Haar wehte ihr ins Gesicht. Sie wischte sich die verschwitzten Hände an ihrem violetten Kittel ab.

Noam stellte die Tüten ab und fuhr sich nervös durchs Haar. »Noam, du weißt, dass der Krieg vorüber ist, oder? Das KZ wurde befreit. Ja, viele sind tot. Die meisten sogar. Und vielleicht hättet ihr nicht überleben dürfen. Aber wer seid ihr schon, diese Entscheidung zu treffen. Alle sind auf und davon. Ihre Familienmitglieder suchen. Sich selbst finden. Das Lager ist leer und verlassen, Noam. Niemand ist mehr dort. Nur du. Dein Überlebenskampf hat keinen Grund. Für wen auch immer du noch bleibst, lass ihn zurück. Es ist okay. Das Leben hat längst begonnen.«

# TEIL II

# NIKE

## 1

Der Regen prasselte gegen das kleine vergitterte Fenster auf der Galerie, das man vermutlich nachträglich eingebaut hatte, damit ein bisschen Helligkeit vom Hinterhof in das ansonsten eher dunkle Apartment dringen konnte. Ich lag auf der dünnen Matratze und schaute auf den knöchrigen Orangenbaum vor dem Fenster. Ein wild zusammengebautes Vogelnest steckte in den Zweigen, davor flatterte eine Kolibri-Mutter und fütterte ihre drei fiependen Jungen.

Ich robbte bäuchlings dichter ans Fenster, ohne viel Aufsehen zu erregen, und schaute dem Spektakel neugierig zu.

Ich weiß nicht genau, wie lange ich so lag, aber es war eine Weile. Sogar meinen Hunger hatte ich über viele Stunden weggedrückt. Aus Angst. Aus Angst, aufstehen zu müssen, meinen immer noch gepackten Koffer unten im Wohnzimmer zu sehen, aus Angst, vor die Tür in diese neue Welt treten zu müssen. »Tel Aviv«, sagte ich leise zu mir selbst. Erst als mir schon schwindelig wurde, krabbelte ich zur kleinen Treppe und ging gebückt nach unten in die Küche.

Der Steinboden war kalt. Das Wohnzimmer dunkel. Nur durch die kleine bunte Glasscheibe der Eingangstür und das kleine Fenster in der Küche drang ein wenig Licht. Ich lief auf

Zehenspitzen ins Bad, um auf die Toilette zu gehen. Aus dem Abfluss in der Dusche stieg Abwasser hoch. Wahrscheinlich der Regen. Tränen sammelten sich in meinen Augen. Ich hörte Leas Stimme. Sie sagte: *Tja, du wolltest es ja so.* Und: *Das hast du nun davon.*

Ich setzte mich auf die Toilette und lauschte dem Plätschern meines Urinstrahls. Ich roch an meinem Arm, um so etwas wie Heimat zu spüren. Aber ich konnte sie nicht finden.

Das Toilettenpapier war zartrosa und hauchdünn. Ich wickelte eine halbe Rolle um meine Hand, um keine nassen Finger zu bekommen, und zog an der Spülung, die mich an das Ostberlin meiner Kindheit erinnerte, weil sie dasselbe gefährliche Geräusch von sich gab. Ein gurgelnder Schlund.

Maayan hatte ein paar Kosmetikartikel auf der Ablage über dem Waschbecken zurückgelassen. Ein angebrochenes Parfum, die Probe einer Gesichtsmaske, eine chinesische Salbe. Ich packte mein Beauty Case aus, das einzige Stück, das ich gestern Nacht nach der Ankunft aus meinem Koffer geholt hatte. Das Parfum versteckte ich im kleinen Schrank, der neben dem Waschbecken an der Wand hing. Ich nahm ein Glas aus der Küche und versenkte die Zahnpasta darin. Ich holte meine elektrische Zahnbürste hervor und stellte sie neben die Salbe auf der Ablage ab, merkte aber, dass sich im Bad keine Steckdose befand, und suchte in der Küche nebenan nach einem sinnvollen Ort.

Aber nichts ergab Sinn im Moment. Alles war so anders, so wenig ich und so viel Maayan.

Vor langer Zeit hatte ich, ich glaube, es war in C.G. Jungs *Archetypen*, gelesen, dass es Jahre dauert, all die Vorstellungen, Persönlichkeiten und Auffassungen abzubauen, die einem in der Kindheit und Jugend ungewollt angetragen wurden. Wie ein schwerer Mantel, den man lernen muss auszuziehen, um wieder man selbst zu werden. Um überhaupt irgendwann man selbst sein zu können.

In der Küche wurde mir schwarz vor Augen. Ich stützte mich auf der Arbeitsplatte aus Marmor ab, um nicht umzufallen. Das Außen verschwamm. In meinem Kopf wurde es schnell. Ich wusste, dass ich dringend etwas zu essen kaufen musste, also öffnete ich die Wohnungstür, trat kurz in den Garten, um die Temperatur zu erspüren, war überrascht davon, wie warm es trotz des Regens war, und nahm einen olivgrünen Overall mit kurzen Ärmeln und langen Hosenbeinen aus meinem Koffer und zog ihn schnell über. Dann schnappte ich mir Geld und einen großen Shopper und ging los.

Das Haus, in dem sich Maayans kleines Studio befand, gehörte zur ersten jüdischen Siedlung, die vor hundert Jahren außerhalb von Jaffa entstanden war, nach Kämpfen zwischen Arabern und Zionisten. So hatte ich es jedenfalls auf Wikipedia gelesen, nachdem ich am Flughafen in Berlin viel zu schnell durch die Sicherheitskontrolle gekommen war. Alle hatten mir geraten, drei Stunden vor Abflug am Flughafen zu sein. Eine halbe Stunde nach meiner Ankunft saß ich schon im Duty-free-Bereich. Vielleicht, weil Daria mir ein Schreiben mitgegeben hatte, in dem stand, dass meine Alija in Bearbeitung sei, vielleicht aber auch nicht und diesen Drei-Stunden-Quatsch hatte sich irgendein Hysteriker ausgedacht.

Die Häuser der Siedlung waren klein, gelb und sahen aus, als stünden sie in einem westdeutschen Vorort. Sie waren ursprünglich als Häuser für ganze Familien geplant worden, im Laufe der letzten sechzig Jahre hatte man sie aber so umgebaut, dass mindestens drei Parteien in einem wohnen konnten. Dafür bekamen sie an drei Seiten Eingangstüren, vor denen jeweils kleine quadratische Vorgärten lagen. Die vierte Seite grenzte an einen kleinen Hof, an den wiederum ein neues Reihenhaus anschloss.

Der Vorgarten von Maayans Haus wurde von einem wackeligen und an etlichen Stellen geflickten Zaun umrandet. Das verrostete Eingangstor fiel fast aus seiner Verankerung.

Mittlerweile tropfte es nur noch aus den Wolken, und ich genoss, wie meine Haut feucht wurde und sich mit dieser neuen Umgebung verband. Ich schloss die Augen, als ich den kleinen Sandweg bis zur Barnet Street entlanglief, und atmete tief. Etliche Straßen hatten englische Bezeichnungen, was ich mir mit der Zeit des britischen Mandats erklärte. Die Maps-App führte mich die Shabazi Street entlang, eine schmale kleine Straße, die durch Neve Tzedek, einen offenbar wohlhabenden, bürgerlichen Bezirk, verlief. In der Ahad Ha'Am Street sollte ein AM:PM sein, eine Supermarktkette, die angeblich sieben Tage die Woche vierundzwanzig Stunden am Tag geöffnet hatte.

Und so war es auch, wie mir die mit Folie an das Schaufenster geklebten Öffnungszeiten mitteilten. Ich war beeindruckt. Neugierig und mit demselben Gefühl, mit dem ich dreißig Jahre zuvor an der Hand meines Vaters durch einen Intershop gelaufen war und die Westprodukte bestaunt hatte, schlurfte ich durch die Gänge und stopfte alles, was ich nicht kannte, in meinen Einkaufskorb. Nach einer halben Stunde war er bis oben hin gefüllt. Mir gefiel mein Abenteuer. An der Kasse fragte ich die Verkäuferin, wo ich frische Brötchen bekäme, und sie schickte mich zum Shuk, dem Wochenmarkt. Ich solle vorne auf der Allenby in das Sherut Nummer vier steigen und bis zur King George Street fahren. Ich würde den Markt schon finden, versicherte sie mir, nachdem sie meinen zweifelnden Blick bemerkt hatte.

Mit den schweren Einkaufstüten lief ich zur Allenby und noch ein Stück den berühmten Rothschild Boulevard entlang. Mir taten die Arme weh. Ich bereute meine Entscheidung, blieb stehen und überlegte zurückzukehren. Auf der Maps-App sah ich, dass meine Wohnung genauso weit entfernt war wie der Markt und entschied, schnell die Brötchen zu holen und für den Rückweg ein Taxi zu nehmen.

Das Sherut hielt, ich stieg ein und setzte mich hinter den Fahrer. Er streckte seinen Arm nach hinten zu den Fahrgästen, und nacheinander reichten alle neu Eingestiegenen ihr Geld zu ihm durch. Ich machte es ihnen nach und gab ihm einen Zwanzig-Schekel-Schein und bekam zwölf Schekel zurück.

Auf Englisch fragte ich eine ältere Frau hinter mir, wann ich aussteigen solle, und sie sagte, ich solle dem Fahrer einfach auf die Schulter tippen, wenn ich aussteigen müsse. Sie selbst fahre bis zur Ben Yehuda Street und könne mir Bescheid geben, wenn ich am Shuk angekommen sei.

Das tat sie auch, und ich stieg aus. Es dauerte einen Moment, bis ich mich orientieren konnte. Ich stand an einer großen Kreuzung, von der drei Straßen abgingen. Auf den Schildern las ich: Shenkin Street, King George Street und Allenby Street. Von allen Seiten jagten Menschen, Autos, Taxis, Busse und E-Roller an mir vorbei. Es war ein ungeheuer geschäftiges Treiben, was möglicherweise dem Schabbat geschuldet war, der in wenigen Stunden begann. Bestimmt vergingen einige Minuten, in denen ich, meine Einkaufstüten fest umklammert, auf der Stelle stand und mich nur umblickte. Der

Wind wehte mir meine langen Strähnen ins Gesicht, die ich mit dem Oberarm wegzuwischen versuchte. Als die Ampel auf Grün wechselte, überquerte ich die Allenby, ließ auf dem kleinen Vorplatz vor dem Markt meine Tüten auf den Boden sinken und ruhte mich kurz aus.

Eine Gruppe von Menschen hatte sich um einen Mann versammelt, der mit freiem Oberkörper auf weißen Plastikeimern Schlagzeug spielte. Seine langen Haare hatte er zu einem Dutt zusammengebunden. Neben ihm stand eine Box, aus der die Akustikversion von Michael Jacksons *Billie Jean* dröhnte. Manche tanzten zu den Beats, einige klatschten im Takt mit, die meisten aber gingen unbeeindruckt vorbei. Ich machte ein Foto mit meinem iPhone, legte einen Filter darüber und lud es auf Instagram hoch. Ein Typ in Armeeuniform, der neben mir stand, sagte: »Das ist Ben, Ben der Drummer von Tel Aviv«, und ich schrieb *#benthedrummer* unter das Bild und markierte den Ort: *Shuk HaCarmel*.

Am nächsten Morgen wachte ich erst um acht Uhr auf, obwohl ich am Vorabend schon um neun Uhr ins Bett gegangen war. Nachdem ich die Brötchen und eine Telefonkarte besorgt hatte, war ich direkt zurück ins Studio gefahren und hatte bis zum Abend auf der Galerie gelegen und gelesen und war irgendwann erschöpft eingeschlafen.

Es war Samstag, und obwohl sich das Studio ohnehin in einer abgeschiedenen Gegend befand, schien draußen alles noch leiser und ruhiger zu sein. Die Geräusche von der großen Hauptstraße, die nur dreihundert Meter entfernt war und die Häuser vom Meer trennte, waren kaum noch zu vernehmen. Selbst die Nachbarn, die ich durch die dünnen, nachträglich eingezogenen Wände hatte hören können, waren plötzlich still. Als hätten sich alle darauf geeinigt, sich an Schabbat leise zu lieben und nicht laut zu streiten.

Ich drückte mein Gesicht ins Kissen und roch Maayan. Noch hatte der Stoff nicht meinen Duft angenommen, noch waren alle Gegenstände rechtmäßig dort und ich ein fremder Eindringling. Ich bat die kleine antike Leuchte mit dem rosafarbenen, abgewetzten Schirm darum, hier sein zu dürfen. Ich sagte: »Ich bitte um die Annahme meiner Existenz.« Weil es sich richtig anfühlte, wiederholte ich es mit so gut wie jedem Gegenstand im Studio. Mit der kleinen Kommode, in die ich am Vortag ordentlich meine Sachen gelegt hatte. Mit der Kleiderstange, die unter der Treppe stand. Mit dem grünen Sofa, dem Glastisch, dem Fünfzigerjahre-Schreibtisch, der Waschmaschine, dem Kühlschrank, den Gabeln und den Löffeln. »Ich bitte um die Annahme meiner Existenz«, sagte ich immer und immer wieder.

Als ich damit fertig war, jedes einzelne Objekt zu subjektivieren, um so die Fremde, die zwischen allem und jedem steht, zu minimieren, bereitete ich mein Frühstück zu.

Es gab keinen richtigen Herd, nur eine Elektroplatte mit zwei Kochfeldern. Ich machte mir Rührei, einen Nescafé und belegte die Brötchen mit frischen Tomaten, die ich auf dem Shuk gekauft hatte.

Mit einem Slip und meinem Schlaf-T-Shirt bekleidet, ging ich zur Wohnungstür. Ich hielt den Teller in der rechten Hand, das Glas mit Nescafé in der linken. Mit dem Ellenbogen drückte ich die Klinke nach unten, und meine Zehen krallten sich an die untere Ecke der Tür, um sie aufzuziehen.

Zu meiner Überraschung saß ein Mann an dem weißen Gartentisch, vor ihm ein Pappbecher von Arcafé. Er rauchte und drehte sich zu mir, als er die Tür hörte.

»Hi?«, sagte ich irritiert.

»Wer bist du?«, fragte er mich auf Hebräisch.

*»Ani lo metaberet ivrit«*, antwortete ich brav, wie ich es mit meiner Sprachlern-App gelernt hatte.

»Du kannst kein Hebräisch, sagst du auf Hebräisch? Ergibt das deiner Meinung nach Sinn?«

»Ich heiße Nike und bin Maayans Untermieterin, während sie in Berlin Kunst studiert.«

»Ich heiße Dudy und bin dein echter Vermieter.«

»Okay. Hi, Dudy!«

»Hi, Nike!«

»Ist irgendetwas passiert?«

»Nein, wieso?«

»Weil du in meinem, äh, in Maayans Garten sitzt.«

»Es ist der einzige schöne Garten hier weit und breit. Sie pflegt ihn, als wäre sie keine echte Israelin. Nicht mal ein altes Fahrrad liegt hier rum. Ich meine, diese Frau hat ein Gartensitzset. Das muss man sich mal vorstellen.«

»Ihre Großmutter ist ursprünglich Hamburgerin.«

»Was ist das?«, fragte Dudy und trank von seinem Kaffee.

»Das ist eine Stadt in Deutschland.«

»Bist du auch aus Deutschland?«

»Ja!«

»Was willst du hier?«

»Ich mache Alija.«

»Ah, bist du Jüdin?«

»Ja.«

»Weißt du, dass du hier in einer der ersten zionistischen Siedlungen wohnst?«

»Ja, das habe ich schon gelesen.«

»Meine Familie kommt aus dem Irak. Wir haben die Häuser und das Land in den Achtzigern gekauft, als Neve Tzedek so was wie die Slums von Tel Aviv waren und alle schicken Zionisten in die Neubauten gezogen sind. Nach Ramat Aviv oder Ramat Gan.«

»Schlau.«

»Ja, ziemlich schlau. Weißt du, wie viele Millionen Schekel dieses Land jetzt wert ist?«

»Nein, aber sicher eine Menge.«

»Seit die Franzosen in den Neunzigern und Nullerjahren angefangen haben, Neve Tzedek aufzukaufen, ist der Quadratmeterpreis ins Unendliche gestiegen.«

»Warum verkaufst du das Land nicht?«

»Weil ich es nicht brauche. Wir sind längst Millionäre.«

»Und so als Millionär, hast du da keinen eigenen Garten?«

»Wirst du frech, oder was? Natürlich habe ich den. Meine Frau, die Kinder und ich leben in einem Haus in Givatayim.«

»Okay. Aber wieso sitzt du jetzt nicht bei deiner Familie im Garten, an Schabbat?«

»Ich war ein bisschen aus heute Nacht und will erst mal kurz runterkommen, bevor ich nach Hause fahre.«

»Machst du das öfter, also morgens in Maayans Garten sitzen?«, fragte ich. Meine Hand schmerzte vom heißen Kaffee. Der Teller wurde langsam schwer.

»Ja, immer.«

»Das heißt, samstagmorgens sitzt du jetzt immer hier?«

»Stell doch mal deinen Teller und deinen Kaffee ab und setz dich ein bisschen zu mir, N…«

»Nike«

»Nike. Wir können ein bisschen reden. Ich bin noch ganz schön druff.«

»Das sieht man.«

»Na los«, sagte Dudy. Er beugte sich zu mir und zog an meinem T-Shirt.

»Ich wollte gerne alleine frühstücken.«

»Das ist mein Garten, verstehst du? Das ist mein Haus, mein Garten, mein Land, meine Welt. Ich sitze am Samstagmorgen, wo ich sitzen will.«

»Aber ich zahle ja Miete.«

»Du warst noch nie in Israel, oder?«

»Nein, war ich nicht.«

»Du hast noch eine Menge zu lernen.«

»Du auch«, antwortete ich und befreite mich mit einer ruckartigen Bewegung von Dudy, der immer noch mein T-Shirt festhielt. Dann drehte ich mich um, ging zurück ins Haus, stellte das Glas und den Teller auf dem Couchtisch ab und schloss die Tür von innen zu.

## 2

Am Sonntagmorgen wachte ich von alleine um fünf Uhr dreißig auf. Es war mein erster Arbeitstag im Büro des DAAD.

Ich blieb im Bett liegen, beobachtete die Kolibri-Mutter, wie sie ihre Kolibri-Babys fütterte, und antwortete endlich auf Trangs Whats-App-Nachricht, die sie mir schon in der Nacht meiner Ankunft geschickt hatte: *Sorry, für die späte Antwort. Ich musste irgendwie erst mal für mich ankommen. Du verstehst das sicher. Bis gestern Abend hätte ich auch noch gar nicht sagen können, wie es mir geht, weil total blockiert und vielleicht auch leichte Dissoziationserscheinungen. Jetzt geht es mir gut. Ich fühle mich ruhig und gleichzeitig neugierig. Das Wetter ist sehr wechselhaft. Die Nähe zum Strand bringt mir gerade nicht so viel. Gestern hat es den ganzen Tag wie aus Eimern geschüttet. Also so wolkenbruchmäßig. Jetzt versteht man auch die ganze Geschichte mit Noah und der Arche und so. Anyway. Du wirst noch schlafen. Ich wünsche dir deshalb einen guten Morgen. Genieß deinen Sonntag. Heute ist mein erster Arbeitstag. Lass uns doch zum Lunch telefonieren. XXX Nike*

Das Büro des DAAD Tel Aviv befand sich in einem Hochhaus auf der Ibn Gvirol, einer kilometerlangen Hauptstraße, die Nord- und Süd-Tel-Aviv miteinander verband. Ich hätte problemlos ein Sherut nehmen können, entschied mich aber, die drei Kilometer zu laufen und auf dem Weg Rosa anzurufen. Sie war die einzige Person auf der Welt, die ich kannte, bei der man sich um sechs Uhr morgens melden konnte.

Mit meinem iPhone und Google Maps kämpfte ich mich durch das unbekannte Gebiet und versuchte dabei, eine innere Karte der Stadt anzulegen. Laufen, so vermutete ich, würde mir dabei helfen, Stück für Stück die Straßen miteinander zu verbinden und ein Bild von Tel Aviv zu kreieren, das sich jederzeit abrufen ließ. So, wie ich eine internalisierte Karte von Berlin hatte und mit geschlossenen Augen sagen konnte, wo sich welche Straße und Kreuzung befand, wollte ich auch bald eine für Tel Aviv haben.

Ich wählte Rosas Nummer, und nach nur drei Klingelzeichen nahm sie ab.

»Rosa Waldman, guten Morgen?«

»Rosa, hier ist Nike, guten Morgen!«

»Meine Liebe. Wie geht es dir?«

»Oh, bist du gut drauf?«

»Was soll das heißen?«

»Ich weiß nicht, du klingst so freundlich.«

»Bist du schon in Tel Aviv?«

»Ja, seit Donnerstagnacht.«

»Hast du deine Mutter angerufen, um ihr zu sagen, dass du gut angekommen bist?«

»Nein. Aber sie hat mich ja auch nicht angerufen, um zu fragen, wie der Flug war.«

»Es ist deine Aufgabe, dich bei deiner Mutter zu melden.«

»Nein, ist es nicht. Es ist ihre Aufgabe. Ich bin das Kind.«

»Du bist eine erwachsene Frau.«

»Und meine Mutter ist das Kind?«

»Wie ist Tel Aviv?«

»Regnerisch.«

»Oh.«

»Ja, es ist ein bisschen oh.«

»Na ja, du wolltest ja auch unbedingt Mitte Oktober mit der Alija starten. Da beginnt nun einmal der Herbst. Das hast du dir selbst so eingebrockt.«

»Stimmt. Das Wetter ist meine Schuld.«

»Ja, in gewisser Hinsicht ist es das.«

»Ich weiß gar nicht, wie ich auf die Idee gekommen bin, dich anzurufen.«

»Ich auch nicht. Ich muss jetzt auch los«, sagte Rosa und versuchte, mich abzuwimmeln.

»Was machst du heute noch?«

»Frühstück mit der Kahane von der Amadeu-Antonio-Stiftung, Mittagessen mit Diana Kinnert von der CDU und nachmittags Parteitreffen mit den Genossen.«

»*Busy* wie immer?«

»Bisschen?«

»*Busy*, geschäftig.«

»Gut Nike, ich muss jetzt wirklich los. Hab einen schönen Sonntag.«

»Heute ist mein erster Arbeitstag!«

»Am Sonntag?«

»Sonntag ist hier Montag.«

»Das ergibt keinen Sinn. Egal. Melde dich mal wieder. Bis bald.«

Dann legte Rosa auf.

Die Sonne kämpfte sich durch die Wolken. Meine Haut wurde warm, als ich den Rothschild Boulevard entlanglief. Mit jedem Schritt trat ich auf nasse blaue Blüten, die auf dem Gehweg lagen. Sie taten mir leid. So, wie ich mir selbst leidtat. Ein Anruf bei Rosa, und ich wusste nicht mehr, wer ich war. Als hätte mein ganzes Sein seine Berechtigung verloren. Es würde Stunden dauern und all meine Kraft beanspruchen, sie mir zurückzuholen.

Schon immer hatten beide, Rosa und Lea, dieses Gefühl in mir ausgelöst. Und obwohl ich mich seit vielen Jahren fragte, woran es lag, hatte ich keine Antwort. Ja, bestimmt hatte es mit Rosas Kindheit zu tun und damit, dass sie dieses Gefühl unbewusst meiner Mutter mitgegeben hatte und diese daraufhin mir. Ich wusste sehr wohl, dass es nicht zu mir gehörte, aber wie ich es loswerden könnte, wusste ich nicht.

Mehr und mehr Tränen liefen aus meinen Augen. Und mit einem Mal wurde ich schrecklich wütend. Wütend darauf, dass ich diesen Weg in mein neues Leben nicht genießen konnte, so, wie ich es sollte. So, wie ich es eigentlich wollte. Ich schüttelte mich, in der verzweifelten Hoffnung, das Gefühl zu verscheuchen. Ich schnaubte sogar und pustete durch meine Lippen, aber nichts passierte. Mascara tropfte von meiner Nasenspitze. Ich zog ein Taschentuch hervor und legte es vorsichtig über meine Augen. Für einen kurzen Moment hielt ich inne, akzeptierte das Unabänderliche und lief einfach weiter.

Nach einer halben Stunde erreichte ich den Habima Square. Über den gesamten Platz waren Hunderte roter Schuhpaare verteilt. Sie standen ohne ihre Besitzerinnen auf dem Boden herum. Es schien eine Kunst-Installation zu sein.

Ein Blick auf mein Telefon verriet, dass ich noch vierzig Minuten hatte, bis ich im Büro sein müsste, aber nur zehn Minuten brauchen würde. Also setzte ich mich am Habima Square auf eine der vielen Holzstufen, die zu einem trockengelegten Wasserbecken führten, auf dessen Grund Blumen wuchsen. Ich googelte *red shoes habima square* und stieß in der englischen Version der *Haaretz* auf eine Kolumne von einem Journalisten namens Noam Elstein. Darin erklärte er, dass es bei der Installation um den Protest gegen die zunehmende Gewalt an Frauen gehe. Zwei Frauen seien vor wenigen Tagen ermordet worden, und zweihundertfünfzig Millionen Schekel für Programme gegen Gewalt gegen Frauen würden von der Regierung zurückgehalten, obwohl die Bereitstellung vor Monaten offiziell beschlossen worden sei. Jedes Paar Schuhe stehe für eine Frau, die Gewalt erlebt habe. Mein Blick fiel auf meine eigenen Schuhe: rote Ballerinas. Ich zog sie mir von den Füßen, stellte sie auf eine freie Stelle und lief barfuß zur Ibn Gvirol. Ich steuerte auf das erste Schuhgeschäft zu, das ich entdeckte, und kaufte mir wahllos ein neues Paar in einer anderen Farbe.

Das Büro war klein und bestand nur aus zwei Räumen, einem zum Arbeiten und einem für Besprechungen. Zusammen arbeiteten wir dort zu fünft. Claudia, die das Büro seit ein paar Monaten leitete, zeigte mir meinen Arbeitsplatz und stellte mir Yseult vor, die aus New York kam und die israelische Kommunikation verantwortete. Ungeduldig begrüßte ich sie und ging direkt im Anschluss auf die Toilette. Ich zog meinen linken Fuß aus dem Schuh, hob ihn ins Waschbecken, drehte den Wasserhahn auf, pumpte eine haselnussgroße Menge Handseife aus dem Spender und schrubbte, so fest ich konnte, den Dreck von meiner tiefschwarzen Fußsohle.

Gerade als ich mit dem zweiten Fuß fertig wurde, ging die Tür auf und Yseult polterte herein. Wie angewurzelt blieb sie vor mir stehen und beobachtete gebannt, wie das Wasser über meine rechte Sohle floss.

»Was machst du da?«, fragte sie.

»Meine Füße waschen.«

»Ok.«

»Ich bin vorhin aus Versehen in eine dreckige Pfütze gelaufen, und das ganze Schmutzwasser ist in meine Schuhe geschwappt.«

»Hast du schon Pläne fürs Mittagessen?«, fragte Yseult.

»Nein«, antwortete ich, zog meinen tropfenden Fuß aus dem Becken und trocknete ihn mit rauen Papiertüchern ab.

»Lass uns zusammen essen, dann kannst du mir erzählen, was wirklich passiert ist. Es gibt einen geheimen Zugang zur Dachterrasse. Übrigens, alle sind neidisch, dass du den Fensterplatz bekommen hast. Also, Vorsicht!«

Yseult zwinkerte mir zu. Ich fuhr mit dem Fuß in meinen neuen Schuh und verließ kurz nach ihr die Toilette.

Wir saßen neben dem riesigen Wassertank, der mit Solarenergie aufgewärmt wurde, und stocherten in unseren Thunfisch-Salat-Boxen, die Yseult bei Arcafé gekauft hatte. Sie war bestimmt eins achtzig groß, hatte kurz geschorene, blondierte Haare und eine riesige schwarze Hornbrille, die ihr schönes, schmales Gesicht noch schöner und noch schmaler machte. Ich wusste nicht genau, ob sie äthiopische oder eritreische Jüdin war oder ob ihre Vorfahren vielleicht aus einem anderen Teil Afrikas stammten. Dafür schämte ich mich, ließ es mir aber nicht anmerken.

»Was führt dich von New York nach Tel Aviv?«, fragte ich stattdessen.

»Die Liebe!«

»Oh, wie schön.«

»Vor einem Jahr bin ich in New York Gabriela begegnet. Sie ist kanadische Jüdin, aber ihre Eltern sind vor Jahren nach Israel gekommen.«

»Wie habt ihr euch kennengelernt?«

»Wir haben gemeinsame Freunde in Ruanda. Gabriela fing an, Bilder von mir auf Instagram zu liken, weil sie mich mit einem Freund von ihr auf einem Bild gesehen hatte. Ich fand das erst *creepy* und ignorierte sie. Dann erzählte mir der gemeinsame Freund, dass sie in Ruanda gelebt hat, um dort in einem Kinderheim auszuhelfen.«

»Eine Weiße in Afrika hilft Kindern.«

»Genau, das habe ich auch gedacht und fand sie nicht nur *creepy*, sondern auch noch bescheuert.«

»Und was ist als Nächstes passiert?«

»Sie kam nach New York zu Besuch und fragte mich über Instagram, ob wir uns nicht mal treffen wollen.«

»Und da hast du sie getroffen?«

»Ja, ich dachte, hey, *why not*. Schließlich hatte mein Freund aus Ruanda gesagt, sie sei total cool. Also trafen wir uns und *bäm*.«

»Wie *bäm*?«

»Wir haben uns wirklich auf der Stelle ineinander verliebt.«

»Ehrlich? So was gibt es?«

»*What?* Na klar. Ist dir das noch nie passiert?«

»Nein. Kommen deine Vorfahren aus Ruanda?«

»Ja, genau. Meine Familie stammt von dort. Ich selbst bin aber in Belgien geboren.«

»Sind sie wegen des Genozids nach Belgien geflohen?«

»Nein, meine Großmutter ist schon in den Fünfzigern nach Burundi gekommen. Das war während der ersten großen Verfolgungswelle. Hunderttausende Tutsi sind damals nach Burundi und Uganda gegangen.«

»Das heißt, du bist Tutsi?«

»Ja, genau.«

»Ich muss ganz ehrlich zugeben, dass ich voll wenig weiß. Ich weiß, dass es den Genozid gab und Hutu eine Million Tutsi abgeschlachtet haben. Aber wieso eigentlich?«

»Auch wegen der Deutschen.«

»Wirklich?«

»Hör zu. Am Anfang des zwanzigsten Jahrhunderts waren die Deutschen Kolonialmacht in Ruanda. Es gab bereits Tutsi, Hutu und Twa. Das waren aber Aufteilungen auf Basis von Sozialbeziehungen. Die Tutsi betrieben Viehzucht, die Hutu Ackerbau, die Twa waren eher so Jäger-und-Sammler-mäßig unterwegs. Als die Deutschen das Land besetzten, interpretierten sie die Sozialbeziehungen neu und gaben ihnen eine rassistische Komponente. Sie behaupteten, die Tutsi seien genetisch überlegen und hätten ihren Ursprung in Europa.«

»Oh. Mein. Gott.«

»Ja. *Crazy*, oder?«

»Ich hatte keine Ahnung.«

»Das ist okay. Die wenigsten wissen das.«

»Wieso spricht darüber niemand?«

»Gute Frage.«

»Mir tut das so leid. Aber wie genau kam es zu dem Massenmord fast hundert Jahre später?«

»Die Tutsi waren eine Minderheit in Ruanda. Als die Deutschen nach dem Ende des Ersten Weltkriegs das Mandatsgebiet an die Belgier abgeben mussten, hielten diese das Herrschaftsverhältnis aufrecht. Sie förderten Tutsis und entrechteten Hutu. Außerdem führten sie Ausweisdokumente ein, auf denen die Rasse dokumentiert wurde. Plötzlich war man also auch auf dem Papier Tutsi oder Hutu. Die Belgier führten gemeinsam mit den Tutsi das Land. Dann gab es eine Revolution.«

»Und das war der Zeitpunkt, als deine Großmutter nach Burundi flüchtete?«

»Ja. Als die Dekolonisation begann, setzten die Belgier Hutu in die Verwaltung. Die Tutsi hatten Angst, dass die Macht, die sie bis dato hatten, nun gegen sie verwendet werden würde.«

»Verstehe. Und wie kamst du nach Belgien?«

»Meine Mutter wurde in Burundi geboren und traf dort meinen Vater. Er war belgischer Entwicklungshelfer. Sie gingen gemeinsam nach Belgien, und kurz darauf wurde ich geboren.«

»Und was passierte in den Neunzigerjahren? Wie kam es überhaupt zum Genozid? O Mann, ich nehme dich gerade total auseinander.«

»Kein Ding. Wirklich. Also, zu der Zeit wurde klar, dass die geflüchteten Tutsi zurückkehren wollten, um wieder in Ruanda zu leben. Parallel veröffentlichten ruandische Medien Berichte, dass die Tutsi ihre Rückkehr planten, um alle Hutu zu ermorden. Außerdem verglich man Tutsi mit Ratten, Kakerlaken und Würmern.«

»Das kommt mir schon irgendwie bekannt vor.«

»Ja, oder?«

»Zu krass.«

»1994 wurde das Flugzeug mit dem ruandischen Präsidenten abgeschossen, der war Hutu. Noch in der Nacht begannen Hutu-Milizen, Tutsi in ihren Häusern abzuschlachten. Drei Monate lang ging das Massaker. Parallel dazu nahmen die RPF-Rebellen unter Paul Kagame Ruanda ein.«

»Und Kagame ist Tutsi?«

»Genau. Und der ist jetzt Präsident.«

»Das heißt, die Tutsi sind jetzt in der Regierung?«

»Ja.«

»Und wie leben Tutsi und Hutu heute zusammen, nach allem, was passiert ist?«

»Ganz normal. Also, so normal es eben geht. Sie sind Nachbarn. So, wie sie auch in den Neunzigern Nachbarn waren.«

»Und was ist mit den Bezeichnungen Tutsi und Hutu? Die basieren ja auf einer deutschen Rassentheorie?«

»Die hat Kagame verbieten lassen. Aber jetzt sag mir mal, wieso du vorhin wirklich deine Füße gewaschen hast.«

»Ich bin am Habima Square vorbeigekommen. Da standen diese ganzen roten Schuhe. Ich trug auch welche und habe spontan entschieden, sie auszuziehen und dazuzustellen.«

»Für eine Frau, der Gewalt angetan wurde?«

»Genau.«

»Am Dienstag findet eine riesige Demonstration gegen

Frauengewalt auf dem Rabin Square statt. Gabriela arbeitet im Organisationskomitee. Wir gehen als kleine Gruppe hin. Willst du mitkommen?«

## 3

Die Stadt vibrierte an diesem Abend. Während des gesamten Tages hatte es an verschiedenen Orten Aktionen gegeben. Eine Gruppe von Frauen hatte sich auf eine Straße gelegt. Eine andere hatte auf einer großen Kreuzung literweise rote Farbe verschüttet, die anschließend durch die Reifen der Autos kilometerweit verteilt worden war.

Ich traf Yseult und die anderen bei Arcafé auf der Ibn Gvirol. Von dort aus wollten wir gemeinsam zum nahe gelegenen Rabin Square laufen. Kurz davor hatte ich überlegt abzusagen. Zum einem, weil ich Demonstrationen prinzipiell ablehnte. Ich verstand nicht, warum sich niemand daran störte, dass man sich bei einem kollektiven Zusammentreffen völlig verschiedener Menschen auf den kleinsten gemeinsamen Nenner einigen muss. Eine solche Reduktion von Komplexität war das Gegenteil von Wahrheit und deshalb eigentlich nicht unterstützenswert. Zum anderen war die Vorstellung, mit einer Gruppe mir völlig unbekannter Menschen zu einer Massenansammlung gegen Frauengewalt zu gehen, kaum aushaltbar für mich. Aber ich erinnerte mich an Trangs Worte vom Vortag, die in etwa so gingen: *Mach einfach alles, was du eigentlich nicht machen willst. Vieles davon ist unnötig, einiges wird dein Leben verändern.*

Ich hatte die Aussage furchtbar stark gefunden und stimmte ihr uneingeschränkt zu. Tel Aviv würde sich mir nicht zeigen, verbrachte ich meine Tage alleine in Maayans Wohnung. Dafür hätte ich auch in Berlin bleiben können und mit allem so weitermachen wie bisher: funktionieren, bloß nichts wagen. Aber war das nicht genau das, was ich nicht mehr wollte?

Ich kämpfte gegen die Panikattacken, die mich schon seit heute Morgen heimsuchten, und schluckte eine weitere Baldriantablette. Mittlerweile war ich so sediert, dass mir alles egal war.

Gabrielas kleine Gruppe bestand aus fünf Frauen. Zwei von ihnen arbeiteten als Journalistinnen bei der *Haaretz* und hatten die Schuh-Aktion auf dem Habima Square geplant. Eine weitere hatte vor Jahren ihre Schwester verloren, nachdem ihr Schwager sie erwürgt hatte, weil sie ihn verlassen wollte, und die vierte, Nitsan, arbeitete ehrenamtlich mit Gabriela für das Organisationskomitee. Sie hatten Plakate dabei, auf denen man ihre Handabdrücke in roter Farbe sehen konnte. Gabriela, eine kleine Frau mit Haaren bis zum Po und einem Septum-Piercing, umarmte mich innig zur Begrüßung und drückte mir einen roten Luftballon in die Hand. »Hier, weil du kein Plakat hast.«

»Danke«, sagte ich und droppte heimlich eine weitere Baldriantablette.

Es war nur ein kurzer Fußmarsch von acht Minuten. So hatte es Gabriela jedenfalls angekündigt. Von überall sah man Frauen mit Plakaten und Luftballons durch die Straßen Richtung Rabin Square laufen.

Die Temperaturen waren auf achtzehn Grad gefallen, aber ich war die Einzige, die fror. Lustlos zog ich den roten Ballon hinter mir her.

Als wir am Rathaus ankamen, war der gesamte Platz schon

mit Menschen gefüllt. Ein See aus Frauen. Männer sah ich keine. Scheinwerfer hatten das Gelände schwach erleuchtet. Die Demonstranten wirkten wie unter einen Weichzeichner gelegt. Vor dem Rathaus war eine große Bühne aufgebaut. Die Musikerin Yael Deckelbaum würde dort in wenigen Minuten ein Konzert geben.

Ich sah mich um. Blickte in die Gesichter der Frauen. Ich versuchte zu ergründen, welche Geschichte sie in sich trugen. Ihre eigene oder die eines geliebten Menschen. Manchmal sah ich alten Schmerz. Manchmal nur Wut. Ich dachte an meine Wut und versuchte, sie irgendwo in mir zu finden. Aber da war nichts außer ein ängstlich rasendes Herz. Eine Frau mit einem Pferdeschwanz wurde auf die Bühne geführt. Eine andere stellte sie vor. Die Masse klatschte. Ich schaute verwirrt zu Yseult, und sie flüsterte mir ins Ohr, dass es sich um die Tochter der Frau handle, die vor zwei Wochen von ihrem Ehemann ermordet worden sei. Ich nickte. Dann schämte ich mich und schluckte die dreizehnte Baldriantablette des Tages.

Ortal Shefek sprach darüber, dass jede Frau Opfer werden könne. Zu jeder Zeit. Sie erzählte von ihrer Mutter. Einer starken, warmherzigen Frau, die nur einen Wunsch gehabt hatte: endlich frei und glücklich zu leben, ohne Angst haben zu müssen, gedemütigt und geschlagen zu werden. Als sie endlich ihren ganzen Mut zusammennahm und den Mann verließ, der ihr jahrzehntelang schlimme Qualen zugefügt hatte, wurde sie dafür von ihm ermordet.

Ortal erinnerte uns, dass in Israel allein in diesem Jahr vierundzwanzig Frauen von ihren Partnern oder Expartnern ermordet worden waren. In einem Land mit neun Millionen Einwohnern. Ich fragte mich kurz, wie viele es wohl in Deutschland waren, wusste es aber nicht. *»Busha«*, schrie jemand aus dem Publikum, und Ortal schrie auch »*Busha*«, und daraufhin schrien zwanzigtausend Frauen laut »*Busha*«.

Alle außer mir.

Hinter einem Fenster im Rathaus erlosch gerade das Licht. Hinter einem anderen wurde es hell. Dort ging das Leben ganz normal weiter. Angestellte tippten auf ihren Computertastaturen und ordneten Akten, während vor ihren Fenstern dem Sterben gedacht wurde.

Regentropfen fielen herab und kühlten unsere warmen Gesichter. Ich hob den Kopf, schloss die Augen und streckte die Nase Richtung Himmel. Ich will nicht zu ihnen gehören, dachte ich.

Nun sprang Yael mit ihrer E-Gitarre auf die Bühne und sang *Prayer of the Mothers*, den Song, für den sie in den letzten zwei Jahren berühmt geworden war, und die Frauen stimmten ein. Gabriela griff nach meiner Hand, aber ich zog sie weg, schob sie schnell in meine Tasche und kramte in ihr herum, als würde ich nach etwas Wichtigem suchen. Ich zog mein Handy hervor und deutete einen Anruf an, den ich unbedingt annehmen müsse. Ich entfernte mich rückwärts von der Gruppe, so, wie man es eigentlich vor der Klagemauer tut, ließ meinen Luftballon los und rannte vom Gelände. Ich rannte durch die engen schmalen Straßen dieser Gegend, die ich nicht kannte. Ich rannte an Häusern und Autos vorbei. An Hunden, die von ihren Herrchen an der Leine geführt wurden, und an einer Katze, die gerade dabei war, von einer Mülltonne zu springen. Ich streifte Büsche und Palmen und rannte so lange, bis ich zwar meine Orientierung verloren hatte, aber sicher sein konnte, dass ich auf keine Frau mehr treffen würde, die ein Plakat oder einen roten Luftballon mit sich trug.

Ich sank auf eine kleine Mauer, die den Garten eines Wohnhauses abgrenzte, und legte mich auf den feuchten Stein. Meine Wange vergrub ich im sandigen Schmutz des Beetes. Mein Herz schlug schnell. Bilder blitzten vor meinem inneren Auge auf. Ich sah Sascha. Und ich sah mich auf der Treppe vor unserer Wohnung, die ich hinuntergestürzt war. Ich sah Saschas drei Freunde, wie sie im Türrahmen standen und verächtlich auf mich herabschauten. »Jetzt steh schon auf und bleib da nicht so opfermäßig liegen. Er hat es doch nicht so gemeint. Selbst schuld, wenn du ihn provozierst«, sagten sie, ohne Angst davor, sterben zu müssen.

Ich weiß nicht genau, wie lange ich dort lag, aber irgendwann stand ich auf, wischte den Schmutz von meiner Kleidung und machte mich auf den Weg zu irgendeiner Straße und stieg in irgendein Sherut, das vor mir hielt.

Im Warmen und Trockenen sitzend, googelte ich nach *Häusliche Gewalt Deutschland* und fand eine Studie, die kurz zuvor herausgegeben worden war. Einhundertvierzigtausend Frauen hatten im Jahr 2017 eine gewalttätige Handlung angezeigt, und einhundertsiebenundvierzig Frauen waren ermordet worden.

Ich fing an zu rechnen. Dreihundertdreiundachtzig Frauen am Tag. Sechzehn Frauen pro Stunde. Alle vier Minuten meldete eine Frau einen Akt häuslicher Gewalt. Alle vier Minuten saß in irgendeiner bescheuerten Polizeiwache in Deutschland eine Frau – tränenüberströmt oder tränenfrei, weil unter Schock – vor einer Beamtin, die ihr Fragen stellte, ohne ihr Leben am Ende leichter machen zu können. Ich dachte an all jene Frauen, die in dieser Statistik nicht auftauchten, weil sie nicht jeden Akt häuslicher Gewalt gemeldet hatten. Ich dachte an mich. Ich dachte daran, wie stark ich gewesen war und wie schwach zugleich. Wie verängstigt, wie verzweifelt, wie einsam. Einsam, weil ich mit niemandem über das reden konnte, was mir passiert war, weil man mir nicht zuhören, nicht glauben und nicht helfen können würde.

Ich suchte nach *Verurteilungen wegen häuslicher Gewalt*, fand aber keine aussagekräftige Statistik, sondern las nur Artikel zu Verhandlungen, die es in lokale Zeitungen geschafft hatten. Was diesen Frauen passiert war, war auch mir passiert. Was all die anderen Frauen daran hinderte, vor Gericht zu gehen, hatte auch mich daran gehindert: die Angst davor, vor der Verhandlung oder nach der Freilassung aus Rache ermordet zu werden. Dass die Täter dazu in der Lage waren, wussten wir längst.

Die Scham, die mich seit über fünfzehn Jahren kontrollierte, wich zum ersten Mal einem zarten Gefühl von Ungerechtigkeit. Dass Sascha einfach so hatte weitermachen können, ohne bestraft zu werden für das, was er mir zwei Jahre lang angetan hatte. Ich stellte mir vor, in einem Gerichtssaal mit ihm zu sitzen, konnte dieses Bild aber nur wenige Sekunden aufrechterhalten, weil ich mich sofort schmutzig, beklommen und peinlich berührt fühlte. Überhaupt nicht stark. Auch nicht empowert. Und schon gar nicht im Recht.

Als ich das rostige, kaputte Tor zu meinem Garten aufdrückte, sah ich schon in den Augenwinkeln, dass Dudy auf der Sonnenliege neben den Tomaten lag. Er schlief und schnarchte. Ich schloss die Tür zum Studio auf und hinter mir sofort wieder zu. Dann stellte ich einen Sessel vor die Tür, aus Angst, Dudy würde aufwachen und mit einem nachgemachten Schlüssel, den er garantiert besaß, die Tür zu meinem Apartment aufschließen. Vielleicht, weil ihm langweilig war oder weil er fand, das Recht dazu zu besitzen. Dass das System, in dem wir lebten, ihm die Freiheit dazu gab, daran bestand schließlich kein Zweifel.

Ich ging ins Bad und schminkte mich ab. Als ich mein Gesicht wusch, rubbelte ich kraftvoll mit dem Lappen über meine rot angemalten Lippen und zog sie so zur Seite, dass meine Schneidezähne hervorstachen. Ich stellte mich auf die Zehenspitzen, um näher zum Spiegel zu kommen, grinste stark und entdeckte einen Riss im linken Schneidezahn. Mit dem Zeigefinger fuhr ich langsam über die poröse Stelle und spürte die Unebenheit der Fraktur. Mir wurde sofort schlecht. Von meinem Becken aus drückte eine wuchtige Welle Hitze bis in meinen Kopf.

Ich rannte ins Wohnzimmer, suchte in meiner Tasche nach der Packung mit Baldriantabletten und nahm acht Stück auf einmal, die ich mit ein bisschen Leitungswasser in zwei Intervallen runterspülte.

# NOAM

## 4

Noam hatte all seinen Mut zusammengenommen und am Abend nach dem Streit Hanan angerufen. Er hatte sich nicht entschuldigt, sondern nur um ein Treffen für den nächsten Tag gebeten. Hanan war sichtlich erleichtert gewesen, hatte geglaubt, Noam wäre endlich zur Besinnung gekommen, und dem Treffen schnell zugestimmt.

Für diesen Morgen hatte Noam seinen Wecker auf zehn Uhr dreißig gestellt. Der Termin war für dreizehn Uhr angesetzt. Die *Haaretz,* für die sein Text vorgesehen war, war längst gedruckt. Aber Noams Ziel war es, ihn in die nächste Ausgabe zu kriegen.

Heute erschien die erste *Haaretz* ohne seine Kolumne seit fünf Jahren. Als Noam um halb eins den Zeitungskiosk neben seinem Wohnhaus passierte, schaute er melancholisch aufs Titelbild und seufzte traurig. Nur wenige Sekunden später hob er kraftvoll den Kopf und sinnierte über die Überschrift für die nächste Woche: *Lieber Bibi.* Er zog ein bisschen das Tempo an und lief die lange Straße hinunter, in der jedes Haus gleich aussah. In den schlammigbraunen Fassaden steckten kleine Fenster und riesige Balkone, die man in den kalten Monaten in Wintergärten umwandeln konnte.

Er ging kilometerweit immer geradeaus, vorbei an Ajami, das südlich von Jaffa liegt, und zu einem Großteil von Arabern bewohnt wird. Nachts konnte man dort das Feuer von Maschinengewehren rivalisierender Banden hören, und pünktlich zu den Gebetszeiten den Muezzin.

Nach einer Dreiviertelstunde kam Noam in Tel Aviv an und bog links am Wolfson Medical Center in die Heinrich-Heine-Straße ab. Eine Straße hatten sie nach ihm benannt, obwohl er sich wie ein typisch deutscher Jude hatte taufen lassen, um noch deutscher als die Deutschen zu werden, dachte Noam. Und irgendwie quetschte sich Miri mit in diesen Gedanken. Er verbannte seine Mutter aus seinem Kopf und konzentrierte sich wieder auf Harry, wie Noam ihn nannte – und wie Heine geheißen hatte, bevor er seine jüdische Identität abgelegt hatte. Noam liebte Heine. Er hatte auch ein Lieblingsgedicht von ihm, das er in diesem Moment leise vor sich hin flüsterte:

*Schattenküsse, Schattenliebe,*
*Schattenleben, wunderbar!*
*Glaubst du, Närrin, alles bliebe*
*Unverändert, ewig wahr?*

*Was wir lieblich fest besessen*
*Schwindet hin, wie Träumereyn,*
*Und die Herzen, die vergessen,*
*Und die Augen schlafen ein.*

Von der Heinrich-Heine-Straße musste er rechts in die Nes Lagoyim Street, was übersetzt *Die Zeichen der Nichtjuden* hieß. Das konnte kein Zufall sein, dachte Noam. Schon seit seiner Kindheit hatte er eine starke Affinität dazu, überall Zusammenhänge zu sehen, wo keine waren, und hätte sein Leben anders begonnen, wäre er vermutlich ein großer Verschwörungstheoretiker geworden. Aber sein Leben war, wie es war, und das Zusammensetzen zusammenhangloser Puzzlestücke blieb sein Privatvergnügen.

Als Noam das *Haaretz*-Gebäude betrat, begrüßte man ihn freundlich am Empfang. Im Fahrstuhl traf er auf Eyal, einen Redakteur des Politikteils.

»Schade, dass ihr euch gestritten habt, du und Hanan, und diesmal keine Kolumne von dir erschienen ist«, sagte er.

»Wir haben uns nicht gestritten. Hanan hat den Text, den ich ihm geschickt habe, nicht verstanden«, entgegnete Noam.

»Du meinst den Brief an Bibi?«

»Ja, hast du ihn gelesen?« Noams Augen begannen zu leuchten, doch da öffnete sich schon die Fahrstuhltür und Eyal stieg aus. »Ja, habe ich«, rief er Noam zu und schüttelte vorsichtig den Kopf.

Hanan begrüßte Noam schon am Fahrstuhl mit einem Handschlag und einer liebevollen Umarmung.

»Ich habe gerade Eyal getroffen, er hat den Text gelesen. Hast du mit ihm gesprochen?«, fragte Noam aufgeregt, aber Hanan antwortete nicht. »Er findet ihn gut. Ich glaube, er versteht auch nicht, wieso du ihn nicht gedruckt hast.«

»Noam, komm, lass uns mal in mein Büro gehen. Da sprechen wir über alles in Ruhe. Du weißt, wir lieben dich hier und schätzen deine Arbeit.«

Hanan legte seinen großen Arm über Noams schmale Schultern und schob ihn den Gang entlang. Noam lief ein angenehmer Schauer über den Rücken. Er schloss heimlich die Augen und genoss Hanans Schutz. Ließ sich fallen in das Gefühl der Nähe, die der Mitte fünfzigjährige Mann ihm so bedingungslos schenkte. Noam stellte sich vor, wie er ihn mit beiden Armen umschlingen und langsam in seinen Schoß sinken würde, um dort für unbestimmte Zeit zu verweilen.

Hanan zog seinen Arm langsam von Noams Schultern.

»Komm, setz dich«, sagte er und zeigte auf den braunen Bauhaus-Stuhl mit schwarzen Lederpolstern. »Weißt du, dass Gershom mir den Schreibtisch geschenkt hat?«

»Ja, das hast du mir gleich zu Beginn erzählt, als ich bei euch angefangen habe.«

»Er meinte, er sehe etwas in mir, das niemand sehe«, ergänzte Hanan.

»Er hatte bestimmt recht.«

»Es gibt ja einen Unterschied dazwischen, etwas in jemandem zu sehen, was wirklich in der Person steckt, und etwas in jemandem zu sehen, das mit der Person eigentlich nichts zu tun hat, sondern vor allem mit sich selbst«, sagte Hanan mit tiefer Stimme.

»Ist das so?«, fragte Noam.

»Na ja, nicht alles, was wir glauben, im anderen zu sehen, gehört zum anderen. Das eine ist Empathie, das andere ist Projektion.«

»Okay.«

»Dein Text an Bibi, der ist Projektion.«

»Aha.«

»Ich weiß, dass du dir sicher bist, dass du ihn irgendwie gefühlt hast. Bibi, meine ich. Und manchmal, also, ganz oft, hast du auch ein wahnsinnig großes Talent, Dinge zu erspüren. Vor allem Ereignisse, Veränderungen in der Gesellschaft, politische Verstrickungen, Verschwörungen. Du schaust dahin, wo andere wegschauen, weil es ihnen zu blöd wird.

Genau da bleibst du stehen und schämst dich nicht für das, was du siehst.«

»Danke«, sagte Noam anerkennend. Gerade als er seine Hand auf Hanans legen wollte, fuhr Hanan fort: »Wir glauben an dich und wollen, dass du einen neuen Text für die nächste Wochenendausgabe schreibst.«

»Nein. Der Brief ist gut«, sagte Noam, während seine Hand über Hanans schwebte.

»Noam, jetzt sei doch nicht so verdammt dickköpfig. Und selbst wenn der Brief gut wäre, ich will ihn nicht in der Zeitung.«

»Wenn du ihn nicht druckst, bin ich eben raus. Ich brauche euch nicht. Ich brauche diese Kolumne nicht. Ich brauche die *Haaretz* nicht.«

Noam sprang auf, schubste den Stuhl mit einem Stoß nach hinten weg und setzte sich auf das Fensterbrett. Hanan erhob sich vom Tisch und setzte sich auf den Stuhl, auf dem Noam gerade gesessen hatte.

»Jetzt mach es dir doch nicht so schwer, Noam. Lass sie ziehen.«

»Ich lasse hier gar nichts ziehen.«

»Es geht doch nur um diesen einen Text. In fünf Jahren. Das ist eine riesige Leistung. Fünf Jahre lang haben wir jede Woche einen Text von dir veröffentlicht. Jetzt lehnen wir einen ab. Das ist ein Geschenk im Leben eines Redakteurs. So was gibt es normalerweise gar nicht. Weißt du, wie viele meiner Texte David und Dov nicht gedruckt haben? An die fünfundzwanzig.«

»Vielleicht hatte Gershom doch nicht recht.«

»Gershom hatte recht. Er hat aber auch verstanden, dass wir Fehler machen. Und dass unsere Fehler uns nicht definieren. Jedenfalls nicht nur. Dass Fehler kein Problem sind, solange wir Verantwortung für sie übernehmen.«

»Ich habe mit dem Brief keinen Fehler gemacht!«, schrie Noam.

»Doch, das hast du.«

»Sag das noch mal, und wir sind geschiedene Leute, Hanan.«

»Noam, du hast mit diesem Brief einen Fehler gemacht, dafür hast du aber über zweihundertfünfzig Kolumnen ohne Fehler abgeliefert, und deswegen wollen wir auch eine zweihundertzweiundfünfzigste Kolumne von dir und vergessen Nummer zweihunderteinundfünfzig.«

Noam spuckte auf den grauen Teppichboden vor Hanans Füße und verließ das Büro. Sofort spürte er das dringende Bedürfnis, sich zu entschuldigen und auf Hanans Vorschlag einzugehen, aber er wusste nicht wie. Wie entschuldigte man sich, ohne schwach zu wirken? Ohne sein Gesicht zu verlieren, ohne zum Opfer zu werden? Er stieg in den Fahrstuhl und sah seine Gestalt im Spiegel, da schlug er sich ins Gesicht, immer wieder, und er schrie, so laut er konnte: »Du bist kein *Freya*, du bist kein *Freya*, du bist kein *Freya*!«

Als Noam das Gebäude verließ, spuckte er noch einmal auf den Boden, traf aber diesmal seine Schuhe. Die Spucke lief durch den dünnen Stoff seiner abgewetzten Keds.

»Alles scheiße«, fluchte er. »Alles Idioten, elende kleine Idioten.«

Aber anders als gestern war seine Wut nicht mehr unkontrollierbar. Fast war es, als könnte er binnen weniger Sekunden mit dem Thema abschließen. Vielleicht, weil er ahnte, dass sein Ende bei der *Haaretz* längst besiegelt war. Vielleicht wollte er aber auch selbst nicht mehr. Vielleicht war einfach der verdammte Punkt erreicht, wo er mehr aus seinem Talent machen würde, als es an dieses Drecksblatt zu vergeuden, dachte Noam und wurde euphorisch.

»Wenn sich eine Tür schließt, öffnet sich eine andere«, sagte er laut. Den Spruch hatte er vor ein paar Tagen bei einer Influencerin auf Instagram gelesen.

Er checkte die aktuellen Ergebnisse der NBA, indem er, wie immer, die Spielberichte des Vorabends durchscrollte, und schickte, als er damit fertig war, eine SMS an Tamar.

*Will dich sehen. Habe gute Nachrichten!*

Aber Tamar antwortete nicht. Auch nicht nach einer Stunde.

Noam lief und lief. Bog ab, ging im Kreis, lief wieder zurück, fuhr ein bisschen Sherut, stieg irgendwo aus, stieg in ein neues Sherut ein. Wartete darauf, dass Tamar sich meldete, aber sein Telefon blieb still. Irgendwie war er am Gordon Beach gelandet, der Mutter aller *Jeckenbeaches*. Miri hatte ihn geliebt. So hatte es ihm Asher jedenfalls all die Jahre über erzählt. Und als Noam ihn gefragt hatte, warum der Gordon Beach eigentlich *Jeckenbeach* genannt werde, hatte Asher ihm keine Antwort geben können, sondern nur mit den Schultern gezuckt.

Noam nahm sich einen orangefarbenen Plastikstuhl vom Stapel. Der Strand war wie leer gefegt. Nur ein paar Russen lagen auf ihren Decken. Es stürmte, und Regentropfen fielen aus dem Himmel. Noam zog sich seinen Hoodie über und starrte auf sein Telefon. Nichts als Stille.

Er öffnete Instagram, suchte nach Tamar, aber sie hatte seit sieben Tagen kein Bild gepostet. Ihre *Stories* konnte er sich auf keinen Fall anschauen, denn sie hätte gemerkt, dass er sie stalkte. Tamar war ihm eigentlich egal, aber nicht, was sie von ihm dachte.

Heute hätte er sie gebraucht. Ihre Körperwärme. Diesen Schlund, der seinen Penis verschlang und ihn erst wieder auswarf, wenn Noam so tat, als würde er kommen. Noam griff sich in die Hose. Die Russen packten gerade zusammen. Sein Glied schwoll an, groß und hart wurde sein Penis. Noam dachte an Asher, ein bisschen zu lange, und kurz an einen Hintern, den er schon viele Jahre nicht mehr gesehen hatte. Er stellte sich vor, wie er heute ins Bett gehen, einschlafen und am nächsten Tag als neuer Mann aufwachen würde. Als freier Mann. Frei von dieser dämlichen *Haaretz*-Scheiße. Große, neue Dinge könnten jetzt endlich passieren.

Die Sonne sank schüchtern ins Meer. Eine Möwe setzte sich vor Noams Füße. Er versuchte, sie zu verscheuchen, aber sie haute einfach nicht ab. Sie starrte auf Noams Gesicht und auf seine Hand, die versuchte, die Schwellung in den Griff zu bekommen.

»Kschh! Kschh!«, rief er, und sein Penis wurde wieder weich. Er zog die Hand aus der Hose, und die Möwe flog davon.

Noam sprang auf und nahm den nächsten Bus, den er sah. An der Allenby Ecke King George Street stieg er wieder aus und lief zum kleinen Vorplatz vor dem Shuk. Dort setzte er sich auf einen der freien Metallstühle.

Ben war auch da. *Ben the drummer*, der Schlagzeuger, der jeden Tag auf seine bescheuerten weißen Plastikeimer eindrosch und dazu Hits aus den Achtzigern und Neunzigern laufen ließ, damit das, was er tat, ein bisschen mehr nach Musik klang. Niemand spielte schlechter Schlagzeug als Ben, dachte Noam und schnaufte abfällig. Wie Ben es immer wieder schaffte, einen ganzen Pulk von Menschen um sich herum zu versammeln, war ihm ein Rätsel.

Auf der anderen Seite der Allenby hielt ein Sherut. Noam zog an seiner Zigarette und starrte auf die aussteigenden Personen. Eine Mutter mit ihrer sechsjährigen Tochter. Ein alter Mann mit Gehstock. Eine junge Frau, die einen olivgrünen Jumpsuit trug, als wäre sie bei der Armee. Er beobachtete, wie sie ihre Plastiktüten von AM:PM auf den dreckigen Boden der Allenby abstellte und orientierungslos zur King George und zur Shenkin Street schaute. Als sie den Eingang zum Shuk entdeckte, griff sie nach ihren Tüten und lief bis zur Ampel. Während sie wartete, schob sie die Tüten in ihre Armbeugen und lockerte die Handgelenke und Finger. Bestimmt schnitt das billige Plastik in ihre Haut, dachte Noam. Er zog die Beine an, stellte seine Keds auf dem Stuhl ab und umschloss mit den Armen die Knie. Etwas faszinierte ihn an ihr. Noam konnte nicht eindeutig sagen, was es war. Als sie die Allenby überquerte, hob er die rechte Hand und hielt sie zwischen sein Gesicht und den Kopf der Frau, die immer näher auf ihn zukam. So konnte er zuerst die eine Gesichtshälfte genauer sehen und dann die andere. Ihr rechtes Auge stark und unnahbar, das linke unendlich traurig. In einem der wenigen Momente großer Nähe zwischen Asher und ihm hatte sein Onkel erklärt, dass die linke Seite eines Menschen dessen Herzseite sei und die rechte die Kopfseite. Wenn man wissen wolle, was einer Person widerfahren sei, müsse man sich nur die Herzseite des Gesichts ansehen. Und wenn man wissen wolle, wie der Mensch mit diesen Brüchen umgegangen sei, müsse man die Kopfseite betrachten.

Die Frau im grünen Jumpsuit ging direkt auf Ben zu und machte neben den anderen Personen halt, um ihm zuzuhören. Ihre Tüten ließ sie diesmal nicht los. Sie kniete sich hin und beobachtete genau, wie Ben mit den Drumsticks auf die weißen Plastikeimer schlug.

Offensichtlich sah sie etwas in Ben, das Noam noch nicht gesehen hatte, und er wollte wissen, was es war. Ihr Blick auf die Welt interessierte ihn. Das hatte er in dem Augenblick begriffen, als sie das Sherut verließ.

Also stand Noam auf und lief unauffällig nah an ihr vorbei. Dabei atmete er tief durch die Nase ein. Salzig, seifig und frisch roch sie. Dann stellte er sich neben Ben, um sie besser beobachten zu können.

Die Frau lächelte warm, griff in ihre Tasche, machte ein Foto mit ihrem Handy und drückte anschließend auf dem Display herum. Vermutlich bearbeitete sie es, suchte den richtigen Filter bei *Afterlight* und lud es auf Instagram hoch. Jetzt zog sie Kleingeld aus ihrer schwarzen Tasche, ließ die Tüten und die Tasche einfach auf dem Boden liegen, ging zu Ben und warf das Geld in seine Mütze.

Was für ein Vertrauen in die Welt, dachte Noam, einfach ihre Sachen stehen zu lassen. Aber vielleicht war es gar kein Vertrauen in die Welt, sondern ein totales Desinteresse allem Weltlichen gegenüber. Noam kniff die Augen zusammen, so, wie man es tut, wenn man sich auf ein Detail konzentriert und folgte jeder ihrer Bewegungen. Blitzschnell drehte sie sich um, griff nach ihren Sachen und verschwand binnen weniger Sekunden auf dem überfüllten Markt.

Kurz überlegte Noam, ihr hinterherzulaufen, aber stattdessen setzte er sich wieder auf seinen Stuhl, öffnete Instagram und suchte über die Location-Funktion nach *Shuk Ha'Carmel*. Er klickte auf *Aktuell* statt auf *Am beliebtesten*, und sofort erschien das Foto, das sie soeben gemacht hatte. Sogar Noams rechter Keds-Schuh war darauf zu sehen. Er klickte auf ihr Profil und sprach das erste Mal ihren Namen aus: »Nike Waldman.«

Nike hatte 2.374 Follower und folgte 688 Personen. Sie hatte insgesamt 523 Fotos gepostet. Fünfhundertdreiundzwanzig Fotos, die er sich in den nächsten Stunden anschauen könnte. Fotos mit Bildunterschriften, die er lesen müsste. Abonnenten und Abonnements, die er studieren würde. Sein Tag war gerettet.

Noam schaltete sein Telefon in den Ruhemodus, legte den Kopf in den Nacken, schloss die Augen und spürte in die Welt hinein. Sein Körper verband sich mit ihr, und er wusste, dass nun alles gut werden würde. Ja, dass alles genauso gekommen war, wie er es immer geahnt hatte. Dass dieses Gefühl, das ihn seit seiner Kindheit umgetrieben hatte und ständig dazu zwang, auf die aussteigenden Passanten zu achten, richtig gewesen war. Dass er sich nicht damit geirrt hatte, auf das Gefühl zu hören. Auch nicht mit der Entscheidung, die *Haaretz* zu verlassen. Nike Waldman war ein Zeichen, und er würde sie und das neue Leben, das sie mit sich brachte, nicht mehr loslassen.

## 5

Es war schon Ende Oktober, aber immer noch so heiß, dass Asher entschieden hatte, mit dem sechsjährigen Noam in den Country Club zu fahren. Im Country Club, wie Freibäder in Israel heißen, war Asher gleich Mitglied geworden, als er mit dem Jungen nach Arad zog. Doch lange Zeit war er nicht bereit gewesen, einen ganz normalen Schabbat mit ihm zu verbringen.

Auch dieser Samstag hatte begonnen wie alle anderen. Als Asher gegen elf Uhr aufwachte, saß Noam schon seit Stunden vor dem Fernseher. Aber an diesem Morgen entschied Asher, dass er nicht mehr länger trauern wollte. Er wollte auch Noam nicht mehr traurig sehen, sondern so glücklich wie damals, als Avraham noch lebte. Asher sprang aus dem Bett, lief an Noam vorbei und strich ihm über den Kopf. Danach öffnete er ihm eine Tüte Chips zum Frühstück und rief Rivka an. Sie war seine Sekretärin, und seit ein paar Wochen trafen sie sich auch außerhalb des Büros. Asher fragte, ob sie Noam und ihn in den Club begleiten wolle, und Rivka sagte so schnell und sicher zu, als hätte sie nur auf diesen Anruf gewartet.

Noam rannte schon das elfte Mal um den Pool herum. Fünfmal war er auf dem nassen Boden, den die wagemutig vom Turm springenden Jungen zu verantworten hatten, ausgerutscht. Einmal war er auf seinen kleinen Po gefallen, der in einer blauen Badehose steckte, zweimal auf den Rücken und zweimal auf die Knie. Sie waren aufgeschlagen, aber das war egal. Noam war glücklich. Zum ersten Mal seit langer Zeit.

Rivka lag auf einem dicken grünen Badehandtuch, das sie über der Sonnenliege ausgebreitet hatte. Auf ihrer Nase klebte ein weißes Papierhütchen. Ihre Beine, die Arme, den Bauch, das Dekolleté und den Rücken hatte sie mit Kokosnussöl eingerieben. Sie hielt sich eine Reflektorpappe unter den Hals, damit auch ihr Kinn genauso braun werden würde wie der Rest ihres Körpers.

Asher stromerte mit sicherem Gang über das Gelände des Country Clubs. Er war klein, aber kräftig. Dafür sorgte die harte Arbeit, der er täglich nachging. Sein schwarzes Haar, das er oben kurz und am Nacken lang trug, hatte er mit viel Gel nach hinten gekämmt. Brust, Bauch und Rücken waren mit einem dichten schwarzen Flaum überzogen. Willenlos lief er unbekannten Frauen hinterher. Bog mal rechts und mal links ab. Zwinkerte ihnen zu und starrte auf ihre knappen Bikinis und Badeanzüge. Immer in der Hoffnung, zufällig eine Brustwarze oder ein herauslugendes Schamhaar zu entdecken. Das Bild prägte er sich fest ein, um es am Abend wieder abrufen zu können, sobald er nackt in der Dusche war.

Asher setzte sich auf einen weißen Plastikstuhl, der verlassen herumstand, und begrüßte Männer, die er nicht kannte. Sie gesellten sich zu ihm, hielten einen kurzen Plausch über das Wetter, die Regierung und die Arbeit und verabschiedeten sich daraufhin wieder.

Gerade wollte er zurück zu Rivka laufen, um ihr zu sagen, wie glücklich es ihn mache, dass sie mitgekommen sei, da setzte sich sein Blick am Hintern eines Mädchens fest. Sie war nicht älter als sechzehn und trug einen neongelben Crinkle-Bikini. Die jungen, festen Brüste quollen aus dem engen Oberteil. Das lange blondierte Haar streichelte beim Laufen ihren braun gebrannten Rücken. Asher stellte sich vor, wie er seinen Penis in ihren Mund schob und ihr die Augen vor Erregung nach hinten ins Gehirn rutschen würden.

Das Mädchen reihte sich in die Schlange am Imbiss ein, und Asher tat es ihr wie automatisch gleich. Er ließ ein wenig Abstand und rückte, so unauffällig wie möglich, immer dichter an sie heran, bis seine Brusthaare ihren Rücken berührten. Sie drehte sich um, sah Asher und sprang zur Seite. Dann fauchte sie böse »*Ma se?*«, was ist?

»Hey, Süße, wie geht's dir?«, fragte er. Keine Reaktion.

Doch Asher gab nicht auf. Er wusste um seine Attraktivität, seinen Charme und den Eindruck, den er bei Frauen hinterlassen konnte. Ihre alberne *Hard-to-get*-Attitüde motivierte ihn nur und bestätigte, was ihm ohnehin klar war. Sie wollte ihn, und er wollte sie.

»Was ist los? Schlechte Laune? Soll ich dir ein Eis kaufen, Schatz?« Jetzt würde sie sich sicher gleich umdrehen, ihn anlächeln und seine Einladung annehmen, aber nichts passierte.

Gerade als er »Ich mag …« sagte, klopfte ihm ein dünner, großer Mann mit einer altmodischen schwarzen Hornbrille von hinten auf die Schulter. »Asher, bist du das?«

Die Glatze des Mannes glänzte im Licht, leuchtete tiefrot vor Sonnenbrand. Asher drehte sich um und stieß freudig aus: »Ilan! Was für ein Zufall!« Sie fielen sich in die verschwitzen, öligen Arme.

Ilan und Asher waren alte Schulfreunde. Seit ihrer Jugend hatten sie sich nicht mehr gesehen. Wie lange mochte es wohl her sein? fragten sie sich. Zwanzig Jahre? Fünfundzwanzig Jahre? Ja, so war es wohl. Während Asher im Alter von fünfzehn Jahren entschieden hatte, nie wieder eine Lehranstalt zu besuchen, war Ilan zur Sportschule gegangen und ein erfolgreicher Basketballspieler geworden.

»Wie geht's dir? Was machst du?«, fragte Asher, und Ilan erzählte ihm von seiner Karriere bei Maccabi Tel Aviv, mit denen er 1977 sogar Europapokalsieger geworden war. Kurz nach diesem historischen Sieg habe er sich wegen einer schweren Knieverletzung aus dem Profi-Basketball zurückziehen müssen. Jetzt arbeite er erfolgreich als Coach für junge Nachwuchsspieler.

»Aber sag mal, Asher, wie geht's dir? Von allen Städten in

diesem verdammten Land hast du dir die hässlichste ausgesucht? Arad?«

»Ja, ich bin erst vor zwei Monaten hergezogen. Avraham ist tot.«

»Avi ist tot? *Baruch Dayan Emet*, gelobt sei der wahrhaftige Richter. Was ist passiert?«

»Autounfall.«

»Verdammte Scheiße. Mehr Israelis sterben durch Autounfälle als durch Terroranschläge«, antwortete Ilan.

»Ich weiß. Avi hatte einen Sohn. Er heißt Noam. Auf den passe ich jetzt auf. Den musst du kennenlernen. Er rennt den ganzen Tag um den Pool und ist riesig für sein Alter.«

»Von wem er das wohl hat«, lachte Ilan und stieß Asher mit dem Ellenbogen in die Seite.

»Was soll das heißen? Was ist dein Scheißproblem?«, schrie Asher.

»Gar nichts, mein Guter, reg dich nicht auf«, sagte Ilan und schlug Asher liebevoll auf die Wange. »Ich freu mich, dich zu sehen. Wirklich.«

»Ich sag dir, du wirst Augen machen, wenn du ihn triffst.«

»Okay, ich glaube dir. Du zeigst ihn mir gleich, und ich mache aus ihm einen großen Basketballspieler. Asher, sag, wen hast du geheiratet? Die Devorah?«, flüsterte Ilan.

»Wer zum Teufel ist Devorah?«, fragte Asher und runzelte die Stirn.

»Na, hör mal, deine große Liebe Devorah? Asher, du hast alles für sie getan, als du fünfzehn Jahre alt warst. Du wolltest sie heiraten, mit ihr nach Amerika gehen. Du wirst doch noch wissen, wer Devorah ist?«

»Ja, ja, klar, Ilan. Devorah, genau. Aber die ist es nicht geworden. Ich bin auch nicht nach Amerika gegangen. Ich habe niemanden geheiratet. Ich lebe, arbeite und ficke. Im Moment die da drüben.« Asher zeigte über das Wasser auf die andere Seite des Pools. »Siehst du die? Die da auf der grünen Decke liegt, das ist die, ach, sag schon, die …, verdammt noch mal, jetzt habe ich ihren Namen vergessen.«

»Immer noch ganz der Alte, mein Lieber. Es hat sich nichts verändert«, antwortete Ilan und lachte laut, dann gab er Asher einen Klaps auf den Po und flüsterte: »Hier, schau, du bist dran.«

Asher bestellte ein Bier, einen Wein für Rivka und eine Fanta für Noam.

»Kommst du gleich rüber, ja?«, sagte Asher und verabschiedete sich.

Asher klemmte sich die Flaschen zwischen die Finger und trug das Glas Wein in der anderen Hand. Die Frauen, denen er auf dem Rückweg hinterherschaute, funkelten ihn wütend an, wenn sie sein Starren bemerkten. Am liebsten hätte er den Wein weggeschüttet und das Glas in den nächsten Mülleimer geworfen. »Dieser blöde Wein. Gar nichts hätte ich der Rivka mitbringen sollen«, nuschelte er und zwinkerte dabei einer Mitte sechzigjährigen Frau zu, die sich gerade hinter einem Baum auszog. Erschrocken ließ sie das Handtuch fallen und versuchte, mit beiden Händen ihre Scham zu bedecken. Asher leckte sich über die Lippen und lief weiter.

»Hey, steh auf!«, rief er und stieß mit dem Fuß gegen die Liege. Rivka erhob sich schlaftrunken von ihrem Handtuch. Ruppig drückte er ihr das Weinglas in die Hand. Die Flüssigkeit schwappte auf Rivkas Oberschenkel. Asher dachte an Penetration.

»Wie lieb«, sagte Rivka, »danke, dass du mir einen Wein

mitgebracht hast.« Sie wollte Asher einen Kuss auf die Wange geben, aber der drehte sich weg.

»Wo ist Noam?«, fragte er, und Rivka sank beleidigt zurück auf die Liege.

»Was weiß ich? Ich dachte, er ist bei dir.«

Verunsichert stellte Asher die Flasche Fanta auf den Betonboden und nahm einen großen Schluck von seinem Bier. Sein Herz begann zu rasen. Aufgeregt ließ er den Blick über das gesamte Gelände und den Pool wandern. Er sah einen Haarschopf im Wasser. Der dazugehörige Körper trieb an der Oberfläche. Er ließ die Bierflasche los. Sie zerschellte. Glassplitter trafen Rivka. Asher rannte zum Pool, sprang ins Wasser, bekam Noams lockige schwarze Haare zu fassen und zog den bewusstlosen Jungen heran. Er schmiss den kleinen Körper mit einem Ruck auf den Rand des Pools und drückte sich selbst nach oben. Asher kniete vor Noam, hielt ihm die Nase zu, presste Luft in seinen geöffneten Mund und versuchte, ihn mit einer Herzdruckmassage wiederzubeleben. Erst einmal, dann noch einmal. Aber nichts passierte. Eine Traube Menschen hatte sich um die beiden versammelt.

»Tu mir das nicht an!«, schrie Asher, »das kannst du mir nicht antun, Noam, nicht jetzt!« Erneut drückte er mit dem ganzen Gewicht seines Körpers gegen Noams schmalen Brustkorb. »Ich verspreche dir, ich werde ein besserer Vater. Ich verspreche es dir. Bitte, bitte, wach auf!«

Mit einem Mal hustete Noam kräftig und spuckte schmutziges Wasser. Da schlug Asher ihm ins Gesicht und schrie ihn an: »Was habe ich dir gesagt? Du kannst nicht schwimmen! Was machst du im Wasser, du Idiot?«

Noam begann zu weinen. Sein Gesicht war nass von Chlorwasser und Spucke, Tränen liefen aus den rot unterlaufenen Augen, und seine blauen Lippen zitterten.

Jemand fragte, ob sie Hilfe bräuchten, aber Asher jagte ihn mit einem bösen Blick und einer Salve zusammenhangloser Beleidigungen davon. Er hob Noam hoch, trug den erschöpften, kleinen Körper zur Liege und legte Noam ab. Rivka stand unbeholfen daneben.

»Mach dich mal nützlich und hol mir sofort ein neues Bier!«, schrie er, und Rivka rannte zum Imbiss. Asher legte die Hand auf Noams Stirn, küsste die langen schmalen Finger und sagte ernst: »Du lässt mich nicht allein in dieser Scheißwelt. Hast du gehört? Wehe, du wagst es, mich irgendwann allein zu lassen.«

Eine Woche später brachte Asher Noam zu Ilan ins Basketballtraining. Eigentlich war Noam zu jung für die Gruppe, aber Ilan hatte ein Auge zugedrückt. Er hatte Noam gleich in der ersten Stunde zur Seite genommen und gesagt: »Den anderen Jungs erzählen wir nichts davon. Du bist sieben Jahre alt, egal, wer dich fragt.« Daraufhin hatte er ihm in die Wange gekniffen und durch die wilden Locken gewuschelt.

Noam liebte es, mit den anderen Jungs zu spielen. Er liebte den Ball, die Tricks, die Regeln, und er liebte Ilan. Während des Trainings dachte er nicht an Miri und auch nicht an Avraham, sondern war einfach glücklich. Er mochte, wie Ilan mit den Jungen umging. Wie ein Ersatzvater war er für sie. Streng und fordernd, aber liebevoll. Wenn eines seiner »Nachwuchstalente«, wie Ilan sie immer nannte, bedrückt auf der Wechselbank saß, setzte er sich dazu und fragte, was los sei. Er legte seinen starken braun gebrannten Arm um die Schultern des Kindes, drückte sie ein kleines bisschen zusammen und gab dem Jungen, ohne viel Aufsehen zu erregen, das Gefühl, dass alles in Ordnung war, ja, als wäre das Leben bei Weitem nicht so schwer, wie es in diesem Moment schien.

Noam beobachtete viele Wochen aufmerksam, wie Ilan sich jedem einzelnen Spieler und dessen individuellen Talenten widmete. Und Ilan beobachtete Noam, um herauszufinden, wie er ihn auf dem Spielfeld am besten einsetzen könnte. Anders als Asher behauptet hatte, war Noam nicht besonders groß und auch nicht sehr stark. Er war zierlich, wendig und blitzschnell. Nach drei Monaten Training machte Ilan Noam zu einem der Aufbauspieler. Und Noam entwickelte sich. Er wurde richtig gut. Also schickte ihn Ilan schon nach wenigen Monaten zum ersten offiziellen Spiel für sein Team, die *Ha'poel Arad*.

Asher schaffte es fast nie zu Noams Wettkämpfen. Aber Noam machte sich nichts daraus. Ilan brachte ihn danach meistens nach Hause, und Noam genoss die viele Zeit, die er mit ihm verbringen durfte. Zum Beispiel, wenn Ilan ihm, nachdem alle anderen schon abgeholt worden waren, noch Tricks in der Halle zeigte. Oder wenn beide nach dem Training zu dem Eisladen zwei Straßen weiter liefen und er ihm zwei Kugeln Schokoeis kaufte.

Fast ein Jahr trainierte Noam bei *Ha'Poel Arad*, bis Ilan anfing, gemeinsam mit ihm zu duschen. Er stellte sich einfach vor den siebenjährigen Jungen und zog sich langsam aus. Dabei lachte er. Und Noam lachte auch. Ilan zeigte Noam, wie man sich ordentlich wusch. Unter den Achseln und auch zwischen den Pobacken. Er nahm Noams Hand und führte sie zu seinem Penis, um ihm zu demonstrieren, wie man diesen richtig reinigt. »Hat dir das Asher schon mal erklärt?«, fragte Ilan, und Noam schüttelte den Kopf und schaute aufmerksam auf Ilans Penis und die kleine Hand, unter der dieses Körperteil sekündlich größer wurde.

Eine Woche später nahm Ilan Noams Penis in den Mund und erklärte ihm, dass auch das eine besonders innige Art der Reinigung sei. Nahestehende Familienmitglieder würden es so machen, oder eben Ilan, für den Noam längst wie ein eigener Sohn sei. Noams Penis wurde vor Erregung hart, auch wenn er gar nicht eindeutig sagen konnte, ob er wirklich mochte, was Ilan da tat. Aber seinem Körper schien das Reinigungsritual zu gefallen. Ilan zeigte auf Noams Penis, freute sich und grinste über das ganze Gesicht. Dann sagte er: »Guck, der mag gerne, was ich da mache«, und Noam glaubte Ilan.

Das gemeinsame Duschen nach dem Training wurde zum Ritual, das Ilan jeden Donnerstag mit Noam wiederholte. Irgendwann zeigte Ilan ihm, wie es sich anfühlte, selbst einen Penis in den Mund zu nehmen, und wie es wäre, wenn man diesen Penis in den Po steckt. Nach Noams erstem Analverkehr fuhr Ilan mit ihm in einen Vergnügungspark. Es schmerzte, als Noam sich auf das Karussell setzte, aber er versuchte, es sich nicht anmerken zu lassen, und lachte besonders laut, wenn sich das Karussell ganz schnell drehte. Ilan kaufte ihm eine große Zuckerwatte, und Noam liefen runde Tränen aus den Augen, als er hineinbiss. Ilan fragte ihn: »Warum weinst du denn?«, und Noam antwortete: »Ich weiß es auch nicht.«

»Wenn man nicht weiß, wieso man weinen muss, ist das ein Zeichen von Liebe«, antwortete Ilan ihm. Er nahm ihn ganz fest in den Arm und sagte: »Du bist etwas ganz Besonderes.

Ein ganz besonderer Junge, der ganz viel Aufmerksamkeit auf eine spezielle Weise verdient hat. Was wir beide haben, hat sonst niemand. Das ist unser großes Geheimnis. Ich liebe dich, wie dich dein Abba geliebt hat, nur noch mehr.«

Noam nickte, wischte sich eine herunterkullernde Träne mit seinem dunkelblauen T-Shirt ab und biss erneut in die Zuckerwatte.

# NIKE

## 6

Am Morgen nach der Demonstration wachte ich schon um fünf Uhr auf, obwohl ich sicher nicht vor Mitternacht eingeschlafen war. Sofort stand ich auf, zog mir eine Leggins und einen Kapuzenpullover über sowie Turnschuhe an, die ich mir in Berlin kurz vor Abreise gekauft hatte.

Hinter der Gartentür drückte ich die Kopfhörer in meine Ohren, machte Mahlers Siebte Sinfonie an, über die Adorno gesagt hatte, dass sie zugleich das Ausgehöhlte und das immer Wahre darstelle, und rannte los. Ich rannte die Barnet runter, links auf den Spielplatz, über den Parkplatz und hielt vor der Kaufmann Street. Es war noch dunkel. Nur ein paar leere Taxis sausten an mir vorbei. Ich trippelte auf der Stelle, wie ich es unzählige Male bei Joggern gesehen hatte, und tat es ihnen gleich. Ich überquerte die vierspurige Hauptverkehrsstraße, rannte durch den feuchten Sand bis zum Wasser und lief Richtung Norden. Die meiste Zeit über schloss ich die Augen. Manchmal spritzte das Wasser gegen den dünnen Stoff der Leggins. Meine Füße wurden nass. Aber das störte mich nicht. Ich spürte meinen Herzschlag und hörte meinen Atem. Der Wind drückte gegen meine Haut. Die Lippen wurden davon trocken. Ich befeuchtete sie. Sie schmeckten nach Salz. Hinter den Häusern Tel Avivs ging langsam die Sonne auf. Der Himmel wurde heller. Mit dem Einsetzen des *Scherzo* erreichte ich die Marina, den Hafen von Tel Aviv. Dort ging es nicht mehr weiter, also drehte ich um und rannte zurück.

Jeder Morgen verlief von nun an genauso. Ich stand um fünf Uhr auf, zog mir meine Laufsachen an und rannte achtzig Minuten zu Mahlers Siebter Sinfonie, als ginge es um mein Leben. Danach duschte ich und ging zum DAAD.

Es war Donnerstag, mein freier Tag. Völlig verschwitzt kam ich im Garten an. Ich zog die Stöpsel aus meinen Ohren und schmiss das Telefon neben den Rechner. Am Vorabend hatte ich ihn offensichtlich auf dem Tisch liegen lassen und nicht wieder mit ins Wohnzimmer genommen. Was für ein Glück, dass seit einer Woche kein Regen gefallen war, dachte ich. Ich griff nach dem Laptop, legte mich auf die Liege, die neben dem Olivenbaum stand, klappte den Rechner auf und gab *Sascha Brinkmann* bei Google ein. Zum ersten Mal, seit ich vor fünfzehn Jahren die Tür unserer gemeinsamen Wohnung hinter mir zugezogen hatte und nie wieder zurückgekehrt war.

Sein LinkedIn-Profil erschien als Erstes. Sascha arbeitete mittlerweile als IT-Manager für eine große Tech-Agentur und entwickelte anscheinend Apps. Ich stellte ihn mir kurz als App-Entwickler vor und konnte es mit dem Bild, das ich von ihm hatte, nicht zusammenbringen. Anscheinend hatte er sein Philosophiestudium an der TU abgeschlossen und durch einen Werkstudentenjob seinen Weg in den IT-Sektor gefunden. Über sein ausführlich ausgefülltes LinkedIn-Profil konnte ich seine gesamte berufliche Laufbahn nachvollziehen.

Ich lud sein Profilfoto auf meinen Desktop und vergrößerte es. Saschas Gesicht nahm den gesamten Bildschirm ein. Ich sah seine Poren und ein paar schwarze kurze Haare, die aus beiden Nasenlöchern ragten. Mit meinem Zeigefinger fuhr ich über seine linke Wange, über seinen Nasenrücken und seine Augenbrauen.

Auf Google fand ich auch Saschas Facebook-Profil. Doch als ich auf den Link klickte, war die Seite für mich nicht aufrufbar. Sascha Brinkmann hatte mich geblockt, dachte ich. Nicht ich hatte ihn geblockt, sondern er mich! Und dann erinnerte ich mich daran, dass Wochen nach dem schlimmsten Vorfall, für den ich ihn sogar angezeigt hatte, seine Mutter mir zum Geburtstag *Das Wüten der ganzen Welt* von Maarten 't Hart geschenkt hatte. Ich hatte den Roman nie gelesen und den Titel immer als Affront gegen mich empfunden. Als wäre ich selbst der Auslöser gewesen. Genauso, wie Sascha es mir immer vorwarf. Ich hatte versucht, die Anzeige wieder zurückzuziehen, so, wie die meisten Frauen es tun, aber das war aufgrund einer neuen Gesetzeslage nicht mehr möglich gewesen. Mein Anwalt hatte anschließend einen Vergleich erarbeitet, und die Sache war nie vor Gericht gelandet. Danach machten wir einfach weiter mit unserem gemeinsamen Leben. Als wäre nichts geschehen.

Vielleicht war ich gar nicht geblockt, weil Sascha sich Sorgen machte, ich könnte ihn irgendwann kontaktieren, sondern weil er für die Aufrechterhaltung seines Narrativs einen isolierten Raum brauchte. Einen Raum, in dem ich mit meinem Leben und meiner Version der Geschichte nicht vorkam. Aber vielleicht war es auch ganz anders, und Sascha war einfach nicht mehr auf Facebook, wie so viele mittlerweile. Ich schickte Yseult eine WhatsApp-Nachricht: *Gibst du mal bitte* Sascha Brinkmann *bei Facebook ein, machst einen Screenshot und schickst ihn mir*? Und nur zwei Minuten später schickte mir Yseult ein Foto von Sascha und seinem Facebook-Profil.

Mit einer schwungvollen Bewegung klappte ich den Rechner zu, verpasste ihm einen Stoß mit der Hand, und er rutschte über die Liege bis fast zum Ende. Völlig unter Strom, schrieb ich zwei Nachrichten: Eine ging an David Frenkel, den Anwalt, der mich vor fünfzehn Jahren vertreten hatte, und die andere an Maayan. Ich bräuchte ihre Hilfe. Sie solle dringend ein Dokument für mich suchen und mich sofort zurückrufen, sobald sie eine Stunde Zeit habe.

Eine halbe Stunde später klingelte mein Handy. Maayan. Ich bat sie darum, in den Keller zu gehen, in den Kisten nach einem Ordner mit der Aufschrift *Persönliches 2002–2004* zu suchen und ihn in die Wohnung zu holen. Sobald sie ihn gefunden habe, solle sie mich über FaceTime anrufen.

Ich riss eine der letzten am Strauch hängenden Tomaten ab und biss hinein. Das Fruchtwasser spritzte gegen meine Nasenspitze. Ich wischte es mit dem Handrücken weg. Nebenan schrie eine Frau entweder ihren Mann an oder ins Telefon. Es war schrecklich kalt, was ich genoss. Endlich war ich wütend, ohne traurig zu sein.

Um das folgende Gespräch mit Maayan so einfach wie möglich zu gestalten, googelte ich David Frenkel, machte einen Screenshot vom Logo seiner Kanzlei und schickte Maayan das Foto. *Erkläre ich dir gleich*, schrieb ich dazu.

Dann rief Maayan an. »*Boker tov*«, sagte ich.

»*Boker tov*. Du bist ja schon voll drin im *Hebrew lifestyle*«, lachte sie.

»Ja, selbst die israelische Mentalität scheine ich angenommen zu haben. So aggressiv und wütend wie in den letzten zwei Wochen war ich in meinem ganzen Leben noch nicht.«

»Das ist das Wasser.«

»Das Wasser?«

»Spaß. Schieß los, was gibt es? Ich habe den Ordner, nach dem du gefragt hast.«

»Du musst bitte nach einem Blatt suchen, das dieses Logo im Briefkopf hat.«

»Ah, *easy*.« Maayan nickte. »Siehst du was, wenn ich das Telefon so halte?«, fragte sie.

»Ja, so ist es perfekt«, antwortete ich.

Ich verfolgte, wie sie umblätterte, hielt Ausschau nach Davids Logo und wurde mit jeder Seite nervöser. Als sie beim letzten Blatt angekommen war, hielt sie sich das Telefon vor ihr Gesicht, verzog den Mund und fragte: »Noch mal? Da ist nichts.«

»Ja, noch mal«, sagte ich. »Vielleicht haben wir es nur übersehen.«

Insgesamt fünf Mal blätterten wir durch die gesammelten Dokumente, ohne Erfolg.

»Soll ich einfach die anderen Ordner aus dem Keller holen? Vielleicht hast du die Seite, die du suchst, falsch abgelegt?«, fragte Maayan, aber ich schüttelte nur den Kopf. Der Vergleich war weg.

Ich ging in die Küche und öffnete den Spülschrank, in dem ich vor ein paar Tagen zufällig Maayans Gartenwerkzeug entdeckt hatte. Es lag ordentlich verstaut in einem kleinen grauen Werkzeugkoffer. Daneben ein paar Handschuhe, in die ich hineinschlüpfte. Bewaffnet mit einer Gartenschere, einem Handjäter und einer Schaufel, machte ich mich an die Arbeit, die den ganzen Tag dauerte. Ich schnitt alte Ästchen ab, grub die Erde um, lockerte den Boden, entfernte das Unkraut und goss anschließend mit einer großen Gießkanne alle Blumen.

Am nächsten Morgen weckte mich das Klingeln meines Telefons. Ich lag auf der Couch. Dort schien ich vor Erschöpfung eingeschlafen zu sein, die Gartenhandschuhe neben mir auf dem kleinen Glastisch. *David Frenkel* stand auf dem Display, dazu ein Foto von ihm, wie er mir einen Kuss zuhauchte.

David war mir von Rosa empfohlen worden. Sie wolle mit Westjuden eigentlich nichts zu tun haben, hatte sie mir damals am Telefon gesagt, als ich sie angerufen und behauptet hatte, ich bräuchte einen Zivilrechts-Anwalt für eine Recherche.

»Nimm David. Der ist ein Guter«, sagte sie, »bei dem sind sowieso alle. Er hat mir bei meinem Testament geholfen.«

Als ich ihn anrief und darum bat, mich zivilrechtlich zu vertreten, antwortete er sofort: »Kann ich machen. Gar kein Problem.« Auf meine Frage, wen Rosa in ihrem Testament berücksichtigt habe, lachte er nur und schwieg. Ein gutes Zeichen, dachte ich. Er riet mir sofort ab, vor Gericht zu gehen. Es gebe keine Zeugen, erklärte David. Da stünde nur Aussage gegen Aussage. »Das verlierst du. Wir machen einen Vergleich.«

Außergerichtliche Einigungen waren Davids Spezialgebiet. Eigentlich riet er immer von Gerichtsverhandlungen ab, dafür war er bekannt, und alle hörten auf ihn. Außer Lola Wolf, die dann, wie David es ihr von Anfang an prophezeit hatte, ihren Hitlerbart-Prozess verlor.

Als ich Davids Gesicht auf dem Display sah, wollte ich zuerst nicht ans Telefon gehen. Meine gestrige Wut war der Scham gewichen und dem tiefen Wunsch, niemals wieder an das Geschehene erinnert zu werden.

»David«, sagte ich nur.

»Nike, was ist los? Deine Nachricht klang dramatisch.«

»Nein, alles gut. Ich bin in Tel Aviv.«

»Oh. Wieso?«

»Ich mache Alija.«

»Bist du total verrückt geworden?«

»Das hat praktische Hintergründe.«

»Hast du nicht mal erzählt, du warst noch nie in Israel?«

»Ja, ich war noch nie in Israel.«

»Und jetzt hast du den ersten Streitfall mit einem Taxifahrer, der dich übers Ohr gehauen hat, und ich soll dich da rausboxen. Außergerichtlich versteht sich.«

»Nee. Es geht um damals.«

»Damals?«

»Na, um damals.«

»Nike, nicht böse sein, aber ich habe ziemlich viele Fälle. Hilf mir mal. Ah, warte. Es ging um einen Vergleich.«

»Natürlich ging es darum, aber das hilft dir ja auch nicht weiter, weil du immer alle mit Vergleichen abspeist. Dank dir bekommt kein Jude in Berlin jemals in seinem Leben ein Gerichtsgebäude von innen zu sehen.«

»Das stimmt so nicht. Lola …«

»Ja, die hatte Glück.«

»Glück im Unglück.«

»Stimmt. Ich auch. Es geht um die Zähne. Also damals, da war ich wegen dieser Zahngeschichte bei dir.«

»Ja, irgendwas war mit deinen Zähnen. Wann war das noch mal?«

»2003«, flüsterte ich.

»Okay, das ist lange her.«

»Ja.«

»So lange kennen wir uns schon?«

»So lange bin ich dir schon treu«, sagte ich ermahnend.

»Das stimmt. Du bist wirklich sehr treu.«

»Das bin ich!«

»Was ist da passiert?«

»Ich will darüber eigentlich nicht reden.«

»Aber wenn du das nicht tust, kann ich mich nicht erinnern.«

»Ich, Sascha …«

»Sascha! Irgendwas klingelt da bei mir. Sascha Brinkmann.«

»Ja, genau. Wow, David!«

»Und weiter? Was hat der mit deinen Zähnen zu tun? War der dein behandelnder Zahnarzt?«

»Nein. Der hat, also, der war mir gegenüber gewalttätig.«

»Und dabei sind deine Zähne zu Schaden gekommen. Genau. Jetzt verdichtet sich langsam die Geschichte. Und was hast du diesbezüglich für eine Frage?«

»Ich muss meine Zähne jetzt machen lassen. Also, ich habe da einen Riss im Schneidezahn, und in dem Vergleich stand, dass er das übernehmen muss. Also, die Kosten. Und eigentlich will ich das bei Raffi machen lassen.«

»Ich liebe Raffi. Keiner spritzt so gut wie er«, sagte David.

»Das stimmt. Keiner spritzt so gut wie er«, erwiderte ich.

»Der hat 2014 Alija gemacht, nach der Militäroffensive *Tzuk Etan* in Gaza und den ganzen antisemitischen Reaktionen darauf in Deutschland.«

»Ja, das hat er.«

»Willst du das wirklich alles wieder aufwirbeln, oder

brauchst du das Geld? Ich weiß gar nicht mehr, was wir da reingeschrieben hatten. Hast du denn den unterschriebenen Vergleich noch?«

»Genau deswegen rufe ich an. Ich kann ihn nicht finden.«

»Wie bitte?«

»Ich vermute, dass ich ihn weggeworfen habe, um alles zu vergessen.«

»Das Ereignis?«

»Ja, genau«, gab ich beschämt zu. Allmählich wurde mir das Telefonat schrecklich unangenehm. In Gedanken ging ich Stück für Stück in der Zeit zurück. Was hätte ich anders machen können? Ich stellte mir vor, ich hätte mich am Vortag nicht bei David gemeldet, und merkte, dass es mein Gefühl zu Sascha nicht veränderte. Die Wut auf ihn blieb. Deshalb stellte ich mir vor, ich hätte in der Sommernacht 2003 nicht die Polizei gerufen. Aber das hätte das Ereignis auch nicht verhindert. Also stellte ich mir vor, ich hätte ihn in dieser Nacht nicht aus meinem Bett gestoßen. Aber daraufhin wäre er gegen meinen Willen in mich eingedrungen. Egal, welche Entscheidung ich traf, es lief immer auf eine gewalttätige Handlung hinaus.

Ich dachte an *Biografie: Ein Spiel* von Max Frisch und daran, wie Hannes Kürmann auf einhundertvierundsiebzig Seiten versucht, seinem Leben eine andere Richtung zu geben, und daran scheitert. Auch ich konnte nicht rückgängig machen, was mir passiert war.

»Nike, hallo? Hörst du mich?«

»Ja, also, jetzt wieder, da war ein Funkloch«, log ich.

»Versteh mich nicht falsch, aber ich muss das jetzt fragen: Hast du das Ereignis durch das Wegschmeißen des Vergleichs vergessen können?«

»Sehr lustig, David. Ich finde das wirklich unsensibel von dir.«

»Tut mir leid, ich bin eben Anwalt. Willst du, dass ich mal in meinen Akten nachschaue?«

»Ich weiß es nicht.«

»Ich glaube, gestern wolltest du noch.«

»Ja, das stimmt.«

»Wir machen es so: Ich schaue mal, ob ich noch irgendwo das Original finde, und dann kannst du es dir immer noch überlegen. Okay?«

»Okay«, sagte ich unsicher.

»Hey, Kopf hoch, du bist in Tel Aviv. Fang mal an zu tindern, die heißesten Männer laufen da rum.«

»Die sind alle schwul.«

»Nicht alle. Also, nur fast alle.«

»Ja, gut für dich!«, sagte ich.

»Gut für mich! Nike, ich melde mich am Montag bei dir, wenn ich wieder im Büro bin.«

»Danke!«

»Hey, gerne. Rechnung fürs Telefonat schick ich gleich per Mail.«

»Was?«

»Spaß!«

Dann legte David auf, ich zog meine Joggingsachen an und ging laufen.

# 7

Am nächsten Morgen traf eine WhatsApp-Nachricht von Yseult ein. *Shabbat Shalom, in einer Stunde Frühstück im Casino San Remo?*, aber ich antwortete nicht, sondern schob das Handy unter das Kissen und ging ins Bad. Ich wartete drei Minuten, bis das Warmwasser kam, und stellte mich in die verschimmelte und schlecht gekachelte Trasse, die mich ein bisschen an meine in Berlin erinnerte. Den weißen Duschvorhang zog ich zu und schloss die Augen. Erinnerungen aus dem beschissenen Retzbacher Weg blitzten auf. Ich im Hausflur liegend auf einer Treppenstufe, nachdem Sascha mich getreten hatte. Seine Jungs, wie sie verächtlich auf mich herabschauten. Ich auf meiner Matratze in meinem Zimmer, zitternd, weil Sascha vor Stunden die Tür von außen abgeschlossen hatte. Mein Schreibtisch kaputt geschlagen. Meine Wange blau, um mich herum ausgerissene Haare, mein Gesicht mit Spucke beschmiert. Ich rasend und gebrochen zugleich, voller Schmerz und Angst und Ohnmacht und Scham. Diese entsetzliche Scham, die mir nie erlaubt hatte, mehr als Fragmente dieser Geschichte jemals mit anderen zu teilen. Die mich dazu zwang, mit allem allein zu bleiben. Mich zu einem isolierten Menschen machte. Einem Menschen voller Geheimnisse, mit einer Geschichte, die mich in einem Körper gefangen hielt, in dem ich nicht mehr sein wollte, obwohl er doch meiner war. Die mich fünfzehn Jahre lang die Schuld auf meine Schultern nehmen ließ und Sascha ein Leben in Freiheit schenkte. Während ich allein in Gefangenschaft lebte, zeugte Sascha drei Kinder.

Ich schrie unter der Dusche. Ein lautes, kraftvolles Weinen brach aus mir heraus. Ein existenzielles Weinen. Eines, das nur entsteht, wenn man sich ganz unbeobachtet fühlt. Ich schluchzte, wimmerte und jammerte. Schlagartig beruhigte ich mich, nahm das weiße Handtuch vom Haken vor der Dusche, stellte mich vor den Spiegel und nahm die Haarschneideschere aus dem kleinen beigen Korb, der im Holzregal neben der Toilette stand. Ich legte sie vor mir ins Waschbecken und band meine Haare zu einem Zopf zusammen. Ich griff nach der Schere, legte die Haare zwischen die beiden Klingen und dachte schon im nächsten Moment, dass das ja nun auch keine Lösung sein könne, sich einfach die Haare abzuschneiden. Ich machte ein Foto und schickte es Trang mit dem Kommentar: *If Britney can make it through 2007, I can make it through 2018.*

Trang rief eine Sekunde später an. »Nike, *what the actual fuck*!«

»Soll ich?«, fragte ich sie.

»Sollst du was? Deine megaschönen Haare abschneiden? N-E-I-N! Was soll der Scheiß, Nike? Was ist denn los?«

»Ich bin so wütend, Trang!«

»Okay. Aber auf wen? Auf dich?«

»Nein, nicht auf mich. Oder doch. Oder, ich weiß nicht. Ach, ich habe Sascha gegoogelt.«

»Ja und?«

»Und? Der Typ hat mich auf Facebook geblockt.«

»Willst du mich verarschen, Nike? Deswegen willst du dir die Haare abschneiden? So kenne ich dich gar nicht. So was Irrationales würdest du niemals tun.«

»Eben. Niemals irrational. Immer *fucking* geordnet. Immer bedacht. Immer darauf bedacht, in der Spur zu bleiben.«

»Du hast doch gerade deine Spur verlassen. Mensch, du bist nach Tel Aviv gegangen. Das ist total aus der Reihe und mutig. Die Haare abzuschneiden ist eher so *Nineties*-Nike. Und mega teeniemäßig. Ich würde es sogar als angepasst bezeichnen.«

»Scheiße, du hast recht.«

»Ja.«

»Okay, sorry. Ich schneide meine Haare selbstverständlich nicht ab.«

»Nein, tust du nicht.«

»Danke.«

»Bitte. Irgendetwas, wobei ich dir noch helfen kann?«

»Nein. Ich leg mich mal ins Bett.«

»Du siehst verquollen aus, auf dem Foto.«

»Ich habe geweint.«

»Ich weiß. Schau mal *A Handmaid's Tale*. Gibt schon zwei Staffeln. Danach geht's dir besser.«

»Alles klar.«

»Melde dich jederzeit.«

»Mache ich«, sagte ich und legte auf.

Trang hatte recht behalten. Es brauchte nur zwei Staffeln, bis es mir besser ging. Am nächsten Morgen saß ich gut gelaunt im Taxi. Ich hatte Raffi Romano, der zehn Jahre lang mein Zahnarzt in Berlin gewesen war, gleich nach dem Aufstehen angerufen und darum gebeten, spontan vorbeikommen zu können. Er wiederum hatte sich so gefreut zu erfahren, dass ich jetzt auch in Tel Aviv lebte, dass er mir gleich für zwölf Uhr einen Termin freigemacht hatte.

Raffis Praxis befand sich in einem modernen Bauhaus-Neubau im schicken Herzlia, einem wohlhabenden Stadtteil von Tel Aviv nördlich vom Stadtzentrum. Ich nahm den Aufzug in den sechsten Stock und drückte die Tür zur Praxis auf.

Darin sah es aus, als habe er seine gesamten Berliner Räumlichkeiten in einem Container nach Tel Aviv verschiffen lassen. Die Wände waren weiß gespachtelt, und im Wartezimmer standen Sofas, Tische und Stühle im Memphis Design. Raffi hatte sogar einen echten Warhol an der Wand hängen.

Er begrüßte mich sofort, fiel mir in die Arme und sagte: »Willkommen im Heiligen Land, Nike!«, und dann flüsterte er: »Was zum Teufel machst du hier?«

»Ich weiß es noch nicht so genau«, flüsterte ich zurück.

»Wir beide«, sagte Raffi und drückte mich noch ein bisschen fester. Als er losgelassen hatte, schaute ich mich demonstrativ um.

»Raffi, wie hast du es geschafft, deine Praxis so detailgetreu in Tel Aviv wiederaufzubauen? Hier sieht es aus wie in Berlin.«

»Ich habe einfach denselben Architekten beauftragt. Ist doch schön geworden, oder?«

»Ich bin ja noch nicht lange in diesem Land, aber ich frage mich doch: Können die Israelis mit diesem *Style-Overload* überhaupt umgehen?«

»Nicht alle«, lachte Raffi.

»Danke, dass du für mich deine Mittagspause ausfallen lässt«, sagte ich und klopfte ihm auf die linke Schulter.

»Ach, Mittag ist überbewertet. Komm mal mit ins Behandlungszimmer und sag mir, worum es geht.«

Ich folgte Raffi, der ein enges blaues Polo-Shirt trug und eine runde, teure Brille. Raffi war so blond, wie man sich eigentlich nur Skandinavier vorstellt, und er hatte mir mal erzählt, dass er als Kind von seinen Mitschülern an der jüdischen Grundschule in Frankfurt immer *Nazi* genannt worden sei, wenn sie ihn ärgern wollten.

Ich legte mich auf den weißen Ledersessel, und die Zahnarzthelferin, die Raffi als Nasrin vorstellte, fuhr meine Stuhllehne mit einer elektrischen Fernbedienung nach hinten.

»Es geht darum«, sagte ich und zeigte auf den Riss in meinem linken Schneidezahn.

»Sind das Veneers?«, fragte Raffi.

»Richtig. Und die sind fünfzehn Jahre alt.«

»Sag noch mal, wie ist das passiert mit der Fraktur?«, fragte mich Raffi, hinter dessen Kopf die Lampe einen Heiligenschein erstrahlen ließ.

»Ach, das war 2003. Um unser Abitur zu feiern, hat mich Trang ins *Cookies* geschleppt, obwohl ich viel lieber meine Bewerbung für die Uni fertig gemacht hätte«, sagte ich und verdrehte die Augen. »Wir sind mit dem Fahrrad vom Rosenthaler Platz in die Charlottenstraße gefahren. Das Erste, was man sich damals bestellte, war dieses Melonen-Zeugs, dessen Namen ich vergessen habe, und gegen sechs Uhr morgens hatten wir zehn davon getrunken. Trang ist mit dem DJ abgehauen, und ich bin total betrunken alleine mit dem Fahrrad nach Hause gefahren. Ich bin über ein Stück Schotter gerast, und an den Rest kann ich mich nicht erinnern. Am Nachmittag bin ich mit einer dicken Lippe und zwei kaputten Zähnen aufgewacht. Jetzt habe ich ein Andenken an den einzig wilden Abend meiner Teenagerjahre«, sagte ich stolz.

Raffi lachte so wie jeder, der die Geschichte hörte.

»Das Andenken verstecken wir wieder in einer schönen Schatulle«, sagte Raffi und zwinkerte dabei.

»Und wie läuft das jetzt ab?«

»Ich muss Abdrücke machen, einige Aufnahmen mit der Kamera, das Gebiss röntgen, eine Analyse erarbeiten. Danach spreche ich mit dem Zahntechniker, und du und ich machen einen Termin. Ich schätze, in zwei Wochen wären wir so weit. Die alten Veneers kommen ab, du kriegst eine Woche lang Provisorien, und dann werden die neuen Veneers angeklebt, und keiner sieht dir mehr den einzigen wilden Abend deiner Teenagerjahre an.«

»Und wie viel kostet das?«

»So etwa zwanzigtausend Schekel.«

»Zwanzigtausend Schekel? Fünftausend Euro?«

»Und das ist schon der Nike-Spezialpreis.«

»Fühlt sich jetzt erst mal nicht so *special* an, ich zu sein.«

»Sorry, aber das sind die Laborkosten.«

»Alles gut. Ich bin einfach nur überrascht. Aber erledigt werden muss es ja. Ich krieg das schon hin.«

Ich erhob mich etwas benommen vom Stuhl. Die Klimaanlage arbeitete auf höchster Stufe. Dabei waren es draußen nur zwanzig Grad.

»Lass dir vorne bitte die Termine für die Abdrücke geben, okay? Und wir sehen uns in ein paar Tagen. Mach dir keine Sorgen wegen des Geldes. Du kannst das auch in Raten zahlen.«

»Ruft ihr mir ein Taxi, bitte?«, fragte ich.

*»Ken, ken!«*, sagte Raffi, und ich wusste, dass das alles war, was er auf Hebräisch sagen konnte.

Als ich im Taxi saß, musste ich an die Geschichte denken, die ich Raffi erzählt hatte, vom Abend im *Cookies* und dem Fahrradunfall. Wie gut sie funktionierte, dachte ich. Wie lustig sie in all den Jahren geworden war. In all den Jahren des Feilens und Verbesserns. Ich hatte sie ausgebaut und aufgebauscht und durch meine Zuhörer gelernt, was an ihr lustig und was belanglos war. Bis zur Perfektion hatte ich sie entwickelt und seit ein paar Jahren kaum noch verändert. Manchmal, vor allem in beruflichen Situationen, ließ ich die zehn Watermelon-Man weg. So hieß der Cocktail nämlich, dessen Namen ich selbstverständlich nie vergessen hatte. Was ich aber nie erzählt hatte, war die Wahrheit.

Es war 2003. Sascha und ich lagen im Bett. Ich wollte schlafen, und Sascha wollte es mit mir. Er fummelte an meinem Po herum und zwischen meinen Beinen. Ich schob seine Hand zurück und flüsterte nur »schlafen«. Aber Sascha drückte seine Hand gegen meine, und schon war er wieder zwischen meinen Schenkeln. Ich drehte mich um, mit einer Wehrhaftigkeit, die ich bis zu diesem Zeitpunkt nicht von mir gekannt hatte, trat ihm mit aller Wucht gegen die Knie und dann noch einmal, bis er aus dem Bett flog. Was danach geschah, ging so schnell, dass ich den Ablauf in seiner Reihenfolge nicht mehr zusammenbekomme. Ich weiß nur, dass ich gegen das Sideboard in seinem Zimmer knallte und zwei große Stücke meiner Schneidezähne auf dem Boden lagen, überall war Blut, das aus meiner Lippe gespritzt war. Als Nächstes hörte ich die Tür ins Schloss fallen.

Mein erster Impuls war, die Polizei zu rufen. Binnen weniger Minuten standen die Beamten in unserer Wohnung. Mit ihnen zwei Sanitäter, die im Krankenwagen gekommen waren. Die Polizisten nahmen meine Anzeige auf, während mir ein Pfleger die Lippe abtupfte. »Niedlich sieht das aus mit der Lücke«, sagte er, um mich aufzumuntern. Sascha tauchte Stunden später wieder auf, entschuldigte sich rührselig, wie man es aus schlechten Vorabendserien kennt, und ich verzieh ihm, ohne zu vergessen. Ein Jahr später verließ ich ihn und kam nie wieder.

Im Radio spielten sie israelische Popmusik, die arabischer klang, als es sich die meisten Bewohner dieses Landes eingestehen konnten. Wir standen auf der Ayalon South im Stau. Nichts ging, und trotzdem hupten alle. Vorne und hinten und rechts und links. Auch mein Taxifahrer hupte, ganz so, als könnte er durch dieses Hupen den Lauf der Geschichte verändern.

Ich stellte mir vor, wie es gewesen wäre, wenn ich in all den Jahren anstatt meiner lustigen *Cookies*-Anekdote die Wahrheit erzählt hätte. Ich stellte mir meine Gesprächspartner vor und wie sie sich in diesem Moment wünschten, sie hätten nie gefragt. Denn weder möchte jemand eine solche Geschichte hören noch darauf reagieren müssen. Aber nicht nur das: Auch ich wollte mich nicht der geforderten Reaktion ausliefern. Diesem Aushaltenmüssen der Spiegelung, dem Aushaltenmüssen der Gedanken, die man in den Augen des anderen lesen würde. Das alles wäre schlimmer als das Ereignis selbst gewesen.

Ich bat den Taxifahrer darum, mich an der Samuel Ecke Geula Street rauszulassen. Von dort wäre ich in zehn Minuten bei meiner Wohnung, und ein kleiner Spaziergang am Strand würde mir guttun, dachte ich. David hatte sich nicht mehr gemeldet, und ich fragte mich, was ich tun sollte, wenn er den Vergleich nicht finden würde. Sollte ich bluffen und Sascha einfach eine E-Mail mit der Rechnung schicken, wenn die Zahnbehandlung durch war? Oder wäre es besser, ihm von der Behandlung zu erzählen und ihn so schon auf die hohe Rechnung vorzubereiten?

Ich lief durch den Park neben meiner kleinen Siedlung. Der Wind verfing sich in meinen Haaren. Ich war froh, sie nicht abgeschnitten zu haben. Auf einer Bank saß eine Gruppe von Jungs, nicht älter als dreiundzwanzig. Sie teilten sich einen Joint, tranken Bier. Vielleicht hatten sie sich bei der Armee kennengelernt. Vielleicht hatten sie die Armee gerade verlassen. Vielleicht hatten sie aber auch einen freien Tag und die Gewehre unter ihren Jugendbetten im elterlichen Zuhause verstaut.

Ich wollte mich zu ihnen setzen, einem der Jungs den Joint aus der Hand nehmen, daran ziehen und sie fragen, ob sie mir nicht folgen wollten in mein hundert Meter entferntes Apartment.

Langsam lief ich auf die Bank zu. Einer der Jungen fuhr sich mit der Hand über die kurz geschorenen Haare und wischte sich das Bier von den Lippen. Er schaute mich an. Ich lächelte, zog den Rauch des Joints durch meine Nase und ging an ihnen vorbei.

# NOAM

## 8

Noam saß auf der Toilette und suchte auf Instagram nach Nike Waldman. Sie folgte ihm immer noch nicht. Dabei likte er ihre Bilder seit dem Tag, an dem er ihr auf dem Shuk begegnet war. Es machte ihn wahnsinnig. Schließlich konnte er unmöglich anfangen, ihr zu folgen. Das würde erst gehen, wenn sie ihn abonniert hatte. Das war die Regel, und eine andere gab es nicht.

Noam klickte sich erneut durch Nikes Bilder. Alle waren bereits mit einem Herzchen von ihm versehen. Mehr als drei Monate zurückzugehen war keine Option. Sonst würde sie ihn noch blocken, ohne ihn jemals zu treffen.

Er nahm allen Mut zusammen und klickte auf Nikes Profilbild, um sich ihre neusten *Stories* anzusehen. Das war deshalb nicht ganz unproblematisch, weil der Besitzer des Profils nachvollziehen konnte, wer seine Zuschauer waren. Eigentlich hatte Noam genau das verhindern wollen. Um sich besser zu fühlen, redete er sich ein, dass Nike zu den Menschen gehörte, die sich nicht dafür interessierten, wer ihre *Stories* verfolgte. Er hielt inne und genoss die Aufregung. Auf dem kleinen weißen Plastikmülleimer neben der Toilette lag der Tabak. Der Deckel war mit Brandlöchern übersät. Noam griff danach, drehte sich eine Zigarette, steckte sie sich in den Mund und zog kräftig daran. Viele *Stories* gab es nicht, durch die er sich klicken konnte. Auf der ersten sah man ein Bild von Nikes Garten. Gepflegt, aufgeräumt, die Blätter eines dicken Affenbrotbaumes offensichtlich weggefegt. Dann zwei Fotos von Herzlia und eines von einer Gruppe Jungs auf einer Bank. Man sah nur ihre Rücken. Zwei rauchten. Drei hielten Bierflaschen in der Hand. Irgendwas daran irritierte ihn. Das Bild danach zeigte ein Kolibrinest. Das mochte er wieder. Die letzte Story war ein Video von der *Fire and Water Fountain* vom Dizengoff Square. Sie war eines der Wahrzeichen von Tel Aviv, konzipiert von dem bekannten Künstler Yaacov Agam. Vor zwei Jahren hatte man sie abmontiert, um den gesamten Dizengoff Square zu sanieren. Seit wenigen Wochen stand sie an ihrem alten Platz, noch schöner als zuvor. Nike hatte zur Story ein Wasserfall- und ein Feuer-Gif gepostet.

Noam liebte die *Fire and Water Fountain*. Deshalb kommentierte er ihre *Story* mit einem *ThumbUp*-Emoji. Sofort schämte er sich, konnte es aber nicht mehr rückgängig machen. Er schrieb auf Englisch: *Sorry, wrong Emoticon,* und schickte einen weinenden Smiley hinterher. Danach schämte er sich noch mehr und schloss die App, und als das unangenehme Gefühl im Bauch bestehen blieb, schaltete er das Handy ganz aus.

Noam blieb auf der Toilette sitzen und rauchte weiter. Jetzt würde er Nike niemals bekommen, dachte er. Eine Panikattacke braute sich in ihm zusammen wie ein Gewitter. Er überlegte, was er dagegen tun konnte, aber außer zu masturbieren fiel ihm nichts ein. Dafür war er zu müde. Sowieso fühlte sich sein zweiundsiebzig Kilogramm leichter Körper seit dem Treffen mit Hanan unendlich schwer an. Denn er hatte große Sorge, Asher erzählen zu müssen, dass die paar Schekel von der *Haaretz*, die immer zu viel zum Sterben und zu wenig zum Leben gewesen waren, weg waren.

Von nun an würde Asher alles, was Noam brauchte, alleine erwirtschaften müssen.

Jetzt schaltete Noam das Telefon wieder an. Wie durch eine Eingebung fühlte er, dass Nike ihm geantwortet hatte. Und es stimmte: *Hi!* stand in dem Chatverlauf, den Noam durch das Kommentieren von Nikes *Stories* kreiert hatte.

*Hi*, antwortete er, setzte sich gerade hin, um eine selbstbewusstere Energie zu transportieren, und fuhr fort: *Was machst du gerade?*

*Liege in meinem Garten und erhole mich von meinem Zahnarztbesuch*, antwortete sie.

*Ich weiß gar nicht, wann ich das letzte Mal beim Zahnarzt war*, schrieb Noam.

*Nicht gut.*

*Nein, nicht gut. Da hast du völlig recht. Genieß die Sonne. Bald kommt der Winter.*

*Bist du ein Wetterfrosch?*

*Nein, ich hab's auf Ynet gelesen.*

*Hör zu, ich habe Hunger. Wollen wir was Kleines essen?*

*Ja!*

*Wo wohnst du?*

*Bat Yam. Du?*

*Neve Tzedek.*

*Bist du Französin?*

*Nein.*

*Aber da wohnen nur die Frenchies.*

*Ich bin nicht in dem fancy Teil von Neve Tzedek. Egal. Erkläre ich dir nachher. Lass uns im Banana Beach Restaurant treffen, okay? Das ist gleich bei mir, und du kommst ja eh aus dem Süden.*

*B'ekef. In einer Stunde?*

*In einer Stunde!*

Noam saß auf der obersten Stufe des Rettungsschwimmerhauses. Die relativ großen Holzhütten am Strand von Tel Aviv waren seit Oktober verlassen. Wenn man vorsichtig über die Absperrung kletterte, konnte man zumindest die Treppen hinaufsteigen, auch wenn die Tür verschlossen war.

Noam hatte sofort den nächsten Bus genommen, anstatt zu warten, und so blieb ihm eine Viertelstunde, bis Nike kommen würde. Er starrte auf das Meer und glaubte, Zypern erkennen zu können, auch wenn das natürlich unmöglich war. Die Sonne stand tief, dabei war es erst vier Uhr nachmittags. Ein paar weiche Wolken wurden vom starken Wind angetrieben und jagten eilig den Himmel entlang.

Der leichte dunkelblaue Wollpullover, den Noam in dem großen Kleiderhaufen gefunden hatte, roch, als wäre er vor Monaten gewaschen, aber nie getragen worden und hatte kleine Mottenlöcher, die aussahen, als hätte sich ein wichtiger Designer aus Paris etwas dabei gedacht. Noam trug ihn über seinem nackten Oberkörper, und obwohl er schmal und dünn war, ließ er ihn muskulöser erscheinen, als er in Wirklichkeit war.

Noam schloss die Augen und atmete die warme Luft ein, die schon nach Winter roch. Er fuhr sich mit der Zunge über die Lippen. Kurz dachte er daran, sich eine Zigarette zu drehen, aber er wollte nicht nach Rauch riechen, wenn er Nike das erste Mal umarmen würde. Eine leichte Umarmung, eine, die verspricht, ohne etwas zu fordern. Eine warme, aber nicht einengende Umarmung. Noam umschloss mit den Armen seinen Oberkörper und übte den Druck. Er ging im Kopf durch, mit welchen Worten und Gedanken er die Umarmung begleiten würde. *Wir gehen jetzt nach Hause*, kam ihm in den Sinn. Er wiederholte den Satz leise, *Wir gehen jetzt nach Hause*, und drückte vorsichtig seinen eigenen Oberkörper.

Er löste die Arme, legte sich die rechte Hand auf den Kopf und sagte die Bracha, einen jüdischen Segensspruch. »*Baruch atah, Adonai Eloheinu. Melech haolam, she-asah li neis bamakom hazeh.*«

Sein Telefon vibrierte. Eine WhatsApp-Nachricht von Nike: *Bin schon da, sitze gleich vorne in der ersten Reihe, weil Meeeeeeer.*

Noam stand auf, drehte sich nach rechts und versuchte, Nike zu erspähen. Sie saß als Einzige in der ersten Reihe des Strandrestaurants auf einem orangefarbenen Plastikstuhl, der in den Sand eingesunken war. Ihre Augen waren geschlossen. Er wählte ihre Nummer und genoss es, Nike dabei zu beobachten, wie sie hektisch in ihrer Tasche nach dem Telefon kramte und erleichtert die Schultern sinken ließ, als sie es gefunden hatte.

»Schau mal nach links zu dem Rettungsschwimmerhaus«, sagte er, und Nike stand auf, nutzte ihre rechte Hand als Sonnenschutz und winkte mit ihrer linken, nachdem sie Noam entdeckt hatte.

»Komm mal her!«, sagte er zu ihr und legte auf. Nike griff nach ihrer Tasche und stapfte durch den Sand.

»Hi!«, rief sie, als sie unten vor Noam auf der ersten Stufe stand. Er lächelte, sodass man seine Zähne sehen konnte, die klein waren und gepflegt aussahen.

Nike stieg die Treppenstufen hoch und hielt sich am Geländer fest. Oben angekommen, setzte sie sich neben Noam. Keine Handbreit von ihm entfernt. Er wurde unsicher. Nikes blaue Augen blitzten ihn an. Er würde ihr nichts vormachen können, dachte er und atmete erleichtert aus.

»Darf ich dich umarmen?«, fragte Noam, und Nike antwortete: »Gerne.«

Einen kurzen Augenblick blieben sie still auf der obersten Stufe sitzen und beobachteten, wie die Sonne langsam immer weiter auf das dunkle Meer zusteuerte.

»Ich würde wirklich gerne noch länger mit dir hier sitzen bleiben, aber ich habe schrecklichen Hunger«, sagte Nike ungeduldig, und Noam stand sofort auf und antwortete: »Logisch. Das hattest du ja auch angekündigt. Wir bestellen dir schnell was. Hunger ist furchtbar.«

Er ließ Nike den Vortritt und lief mit drei Stufen Abstand hinter ihr die Treppe hinunter. Sie roch wie an dem Tag, als er ihr zum ersten Mal begegnet war.

Nike bestellte, ohne in die Karte zu schauen, ein Goldstar, woraufhin Noam zum Kellner nur »*Schteim*« sagte, zwei. Sie nahm die Scampi-Pasta und Hummus. Noam nahm nichts.

»Du kannst gerne was von mir haben, falls du noch Hunger kriegst.«

»Ich esse keine Scampis«

»Bist du koscher?«, fragte Nike.

»Ja, mittlerweile. Früher war ich das nicht.«

»Verstehe. Dann vielleicht vom Hummus?«

»Vielleicht. Ich habe aber eigentlich keinen Hunger.«

»Hast du schon gegessen?«

»Nein.«

»Aber sagtest du nicht, Hunger sei furchtbar?«

»Ist er ja auch, aber ich habe keinen mehr.«

»Aber den müsstest du doch eigentlich haben. Sorry, ich will dir nicht zu nahetreten. Ich bin seit Tagen irgendwie aufgebürstet«

»Aufgebürstet?«

»Na, so stachelig.«

»Das macht das Land.«

»Das sagte meine Freundin Maayan auch schon vor ein paar Tagen. Keine Ahnung. Vielleicht ist das so.«

»Genau, vielleicht. Oder es ist etwas anderes.«

»Ich habe deine Kolumne über die Installation mit den roten Schuhen am Habima Platz gelesen.«

»Ich bin nicht mehr bei der *Haaretz*.«

»Okay. Aber du warst da ja mal. Also noch vor zwei Wochen.«

»Ja, da war ich mal. Jetzt bin ich da nicht mehr.«

»Jedenfalls habe ich mir einige von deinen Kolumnen durchgelesen und finde sie sehr gut.«

»Danke!«

»Du bist extrem talentiert.«

»Danke! Das ist sehr nett, dass du das sagst.«

»Bitte! Gern geschehen. Dabei bin ich niemand, der mit Komplimenten um sich wirft.«

»Gut zu wissen.«

»Ja, nicht, dass du denkst, so was sage ich jedem.«

»Wieso bist du hier, ich meine, hier in Israel? Ich habe auf Instagram gesehen, dass du eigentlich aus Berlin kommst.«

»Gut gestalkt.«

»Ich habe dich nicht gestalkt.«

»Ist doch nicht schlimm, ich habe dich auch gestalkt.«

»Stimmt. Also findest du stalken nicht so schlimm?«

»Ich kann nur sagen: Ich stalke selbst, also kann ich es niemandem zum Vorwurf machen.«

»Das mag ich«, sagte Noam. Er lächelte, und Nike lächelte mit geschlossenen Lippen zurück.

»Du wolltest wissen, was ich hier mache. Ich mache Alija.«

Noam lachte auf.

»Das ist gemein.«

»Tut mir leid, du hast recht.«

»Das passiert mir die ganze Zeit. Dass die Leute lachen, wenn ich sage, dass ich Alija mache.«

»Das kann ich mir vorstellen. Viele Israelis gehen nach Berlin, und du kommst eben her.«

»Bestimmt wirkt das komisch, aber für mich ist das hier ein ernsthafter Neuanfang.«

»Glaubst du an Neuanfänge?«, fragte Noam leise.

»Eigentlich nicht. Du?«

»Ich schon. Sehr sogar.«

»Vielleicht sollte ich das auch endlich.«

»Wenn du Alija machst, dann bist du also Jüdin?«

»Auf dem Papier.«

»Das sind die meisten.«

»Aber du bist sogar koscher.«

Noam musterte Nike vorsichtig. Sie hatte sehr kleine Ohren, dafür überproportional große Ohrläppchen, an denen kleine goldene Kreolen hingen. Ihre Augen standen ein bisschen eng zusammen. Das physiognomisch jüdischste Merkmal an ihr, dachte er. Über den Augen schwarze buschige Brauen, die zu einer extrem eleganten Monobraue zusammenliefen. Ihre Nase war klein, aber nach unten gebogen. Ihre Lippen voll, aber schlecht durchblutet.

»Was machst du hier beruflich?«, fragte er.

»Ich arbeite für den DAAD.«

»Was ist das?«

»Der Deutsche Akademische Austauschdienst. Im nächsten Jahr findet hier in Tel Aviv eine Konferenz statt, und ich helfe dabei, sie zu organisieren. Ich weiß gar nicht, ob ich danach überhaupt in Israel bleibe, aber es schien mir eine ganz gute Idee, die Vorteile der Alija zu nutzen. Geld, Sprachkurs und doppelte Staatsbürgerschaft.«

Der Kellner brachte den Hummus und die beiden Biere, dazu Pita und das Besteck. Er stellte alles auf den kleinen weißen Plastiktisch, in dem ein Sonnenschirm steckte. Noam und Nike stießen ihre Bierflaschen aneinander. Es klirrte laut. Eine Möwe landete vor ihren Füßen und schaute fordernd.

Aus den unterschiedlichsten Ecken von Noams Gehirn blitzten Gedanken auf. Er hatte viel Mühe, sie unter Kontrolle zu bringen, ohne es sich anmerken zu lassen. Da war die Anzahl von Nikes grauen Haaren. Noam hatte neunundachtzig gezählt, vermutete aber, dass es mehr waren. Dann gab es die Lücke zwischen Nikes viertem und fünftem Zeh, in die er gerne seinen Zeigefinger stecken wollte. Noam starrte auf Nikes leicht abstehende Ohren und erinnerte sich daran, wie er seinen Freund Shai in der Schule immer wegen seiner Ohren gehänselt hatte. Jetzt tat es ihm zum ersten Mal leid.

Mit Nike war es anders, als es ihm sonst mit Menschen ging. Er fühlte sich wohl in ihrer Gegenwart, verlor keine Kraft. Ihm wurde nicht langweilig, und er musste sich nicht in Fantasien flüchten, die ihn Ort und Zeit vergessen ließen. Er nahm sich und Nike wahr – klar und eindeutig –, aber er fühlte sich dabei nicht überfordert.

Der Wind wurde stärker, und erste Sturmböen setzten ein.

»Ist dir kalt?«, fragte Noam, aber Nike zog nur eine Lederjacke über ihr weißes T-Shirt, unter dem sie keinen BH trug. Noam konnte ihre Brustwarzen durchschimmern sehen. Sie waren zierlich und hellrosa.

»Jetzt nicht mehr.«

Der Kellner kam und stellte die Scampi-Pasta auf den Tisch. Nike nahm den Teller, hielt ihn sich unter das Kinn, wickelte mit der Gabel die Nudeln auf und stopfte sie sich in den Mund. Normalerweise wurde Noam sofort schlecht, wenn er anderen Menschen beim Essen zusehen musste, aber bei Nike bekam er plötzlich Hunger. Er dachte daran, dass er vorgestern den letzten Falafel gegessen hatte. Der reichte für gewöhnlich drei Tage. Noams Magen knurrte. Er nahm ein Stück Pita, tunkte es in den Hummus und biss hinein.

»Ah, jetzt doch«, nuschelte Nike mit vollem Mund.

»Ich bekomme irgendwie Hunger in deiner Gegenwart.«

»Oha!«

»O Gott, das klang jetzt ein bisschen merkwürdig.«

»Es klang ein bisschen merkwürdig, ja.«

»Nein, so sollte das nicht klingen. Eigentlich ist das gut. Ich habe fast nie Hunger.«

»Aber Hunger ist ja Wille, Hunger ist der Wille zu leben.«

»Du hast vollkommen recht. Vielleicht habe ich den normalerweise nicht?«

»Und in meiner Gegenwart spürst du ihn wieder?«

»Offensichtlich, ja.«

»Schön ist das«, sagte Nike, schluckte die Pasta runter und stieß mit ihrer Flasche an Noams.

Nike hatte ihre Pasta beinahe aufgegessen, und Noam hielt gerade ein Stück Pita in der Hand, als sich eine unerwartet starke Windböe im Schirm verfing und ihn mitsamt dem Plastiktisch anhob, sodass der Tisch umkippte und die Teller mit sich riss. Die Möwe, die vorausschauend gewartet hatte, flog gierig auf die Nudeln zu und pickte die letzten beiden Scampis auf. Noam und Nike stellten ruhig ihre Bierflaschen, die sie beide zwischen ihre Beine geklemmt hatten, auf dem Nachbartisch ab.

»Die Möwe wusste, was passieren würde«, sagte Nike, und Noam nickte. »Ja, das wusste sie.« Er ging zum gelben Schirm und klemmte seine Hände darunter, während Nike an der weißen Metallstange zog. Sie richteten ihn auf, und der Plastiktisch, der mit dem Ständer verbunden war, erhob sich von selbst. Nike schloss den Schirm, und Noam hob die Teller mit dem Hummus und den Nudeln auf.

»Willst du die nicht einfach im Sand liegen lassen? Dann kann sie ihre Möwenfreunde rufen und muss nicht alleine essen.«

»Ich stelle ihn ihr und ihren Freunden auf den Tisch. Ist vielleicht schöner, als im Sand zu essen. Was meinst du?«, fragte Noam, und Nike antwortete: »Gute Idee!«

Noam stellte die beiden Teller auf den Tisch und griff nach den zwei Bierflaschen. Nike nahm ihm ihre ab, und Noam öffnete sofort seine freie Hand, hielt ihr die Handfläche hin und sagte: *»Kif!«*

*»Kif«*, antwortete Nike und schlug ein. »Wir haben unsere erste Beziehungsprobe überstanden.«

»Wir sind ruhig geblieben und haben alle notwendigen Handlungen ohne große Absprache ausgeführt«, antwortete Noam.

»Erfolgreich ausgeführt«, ergänzte Nike.

»Absolut. Und vor allem intuitiv.«

»Geradezu telepathisch.«

»Es sieht so aus, als könnten wir gemeinsam ein KZ überleben.«

»Ganz wichtig!«

»Das Wichtigste überhaupt«, erwiderte Noam.

Als kurz darauf der Kellner vorbeikam, fragte er Nike, warum sie ihn nicht gerufen habe. Nike antwortete nur, dass Noam und sie schon alles erledigt hätten und seine Hilfe nicht bräuchten.

»Du musst mich aber rufen!«, sagte der Kellner zu Nike.

»Wieso?«

»Um mich anzuschreien!«

»Was?«

Er richtete seinen Blick auf Noam, sagte irgendetwas auf Hebräisch und blickte wieder zu Nike: »Du musst mich anschreien und einfordern, dass ich dir alles noch mal neu bringe, du aber nichts davon bezahlen willst.«

»Wieso? Du bist doch nicht schuld an der Windböe.«

Der Kellner, der seine dicken Dreadlocks zu einem Turban gebunden hatte, sagte wieder etwas auf Hebräisch zu Noam, gestikulierte stark und wandte sich erneut an Nike: »Es geht nicht darum, wer Schuld an der Windböe hat. Es geht darum, dass du in diesem Land mit deiner defensiven Art nicht überleben wirst.«

»Aber der Wind hat sich verfangen. Er hat den Tisch umgeweht. Wir haben ihn aufgehoben. Die Welt ist nicht untergegangen. Ich werde dir Trinkgeld geben. Alles fein.«

»Bist du Touristin?«

»Ich mache Alija!«

»Oh, mein Gott«, sagte er, drehte sich erneut zu Noam und redete minutenlang auf ihn ein.

»Was ist hier los?«, fragte Nike mehrmals hintereinander.

Aber der Kellner zuckte nur mit den Achseln, hob die Arme in einer Geste der Verzweiflung und ging.

»Kann mir mal einer sagen, was los ist? Ich kapiere gar nichts mehr.«

»Er wollte dir helfen.«

»Wobei?«

»Nicht zum *Freya* zu werden.«

»Wozu?«

»*Freya* ist ein israelisches Slangwort für Opfer, Loser, Idiot. Jemand, der den Kampf verliert, der ausgenommen wird, der sich ergibt, der sich, ohne zu murren, zur Schlachtbank führen lässt.«

»Kannst du mir das Wort mal buchstabieren?«

»F-R-E-Y-A, es gibt aber auch die Variante F-R-E-I-A.«

»Das ist deutsch.«

»Wie das ist deutsch?«

»Das ist ein deutsches Wort.«

»Vielleicht jiddisch?«

»Vielleicht.«

»Was heißt es im Deutschen?«

»Ein Freier ist ein Mann, der zu Prostituierten geht. Also einer, der Geld zahlen muss oder will, um mit einer Frau zu schlafen.«

»Krass.«

»Ja, krass.«

»Hier ist es ein Gebot.«

»Was für ein Gebot?«

»Es ist das elfte Gebot. Es lautet: Sei kein *Freya*! Sei kein Opfer! Es durchdringt die gesamte israelische Gesellschaft. Es gibt nichts Schlimmeres, als ein *Freya* zu sein. Wenn zwei Leute ein und denselben Parkplatz wollen, dann darf niemand aufgeben. Der, der aufgibt, ist ein *Freya*. Man stirbt lieber, als aufzugeben.«

»Wie bitte?«

»Deswegen hat der Kellner so reagiert. Du hast gerade deinen Parkplatz freiwillig jemand anderem überlassen.«

»Nein, habe ich nicht.«

»Ich weiß doch. Ich fand das toll von dir. Selbstverständlich ist der Kellner nicht schuld an der Windböe.«

»Ich glaube, das Wort kam mit den Überlebenden.«

»Mit den Überlebenden aus Europa?«

»Ja.«

»Sie haben es mitgebracht?«, fragte Noam.

»Nein, sie wurden so gesehen – von denen die nicht in den Camps waren. Ich kannte das Wort bisher nicht, aber ich weiß aus meinem Studium, dass man die Überlebenden, die nach der Shoah nach Israel kamen, sehr kritisch gesehen hat.«

»Das stimmt. Das haben viele.«

»Wie konnten sie sich so behandeln lassen, ohne zu kämpfen?«

»Wieso haben sie überlebt, und was haben sie getan, um zu überleben?«

»Ja, genau. Aber weißt du, was ich viel relevanter an der ganzen Opferthematik finde? Wenn man einem Opfer begegnet, also einem wirklichen Opfer, nicht einem *Freya*, einem, dem wirklich etwas Schlimmes passiert ist, dann wird man im anderen an sein eigenes Opfersein erinnert, und das fühlt sich unerträglich an«, sagte Nike.

»Opfer zu sein bedeutet Schwäche, Scham, den Verlust der Unschuld, den Verlust der Unbeflecktheit.«

»Richtig. Man ist nicht mehr das Ebenbild Gottes. Man ist im wahrsten Sinne geschändet worden und nur noch ein angekratztes Abziehbild des Schöpfers. Aber das sind wir alle. Es gibt keinen unbefleckten Menschen. Jedem von uns ist schon einmal Schreckliches angetan worden. Mir, dir, uns allen. Es gibt keinen Menschen ohne Bruchstelle im Leben.«

»Wer sollte das besser wissen als wir Juden.«

»Genau!«, erwiderte Nike.

Noam spürte, wie seine Augen feucht wurden. Er wollte Nike küssen, und er wollte sie umarmen und ihr sagen: *Lass uns diesen schrecklichen Ort verlassen. Lass uns nach Hause gehen.*

Aber nichts von dem, was Noam tun wollte, konnte er tun. Als klebte er fest in diesem orangefarbenen Plastikstuhl, einem von Tausenden am Strand in Tel Aviv. Dieser Stuhl hielt ihn fest, wie angewachsen saß er da, im festen Glauben daran, nie wieder das Opfer eines anderen werden zu dürfen. Nie wieder.

# NIKE

## 9

*Das war schön gestern*, stand in der WhatsApp-Nachricht, die auf meinem Display erschien, nachdem ich nach dem Aufwachen den Flugmodus ausgeschaltet hatte. Noam hatte sie mir morgens um halb sieben geschickt. Ein Frühaufsteher wie ich, dachte ich und antwortete sofort: *Ich habe von uns geträumt.* Was die Wahrheit war, und dass ich sie, ohne Angst zu haben, äußern konnte, wertete ich als ein gutes Zeichen. Schon klingelte das Telefon. Noam rief an, um alle Details meines Traumes zu erfahren. Ich erzählte sie ihm. Ich erzählte von ihm und mir und wie wir nackt und eng umschlungen auf einer schmalen Liege gelegen hatten, neben uns an der Wand Schwarz-Weiß-Fotos, die mit vergilbtem Klebeband befestigt waren. Sie zeigten Szenen aus dem Lager. »Gruselig«, sagte er, und ich antwortete: »Ja, ich weiß. So als starrten wir auf das, was zwischen uns liegt.«

»Ein ganzes Jahrhundert«, antwortete Noam.

»Vielleicht sogar mehr«, sagte ich nur und dann: »Ich muss mich fertig machen.«

Wir legten auf und sagten gleichzeitig: »Bis später!«

Es war der erste Tag in Tel Aviv, an dem ich mich angekommen fühlte, ja, wie zu Hause. Nicht im Entferntesten dachte ich daran, mich noch einmal krankzumelden, sondern freute mich ehrlich auf die kommenden Wochen und Monate.

Nachdem ich angezogen war und mir ein Brötchen in den Mund geschoben hatte, rief Nasrin aus Raffis Praxis an, und ich vereinbarte mit ihr die Termine für die Behandlung. Eine leise Hoffnung, die Sache mit Sascha vielleicht endlich vergessen zu können, stieg in mir auf. »Nicht verdrängen, sondern hinter mir lassen«, sagte ich laut. Ich schloss die Tür und ging zu Fuß ins Büro, anstatt ein Sherut zu nehmen. Es war ein außergewöhnlich heißer Tag, und obwohl es bereits Anfang November war, trug ich ein rosafarbenes Plisseekleid mit dünnen Trägern und einem tiefen Rückenausschnitt. Das war genau das Tel Aviv, das ich mir im September ersehnt und vorgestellt hatte. Als wäre ich erst am Vortag – und nicht vor drei Wochen – gelandet, konnte ich meine Aufmerksamkeit nun endlich wirklich auf meine Umgebung richten. Auf die hohen Palmen, an denen dicke Dattelstauden hingen, auf die verbeulten Autos, allesamt von asiatischen Marken, auf die schönen Frauen mit ihren langen lockigen Haaren und die Männer, die entweder noch schöner als die Frauen waren oder ein bisschen komisch aussahen.

Ich steckte die Kopfhörer in mein Ohr und wählte Trangs Nummer. Sie nahm sofort ab.

»Tel-Aviv-Nike, was geht ab? Bist du schon mit einem Regenschirm auf einen Paparazzo losgegangen?«

»Ich mag deine popkulturellen Britney-Spears-2007-Verweise.«

»Du bist die neue 2007-Britney!«

»Nein, ich bin endlich eine 2018-Nike.«

»Und wie ist die so?«

»Die hatte eine Verabredung mit einem Mann.«

»Nicht dein Ernst?«

»Doch!«

»Oh, mein Gott, oh, mein Gott.«

»Das darf man hier nicht sagen.«

»Was? Gott?«

»Ja, das dritte Gebot lautet, man darf den Namen Gottes nicht aussprechen. Deshalb sagt man *Hashem* oder aber *Adonai.*«

»Sosehr ich mich auch für jüdische Religion und Kultur interessiere, noch viel spannender fände ich diese Männergeschichte.«

»Das glaube ich dir.«

»Erzähl schon! Oder muss ich sie dir aus der Nase ziehen?«

»Wahrscheinlich ist das alles Quatsch und hat keine Bedeutung.«

»Bevor du jetzt falsche Schlüsse ziehst, könnte ich erst mal die Geschichte hören? So ganz wertfrei? Schaffst du das?«

»Wertfrei? Ohne eine kritische Beurteilung der Lage?«

»Ja, ohne deine überkritische Beurteilung der Lage. Nur das Date von Anfang an bis Ende wiedergegeben, bitte.«

Ich musste laut lachen. Ein gut aussehender Israeli kam mir auf der Kreuzung Rotschild Boulevard Allenby Street entgegen, zwinkerte und sagte auf Hebräisch: »Schönes Lächeln.« Ich fragte mich, ob mir das jemals in Berlin passiert war, und konnte mich an keine einzige Situation erinnern. Wie auch immer man das feministisch bewerten müsste, es tat mir auf eine ungeahnte Weise gut.

»Er heißt Noam.«

»Noam. Noams Arche.«

»Noahs Arche, Trang.«

»Sorry, stimmt.«

»Er heißt Noam, ist über vierzig und arbeitet als Journalist für die *Haaretz*. Arbeitete. Er ist da nicht mehr. Noam ist schlau, sehr schlau, Trang, schlauer als irgendein Mann, dem ich in den letzten zehn Jahren begegnet bin. Er ist schlagfertig und auch ein bisschen witzig. Eigentlich sehr witzig. Ich finde ihn sehr witzig.«

»Wie sieht er denn aus?«

»Was bist du denn so oberflächlich?«

»O Gott, er sieht doof aus, oder?«

»Nein, gar nicht. Er hat superdickes schwarzes Haar. Jetzt wird mir gerade erst bewusst, dass er kein einziges graues Haar hat.«

»Mit vierzig?«

»Ja! Merkwürdig.«

»Nein, nein, Nike. Nicht hinterfragen. Nicht analysieren. Vielleicht hat er einfach nur gute Gene.«

»Er ist nicht erwachsen geworden.«

»Tu es nicht!«

»Er kann nicht erwachsen werden, weil er in irgendeinem Kindheitstrauma feststeckt.«

»Nike, wir stecken alle in irgendeinem Trauma fest. Wie hast du dich denn nach dem Treffen gefühlt? Schlecht oder gut?«

»Total gut.«

»*That's it*! Das ist alles, was du wissen musst. Du hast dich gut gefühlt. Er macht es, dass du dich gut fühlst. Wer hat das in den letzten Jahren schon geschafft?«

»Keiner.«

»Da hast du deine Antwort. Konzentrier dich nur darauf bitte, okay? Ich muss Schluss machen, Meeting wegen des Soho-House-Projektes in Tel Aviv übrigens.«

»Das will ich nicht torpedieren. Wir sprechen später!«

»Ja, und bleib bei dem Gefühl, das er in dir auslöst. Nicht in den Kopf gehen. Versprochen?«

»Versprochen!«

Ich nahm mir zu Herzen, was Trang gesagt hatte, und versuchte, im Gefühl zu bleiben. Es tat gut und war viel leichter, als den Kopf regieren zu lassen.

Angekommen beim DAAD, setzte ich mich sofort an den Rechner und stellte den Vormittag über das gesamte Programm für die Konferenz auf. Ich versuchte, auf Diversität zu achten, darauf, alle Generationen nach 1945 einzubinden und auch junge Juden einzuladen. Juden, die in den Neunzigern aus der ehemaligen UdSSR nach Deutschland immigriert waren, Juden, die aus Amerika, Frankreich und anderen europäischen Ländern gekommen waren, um im weltoffenen Berlin zu leben, Juden aus Westdeutschland und Ostdeutschland, Juden aus Israel. Sie alle machten das aktuelle Judentum Deutschlands aus, und sie alle hatten eine eigene Geschichte und Perspektive auf sich und auf das Land, in dem sie lebten, obwohl nicht einmal ein Menschenleben zuvor sechs Millionen von ihnen ermordet worden waren.

Ich musste wieder an meinen Traum denken, den Noam so klug und weitsichtig kommentiert hatte. Dann schrieb ich ihm eine Nachricht: *Was machst du die nächsten Tage?*, und er antwortete keine dreißig Sekunden später: *Ich muss nach Arad zu einem Familientreffen, aber wenn ich zurück bin, sehen wir uns. Ja?*

Ich schickte ihm das Fingernagellackier-Emoji.

Zum Lunch traf ich mich mit Yseult, die mir eine Reihe von Komplimenten machte, die ich erst nicht annehmen wollte, um Momente später an Trang zu denken und einfach zu genießen, dass es mir nicht nur gut ging, sondern ich deshalb auch gut aussah.

»Was auch immer gerade in deinem Leben los ist, es scheint richtig zu sein«, sagte Yseult, so als hätte sie heimlich meinem Telefonat mit Trang beigewohnt.

»Heute ist es so warm. Wollen wir einfach um eins Schluss machen und zum Strand?«, fragte ich gelöst.

»Das könnte der letzte Strandtag des Jahres sein«, sagte Yseult und hob dabei ihren Zeigefinger.

»Sehr wahrscheinlich, oder?«

»Ja, sehr. Lass uns das machen und einfach die iPads mitnehmen und ein bisschen von der Sonnenliege aus arbeiten.«

»Wollen wir zum Banana-Beach? Dann kann ich auf dem Weg meinen Bikini von zu Hause holen«, fragte ich.

»Gerne, ich habe meinen schon dabei, ich wollte mit Gabriela später zum Schwimmen in den Gordon Pool.«

»Sie soll uns am Strand treffen. Ich habe sie seit dem Abend der Demonstration nicht mehr gesehen.«

»Du meinst den Abend, an dem du, ohne dich zu verabschieden, einfach abgehauen bist?«

»Genau den«, sagte ich und versuchte, wie der Israeli an der Kreuzung zu zwinkern.

Eine Stunde später lagen wir auf den Sonnenliegen, die wir für je zwölf Schekel, umgerechnet drei Euro, ausgeliehen hatten. Gabriela bestellte eine Flasche Prosecco, die die Kellnerin in einem Eiskübel brachte. Sie füllte die drei Gläser auf dem kleinen Tisch zwischen uns, und wir stießen an.

»Auf einen Neuanfang!«, sagte ich, und Gabriela und Yseult stimmten ein: »Auf einen Neuanfang.«

Sie küssten sich, und gleichzeitig vibrierte mein Handy. Es war Noam. Er hatte ein Foto einer Hyäne geschickt. Ich reagierte mit einem Fragezeichen. *Das ist eine Tüpfelhyäne,* schrieb er.

*Okay.*

*Die Tüpfelhyäne lebt im strengen Matriarchat.*

Ich steckte mir die Kopfhörer ins Ohr und rief Noam an. »Was ist das mit deiner Tüpfelhyäne?«

»Ich dachte, das würde dich interessieren.«

»Was genau?«

Gabriela und Yseult warfen mir Luftküsse zu und zeigten aufs Meer. Ich trank einen großen Schluck vom Prosecco und schmierte mich mit der Sonnenmilch ein. »Fast hundert Jahre haben Wissenschaftler geforscht, wie es sein kann, dass bei den Tüpfelhyänen das ranghöchste Männchen im Rudel weniger zu sagen hat als das rangniedrigste Weibchen.

»Hormone?«

»Genau das haben die Wissenschaftler auch gedacht. Entweder muss es an der Körpergröße liegen oder an hormoneller Vermännlichung, also einem überdurchschnittlich hohen Testosteronanteil bei den Weibchen.«

»Und?«

»Das ist es nicht. Die Tüpfelhyäne hat keine Vaginalöffnung, sondern nur eine Klitoris, durch die sie uriniert und ihren Nachwuchs zur Welt bringt.«

»Okay, das wird jetzt wirklich spannend.«

»Da es keine Vaginalöffnung gibt, muss das Hyänenmännchen bei der Befruchtung seinen Penis in die Klitoris einfädeln. Das ist total kompliziert. Von dreißig Versuchen kippt das Hyänenmännchen neunundzwanzig Mal zur Seite und stürzt zu Boden.«

Ich musste lachen. Sehr laut sogar. Gabriela schaute vom Meer zu mir und winkte. Ich winkte zurück, stand auf und lief ein bisschen durch den feuchten Sand. Er drückte sich zwischen meinen Zehen hindurch. Ich hob zwei kleine Muscheln auf und spielte mit ihnen in meiner Hand.

»Das heißt, sie kann nicht vergewaltigt werden.«

»Schlaue Nike.«

»Danke.«

»Genau, Tüpfelhyänen kann man nicht vergewaltigen, deswegen gibt es auch ein Matriarchat.«

»Kommen im Tierreich überhaupt Vergewaltigungen vor?«

»Ja, Delfine sind die krassesten«, sagte Noam.

»Das wusste ich nicht. Diese süßen Delfine.«

»Mochtest du meine Tüpfelhyänengeschichte?«, fragte Noam auf kindliche Weise.

»Ja sehr. Ich mag auch einfach gute Geschichten. Und die war wirklich sehr gut.«

»Ha! Wusste ich es doch. Ich hatte so ein Gefühl.«

»Das hast du richtig gefühlt. Wo bist du gerade?«

»In Bat Yam. Zu Hause. Ich packe meine Sachen zusammen. Für Arad. Eine sehr gute Freundin meines Onkels Asher, Rivka, feiert ihren Geburtstag. Ich kenne sie seit meiner Kindheit, und wir fahren jedes Jahr hin. Und du? Wo bist du?

»Am Strand.«

»O Gott, ich hasse den Strand.«

»Wie kann man bitte den Strand hassen?«

»Das erzähle ich dir vielleicht, wenn ich zurück bin.«

»Noam …«, sagte ich leise.

»Nike?«

»Ich muss Schluss machen«, fügte ich hinzu, obwohl ich etwas anderes hatte sagen wollen.

»Okay.«

»Okay.«

»*Bye*«, sagte Noam traurig, und ich legte auf.

Dann ging ich zurück zur Liege, zog mir die Kopfhörer aus den Ohren, schmiss mein Telefon auf die graue Decke, die ich über den blauen Stoffbezug der Liege gelegt hatte, und rannte zu Yseult und Gabriela ins Meer.

# NOAM

## 10

Nachdem Nike aufgelegt hatte, starrte Noam noch eine Weile auf das Display. Er hatte das Gefühl, dass sie ihm noch etwas hatte sagen wollen, sich aber nicht getraut hatte. Hatte es mit der Tüpfelhyänengeschichte zu tun?

Asher wartete rauchend an der Tür, während Noam im Wäschehaufen nach T-Shirts suchte. »Nimmst du nichts mit?«, fragte ihn Noam, und Asher antwortete mit einem abfälligen Kopfschütteln. Noam stopfte ein weißes Hemd in seinen Rucksack, zog den Reißverschluss zu und warf ihn mit Schwung auf seinen Rücken.

Wie jedes Jahr in Arad wohnten sie bei Rivkas ältester Tochter Neta, deren Mann David und den drei Kindern Eitan, Alma und Yonathan. Noam liebte die familiäre Atmosphäre bei ihnen zu Hause, den gefüllten Kühlschrank, das Kindergebrüll und das gesellige Abendessen an Schabbat, das für die meisten Normalität war, für Noam aber immer eine Ausnahme dargestellt hatte. Aber noch mehr als alles andere gefiel ihm die Aussicht, die kommenden Tage im weichen und wohlriechenden Bett im Gästezimmer ungestört bis zwei Uhr nachmittags schlafen zu können.

Es war Samstag und das Haus still. Seit zwei Tagen waren sie in Arad. Noam saß auf dem Badewannenrand und schickte eine Nachricht an Nike: *In einer Woche sind wir zurück, dann will ich dich sehen! Abends im Port Said?* Er legte das Telefon auf den kleinen Badteppich und stieg in die Wanne. Der nach Lavendel duftende Schaum verteilte sich über die gesamte Wasseroberfläche. Noam sank tief in die feuchte Wärme, die ihn umschloss. Er versuchte, sich zu erinnern, wann er das letzte Mal gebadet hatte, aber es gelang ihm nicht. Vermutlich war es vor genau einem Jahr gewesen. Wann sonst? Noam beobachtete seinen Penis, der scheinbar schwerelos im Wasser schwebte. Ab und zu ragte die Spitze durch den Schaum, um kurz darauf wieder zu verschwinden. Unendlich leicht fühlte sich sein Penis hier an. So viel leichter als im echten Leben, dachte Noam. Er hatte ihn immer weniger wie ein Genital, sondern eher wie eine Gliedmaße empfunden. Wie ein Arm oder ein Bein. Er nahm ihn in die Hand, drückte leicht zu, ließ wieder locker. Schaute ihn sich ganz genau an. Als gehörte er gar nicht zu ihm. Als hätte er ihn noch nie richtig betrachten können. Er strich vorsichtig mit dem Zeigefinger über die Kuppe. Zart wie Babyhaut. Nicht versteckt hinter einem dicken Teppich, sondern beschnitten wie die meisten jüdischen Penisse. Er dachte daran, wie er im *Haaretz*-Büro die aggressiven Fragen zu Amits Beschneidung hatte beantworten müssen und wie ein großer Teil der Mitarbeiter ihn dafür verachtete, diesen angeblich bestialischen Eingriff an seinem gerade mal acht Tage alten Säugling vorgenommen zu haben. Sie bezogen sich auf Ari Libskers Dokumentation *Circumcision* und forderten Noam auf, sich diese anzuschauen. Sofort!

Mit der Beschneidung war es wie mit der Besatzung. Die Einstellung dazu entschied über den Grad der eigenen Progressivität. In Noams Fall war es klar gewesen. Er hatte sich mit Amits Beschneidung auf politisch gefährliches Terrain begeben.

Dabei hätte er selbst niemals eine Vorhaut haben wollen. Wie könnte er sich da eine für seinen Sohn wünschen, fragte er sich. Nicht nur stand die Beschneidung symbolisch für das Bündnis mit Gott, sie lebte, wie viele jüdische Bräuche, von der Idee der identitätsstiftenden Bruchstelle. Seit der Zerstörung des Jerusalemer Tempels und dem Beginn des rabbinischen Judentums spielten die Rituale jene Zerstörung auf vielfältige Weise nach. Die Beschneidung hatte Noam nie als Kastration erlebt. Die seit dem achten Tag seines Lebens physisch gewordene Bruchstelle war die Voraussetzung für seine Beziehung zu etwas Höherem gewesen. Sie schenkte ihm die Leere, mit der er lernen musste zu leben. Sie machte ihn zum Juden.

Noam schloss die Augen. Er dachte an Nike und stellte sich vor, er läge in der Innentasche ihres schönen dunkelblauen Kaschmirmantels. Des Mantels, den sie im winterlichen Berlin tragen würde. Nackt, aber aufgehoben. Sicher und warm. Plötzlich ging die Tür zum Badezimmer auf, und Netas und Davids Tochter Alma stand, nur mit einem Schlüpfer bekleidet, vor ihm. Sie zog ihn schnell aus und kletterte zu Noam in die Badewanne.

»Was tust du da, Alma?«, rief Noam mit hochrotem Kopf. »Was machst du da? Raus mit dir!«

Aber Neta, die in den Türrahmen getreten war, sagte nur: »Noam, lass sie doch. Du warst dabei, als sie geboren wurde. Du warst dabei, als sie ein, zwei, drei, vier, fünf Jahre alt wurde. Sie will mit dir baden. Was ist schon dabei?«

Dann verließ sie das Badezimmer und lehnte die Tür an. Alma lag in der Wanne und spritzte Noam Wasser ins Gesicht. Sie streifte mit ihren Zehen Noams Beine. Sein Penis wurde sofort hart. Er klemmte ihn unauffällig nach hinten und drückte seine Oberschenkel zusammen. »Alma, bitte, bitte geh aus der Wanne!«, bettelte er. Aber Alma lachte nur und spritzte ihn weiter an. Noam schloss die Augen und versuchte, sich zu konzentrieren, aber es half nichts. Schweiß lief ihm die Stirn und Schläfen hinunter. Er wischte ihn ab und jammerte: »Alma, bitte steig aus der Wanne! Mir geht es nicht gut.«

Noam wusste, dass er unmöglich weiter in der Wanne bleiben konnte, weil die Anwesenheit der nackten Alma offensichtlich seine Erektion aufrechterhielt. Aber er konnte die Wanne auch nicht verlassen, weil er nicht wollte, dass Alma seinen harten Penis sah. Noam legte sich die Hände auf das Gesicht und schüttelte sich panisch.

Alma setzte sich eine Schaumkrone auf den Kopf, stand auf, sammelte allen Schaum, den sie finden konnte, und stellte sich vor Noams Kopf, um den Inhalt ihrer Hände auf ihn abzuladen. Noam öffnete nur kurz das rechte Auge, sah, dass sich Almas Vagina direkt vor seinem Gesicht befand, und kam im warmen Wasser. So leise, wie er in seinem Leben noch nie gekommen war. Die Erektion ließ direkt nach, er zog mit einer schnellen Bewegung den Stöpsel aus der Badewanne und stieg erst mit dem einen und dann mit dem anderen Bein hinaus. »Stell dich mal hin, ich dusch dir jetzt den ganzen Schaum ab«, sagte er zu Alma und wickelte sich in ein weißes, weiches Handtuch, das nach Weichspüler duftete. Er nahm die Brause in die Hand, stellte das Wasser an, spülte Alma ab, bis kein Schaum und kein Badewasser mehr an ihr klebte, und drehte den Hahn wieder zu. Noam zog ein neues Handtuch aus dem Regal, legte es um die Fünfjährige und verließ anschließend das Badezimmer.

# TEIL III

# NIKE

## 1

Aus Arad hatte mir Noam ein Foto geschickt: Er eingewickelt in ein weißes Badehandtuch, die Haare nass und mit den Resten einer kleinen Schaumkrone versehen. *#spatime*, hatte er es kommentiert. Wie schön, hatte ich gedacht, er pflegt seinen Körper, geht gut mit sich um. Und daraus geschlussfolgert: Jemand, der gut mit sich umgeht, der geht auch mit anderen gut um.

Als mich die Nachricht erreichte, lag ich mit meinen Provisorien im Mund zu Hause im Bett. Am Vortag hatte Raffi den weniger schmerzhaften als vor allem extrem unangenehmen Eingriff vorgenommen und mir hocherfreut erklärt, dass am Donnerstagmorgen die neuen Veneers fertig sein würden und eingesetzt werden könnten. In den nächsten Tagen ging ich ganz normal zum DAAD und lehnte lediglich die Einladungen zum Mittagessen ab, um meine Provisorien zu schonen. Noam und ich telefonierten jeden Tag. Nie lange, aber immer so, dass ich mich danach gut fühlte. Von der Zahnbehandlung erzählte ich nichts.

Am Mittwochabend, bevor meine neuen Veneers eingesetzt werden sollten, erreichte mich eine E-Mail von David. Ihr war der Vergleich angehängt. Er hatte ihn gefunden. Aber für mich war die Sache erledigt. Die Zahnarztrechnung würde ich in Raten bezahlen. Das hatte ich längst mit Raffi besprochen. Scheiß auf Sascha, scheiß auf Gerechtigkeit, dachte ich. Die würde ich sowieso nicht bekommen. Liebe möglicherweise schon. Vielleicht sogar mit Noam. Ohne zu zögern, verschob ich die E-Mail in den Ordner *Juristische Angelegenheiten*.

Mit den neuen Veneers im Mund kam ich um acht Uhr im Port Said an. Noam saß schon auf einem Stuhl, vor ihm ein Bier, sein Tabak, ein paar lose Blättchen und Filter.

»Wow, du hast ja schon einen Platz ergattert. Ich hatte schon Sorge, wir müssen ewig warten.«

»Ich kenne eine der Kellnerinnen.«

»Ist das so?«, fragte ich misstrauisch.

»Du erinnerst dich, ich bin dieser megatolle *Haaretz*-Kolumnist.«

»Exkolumnist!«

»Das macht mich ja noch spannender.«

»Stimmt. Was ist eigentlich passiert?«

»Es war Zeit zu gehen, nach fünf Jahren und zu vielen Kolumnen.«

»Und jetzt?«

»Jetzt kommen erst mal du und ich.«

»Kann ich dir eine Zigarette rollen?«

»Du kannst dir auch selber eine rollen von meinem Tabak.«

»Ich rauche nicht, aber drehe so gerne. Für meine beste Freundin Trang zum Beispiel. Jetzt raucht sie auch nicht mehr, aber früher, als wir Teenager waren.«

»Ich hasse rollen.«

*»A match made in heaven«*, sagte ich, zog die Augenbrauen hoch und griff nach den Utensilien.

»Sind wir.«

»Meinst du?«

»Du nicht?«

»Ich weiß nicht, wir kennen uns doch kaum.«

»Aber du merkst es schon, oder?«

»Ja, merke ich. Trotzdem.«

Noam strich über meinen Nasenrücken, stand auf und sagte: »Ich bestell dir mal schnell ein Bier.«

Ich legte das Blättchen auf mein Knie, strich es glatt, bröselte den Tabak gleichmäßig über die Fläche und klemmte den Filter zwischen linken Zeigefinger und Daumen, dann nahm ich alles hoch und rollte die Zigarette so perfekt, wie ich es mir vorgestellt hatte. Noam kam mit einem Bier zurück, und ich tauschte es gegen die Zigarette ein.

»Geben und nehmen«, sagte Noam, und ich nickte.

Er hielt die Zigarette in der Hand, begutachtete sie von allen Seiten, roch an ihr und steckte sie sich hinters Ohr.

»Die rauche ich, wenn du nicht bei mir bist, um mir eine zu drehen.«

»Heißt das, ich soll dir noch eine drehen, die du jetzt rauchen kannst?«

»Ja!«

Genauso gerne, wie Noam rauchte, drehte ich Zigaretten für ihn. Ungeschickt trank ich von meinem Bier und knallte mit der Flasche gegen meine Zähne. Sofort schloss ich die Lippen, fuhr mit der Zunge über die Veneers und geriet in Panik. Ich stand ruckartig auf, lief zu den Toiletten und machte Handzeichen, mit denen ich meinen Weggang erklärte. In der Kabine tastete ich hinter verschlossener Tür so lange an den Veneers herum, bis ich mir sicher sein konnte, dass alles in Ordnung war.

Als ich zurück an den Tisch kam, scrollte Noam durch sein Handy.

»Was machst du da?«

»NBA-Ergebnisse checken.«

»Magst du Basketball?«

»Mögen wäre untertrieben. Juden und Basketball, das ist eine eigene Geschichte.«

»Oh, ist das so? Erzähl!«

»Ossie Schectman, Sohn jüdischer Einwanderer in New York, warf den ersten Korb der NBA-Geschichte.«

»Die meisten würden nicht an Basketball denken, wenn sie das Wort *Jude* hören«, sagte ich und wollte den letzten Schluck vom Bier trinken, ließ es aber sein.

»Ich weiß. Sie denken an Einstein, Mahler, Buber, Liebermann.«

»Meine Ururgroßmutter hatte ein Verhältnis mit Liebermann und wurde zig Mal von ihm gemalt.«

»Wirklich? Zeig! Ich hol uns noch was zu trinken.«

Als Noam mit zwei Bierflaschen zurückkam, hatte ich die Bilder auf meinem Handy geöffnet. Er nahm das Telefon, hielt es in der linken Hand, die rechte legte er wie selbstverständlich auf mein Knie. Dann blickte er abwechselnd zu mir und zu ihr. »Ich seh da nichts.«

»Sie war ja auch meine *Urur*großmutter.«

»Das heißt, du bist mir nicht böse, wenn ich jetzt nicht sage, dass ihr euch total ähnlich seht, und wir uns nicht vorstellen können, du seist sie und ich sei Liebermann?«

Ich lachte laut, griff nach der neuen Bierflasche und trank davon, ohne Angst.

»Es ist schon komisch, dass man sich Juden nicht als große, kräftige Basketballspieler vorstellen kann, sondern sie immer als zierliche Künstler sieht, die ein leichter Windhauch jede Sekunde wegblasen könnte.«

»Das ist aber ein antisemitisches Klischee.«

»Vielleicht«, raunte ich.

»Bestimmt sogar. Ein Großteil der Israelis hat mit dem klassisch aschkenasischen Juden, den sich die meisten als ›den Juden‹ vorstellen, doch gar nichts zu tun.«

»Du aber ehrlich gesagt schon! Du siehst aus wie ein wandelndes jüdisches Klischee!«

»Das nehme ich jetzt als Kompliment«, sagte er, stand auf und forderte: »Los, lass uns spazieren gehen!«

»Müssen wir nicht noch zahlen?«, fragte ich.

»Ist erledigt!«

»Wo willst du hin?«

»Die Frage ist doch: Wo willst du hin?«

»Ich will an einen Ort, der dir viel bedeutet!«, antwortete ich. Noam beugte sich zu mir hinunter und roch an meinem Hals. Er hielt mir die Hand hin, und ich zog mich daran hoch. Das Bier rauschte in meinem Kopf. Neben uns stand die riesige Synagoge aus schwerem Beton, übermächtig. Sie erinnerte einen an die sechshundertdreizehn Gebote der Halacha, von denen ich bis zu meinem zwanzigsten Lebensjahr keines gekannt hatte. Gegenüber davon das nächtliche Treiben des Port Said. Das Stimmengewirr der lachenden, sprechenden und wild diskutierenden Menschen. Das Licht der Straßenlaternen, das das raue Tel Aviv samtig erscheinen ließ. Ich schaute Noam in die Augen. Wir waren fast gleich groß. Ein bisschen traurig sahen sie aus. Da war jemand, der das auch nicht zum Beruf gemacht hatte, das Lieben und Zusammensein, dachte ich. Ich lehnte meinen Kopf an seine Brust, er gab mir einen Kuss aufs Haar.

An einem Kiosk auf der Allenby kauften wir zwei Bier für den Weg. Noam bediente sich heimlich an einem Haufen Pistazien, der offen auslag. Er hielt seine Hand auf, ich langte zu.

Neugierig darauf, wo er mich hinführen würde, folgte ich ihm durch die dreckigen Straßen und die schmalen Gassen, von denen ich keine einzige kannte. Ich scannte die Straßennamen, versuchte, sie zu erinnern, merkte mir Ladenschilder und Leuchtreklamen. »Wo sind wir gerade?«, fragte ich immer wieder, und Noam antwortete nur: »Ist doch egal.« Er zog mich ins Jetzt und hielt mich dort fest. Oft blieben wir stehen, und Noam erzählte eine Geschichte, die sich am jeweiligen Ort zugetragen hatte. Mal war sie persönlich, wie die von einem Café auf der Dov Hoz Street, wo er als Fünfzehnjähriger einen Fotografen getroffen hatte, der ihm eine Modelkarriere versprach, aber nur an Nacktaufnahmen von ihm interessiert gewesen war. Mal war sie politisch, wie die vom Bombenanschlag im Jahr 2001 auf das Dolphinarium, das immer noch als Ruine am Strand stand. Wir umkreisten die verwundeten Orte, sahen sie uns genau an, und mit jeder Geschichte fühlte ich mich nicht mehr so allein.

Ob die Geschichten stimmten, war mir egal. Denn sie waren gut, waren tief und komplex. Es war genau jene Komplexität an Noam, für die ich mich wirklich interessierte. Ihn einfach nur nett zu finden war gar keine Option. Noam war alles andere als nett. Er war nervig, verrückt, witzig, schlau, nicht greifbar, traurig und trotzdem optimistisch. In seiner Gegenwart war ich mir selbst ganz nah. Und immer, wenn ich versuchte zu verstehen, wie genau er das anstellte, dachte ich an das, was Trang gesagt hatte, und hörte sofort damit auf.

Manchmal hielten wir vor einer Bar an, setzten uns auf den

Bordstein, Noam holte uns Arak oder ich uns zwei Bier, wir tranken und redeten, und oft schwiegen wir auch, ohne ein schlechtes Gewissen zu bekommen.

Am Morgen, die blaue Stunde war gerade angebrochen, saßen wir auf dem Rand der *Fire and Water Fountain* am Dizengoff Square. Die Straßen waren längst leer. Noam hatte seinen Pullover ausgezogen und mir über die Schultern gelegt. Er roch, als wäre er lange nicht gewaschen worden, aber er roch nach Noam, und Noams Geruch hatte ich von Anfang an gemocht. Noam fasste von hinten in meinen Nacken, wanderte mit der Hand bis zu meinem Pferdeschwanz hoch und spielte vorsichtig mit meinem Haar. Ich wusste nicht, ob ich ihn küssen sollte. Wasserspritzer der Fontäne landeten auf meiner Stirn. Noam wischte sie mit seinem T-Shirt weg. Ich konnte die schwarzen Haare sehen, die über seinen ganzen Bauch verteilt waren. Sein Gesicht war direkt vor meinem. Da nahm ich all meinen Mut zusammen und küsste ihn. Er legte die Hände an meine Wangen. Ich fühlte mich gehalten. Seine Zunge fuhr erst über meine Ober- und dann über meine Unterlippe.

»Lass uns ein Taxi zu dir nehmen«, sagte er, und ich griff nach seiner Hand.

Die Sonne ging gerade auf, als das Taxi uns im staubigen Sand vor meinem Haus absetzte. Noam ging vorsichtig durch die quietschende Gartentür und schaute sich gewissenhaft um. Er riss eine Tomate ab, roch an ihr und steckte sie sich in den Mund. »Wow, die sind gut!«, sagte er. Ich setzte mich in den weißen Gartenstuhl. »Gib mir mal deinen Schlüssel, ich hol dir eine Decke von drinnen. Ich will nicht, dass du frierst.«

Ich kramte in meiner braunen Ledertasche, zog den klimpernden Schlüsselbund heraus und drückte ihn Noam in die Hand. Für einen kurzen Moment wollte ich ihn wieder an mich nehmen, gab aber schließlich auf. Ich hatte keine Lust mehr auf diesen Kampf, der nicht zu gewinnen war.

Minuten später kam Noam mit zwei Tassen Tee und einer Decke über seinem Kopf aus meinem Studio.

»Hier. Ich bin ganz schön betrunken«, gab er zu, und ich antwortete: »Ich auch.« Er stieß mit der Tasse gegen meine. *»Le Chaim«*, sagte ich.

»Ich will, dass wir über unsere Fantasien sprechen«, sagte er.

»Okay«, antwortete ich.

»Was willst du, dass ich mit dir mache?«

Ich stellte die Tasse ab, zog den Slip unter meinem langen Kleid aus und legte ihn auf den Gartentisch. Noam öffnete den Reißverschluss seiner Hose, fädelte seinen harten Penis durch das Loch, nahm den Slip vom Tisch und begann, sich mit ihm selbst zu befriedigen. Er schloss die Augen. Ich ging ganz nah an sein Ohr und sagte: »Ich will die Kontrolle haben über alles, was du tust.«

»Die kannst du haben«, antwortete er, drehte sein Gesicht zu mir und küsste mich das erste Mal an diesem Abend richtig. So lange, bis ich mich zurückzog. Er öffnete die Augen. Ich flüsterte: »Ich muss dir etwas sagen«, und Noam hob sofort die Hände, gab mir den Slip zurück und zog den Reißverschluss zu. Er beugte sich zu mir, senkte den Kopf und legte ihn in meinen Schoß.

»Du musst mir gar nichts sagen. Ich weiß alles.«

»Das glaube ich nicht.«

»Was du mir sagen musst, muss ich dir auch sagen.«

»Dass du seit acht Jahren keinen Sex mehr hattest?«

Noam blickte auf, schaute mich lange an und sagte: »Stimmt das wirklich?« Ich nickte. »Dann haben wir heute Nacht auch keinen, sondern knutschen nur«, antwortete er.

»Ist das dein Ernst?«

»Ja, das ist mein Ernst. Oder was willst du machen?«

»Ich weiß es nicht.«

»Siehst du? Ich will, dass du weißt, was du willst, und dann machen wir genau das.«

Eine Fledermaus flatterte vorbei und versuchte, der aufsteigenden Sonne zu entkommen. Ich hatte Angst, Dudy würde gleich durch das klapprige Gartentor torkeln. Der Boden war nass vom Reif. Mein Kopf schwer vom Alkohol.

»Lass uns reingehen und schlafen«, sagte Noam, und ich stimmte zu.

Auf der Galerie zog er sein T-Shirt aus, aber ließ seine Jeans an. Ich legte alles ab und rollte mich nackt auf seinen Bauch. Seine Achseln rochen nach Schweiß, nach Mann, nach Krieg und nach Zerstörung. Ich schloss die Augen und schlief sofort ein.

Wir wachten am frühen Nachmittag auf, und nichts war komisch zwischen uns. Noam lag neben mir, schaute mich an und nahm meinen kleinen Finger. Er rutschte an meinen Kopf und küsste mein Ohrläppchen. Ich atmete viel zu laut aus. Er biss sanft zu. Sein Bart kratzte an meinem Kinn. Seine Hand wanderte zu meinem Oberschenkel und weiter an die Innenseite. Da blieb sie minutenlang, ohne sich zu bewegen.

»Lass uns frühstücken«, flüsterte er.

»Ja, lass uns frühstücken!«

Ich stand langsam auf und ging gebückt zur Treppe.

»Schön bist du«, sagte Noam.

»Warte mal ab, bis ich aus dem Bad komme. Willst du auch duschen?«

»Nein.«

»Duschst du morgens nicht?«

»Doch, aber heute will ich die Nacht mit in den Tag nehmen.«

»Ich nicht.«

»Das ist okay«, sagte Noam und lachte.

Er drehte sich auf den Bauch und robbte auf der Matratze ans Fenster. »Kolibris«, sagte er, während ich die Treppe hinunter ins Bad lief.

## 2

Im Kühlschrank war nichts. Ich hatte ihn leer gegessen, ohne dafür zu sorgen, ihn wieder aufzufüllen. Eingewickelt in ein Handtuch, ging ich zur Treppe. Noam lag immer noch vor dem Fenster.

»Kommst du mit? Ich habe nichts im Kühlschrank. Lass uns vorne auf der Shabazi was zum Essen kaufen. Da ist ein kleiner Lebensmittelladen.«

»Ich kann mich nicht bewegen.«

»Wieso?«

»Weil das die Kolibri-Mama und ihre Kinder erschrecken würde.«

»Okay.«

»Vielleicht kann ich mich ja so leise und unauffällig davonmachen, dass sie nicht gestört werden.«

»Bestimmt.«

Noam legte die Arme eng an den Körper und rollte von der Matratze bis zur Treppe.

»Hast du das bei der Armee gelernt?«, fragte ich.

»Ich war nicht bei der Armee.«

»Wie, du warst nicht bei der Armee? Wie hast du das denn gemacht?«

»Ich habe genervt«, flüsterte er eingerollt und auf dem Boden liegend. Ich schaute von unten zu ihm hoch.

»Und jetzt? Wie machst du das jetzt mit der Treppe?«, fragte ich.

»Das weiß ich nicht.«

»Vielleicht wüsstest du es, hättest du nicht so genervt.«

»Kann sein.«

Noam schob seine Beine die Treppenstufen hinunter.

»Ich rutsche jetzt liegend hier runter. Ich finde, du solltest dir das wirklich aus der Nähe anschauen.«

Ich musste lachen. Ziemlich laut sogar, und Noam zischte: »Leise, sonst erschreckst du die Kolibris!«

»Ich glaube, das hier hat alles nicht mehr so viel mit den Kolibris zu tun, Noam.«

»Selbstverständlich!«

Er rutschte auf dem Rücken die Stufen hinunter, wobei er sich mit den Händen leicht abstützte, um das Tempo zu kontrollieren.

Als er unten landete, forderte er Applaus, aber ich schüttelte nur den Kopf. Er schien beleidigt. Zog genervt sein T-Shirt an und öffnete die Tür zum Garten.

»Nike!«, rief er, während ich gerade im Bad meine Haare kämmte.

»Was?«

Noam schloss die Tür wieder. Kam zu mir ins Bad und sagte: »Da sitzt jemand in deinem Garten?«

»O nein. *Fucking* Dudy.«

»Wer ist Dudy?«

»Mein Vermieter.«

»Willst du mich verarschen? Wer ist der Mann da draußen?«, sagte Noam schroff.

»Wie bitte?«

»Ob du mich verarschen willst?«

»Willst *du* mich verarschen? Das ist mein Vermieter. Geh raus und frag ihn doch, wenn du mir nicht glaubst.«

»Tut mir leid. Ich glaube dir. Ich will dir glauben. Verstehst du? Ich will dir alles glauben, was du mir sagst. Nicht böse sein. Okay?«

»Ich bin dir nicht böse. Alles gut.«

Ich band mein Haar zu einem Pferdeschwanz zusammen, zog mir eine Jeans über und eine weite, weiße Bluse an, schlüpfte in die grauen Ballerinas und griff nach Noams Hand. »Los, komm!«, sagte ich und drückte zweimal hintereinander seine Finger zusammen.

Noam öffnete die Tür. Die frische, kühle Luft wirkte wie ein nasser Lappen im Gesicht. Ich wachte zum ersten Mal an diesem Tag richtig auf. Im Affenbrotbaum gurrte eine Taube.

Dudy biss in eine Tomate, die er offensichtlich gepflückt hatte.

*»Boker tov!«*, sagte Noam mit deutlich tieferer Stimme als sonst. Er schaute ernst. Die Stirn hatte er in Falten gelegt, das Kinn gehoben, die Schultern nach hinten gezogen, die Brust geschwollen.

*»Ma nishma? Makore?«*, fragte Dudy. Und noch mehr hebräische Sätze, die ich nicht verstand. Noam antwortete in seiner neuen Stimmlage. Dudy stand auf, Noam ließ meine Hand los. Wieder etwas auf Hebräisch. Beide wirkten angespannt, kampfbereit. Ich bekam Angst. Noam war Dudy körperlich

unterlegen. Er war zierlich, Dudy groß und kräftig. Aber nicht nur seinem Körper fehlte es an Aggressivität, auch seiner Persönlichkeit. Noam war nicht Ossie Schectman, Noam war Mahler, Lieberman, Buber. Auch wenn er die nicht sein wollte. Ich sprang zwischen die beiden und drückte mich gegen Noams Brust. Umarmte ihn, küsste ihn auf den Mund und sagte laut: »Komm, ich habe wirklich Hunger!« Dann flüsterte ich in sein Ohr: *»Let's be a Freya. Let's be real.«*

Ich war die gesamte Woche nicht zum DAAD gegangen, sondern hatte die Tage nur mit Noam verbracht. In dieser Zeit spazierten wir durch Tel Aviv, saßen im Garten, kochten in meiner Küche und schliefen nach wie vor nicht miteinander. Wir küssten uns stundenlang, lagen nackt neben- oder aufeinander, und ich fühlte mich, als könnte ich noch einmal von vorne anfangen und diesmal alles richtig machen.

Es war Anfang Dezember, und in den Geschäften lagen überall Sufganiot aus. Noam hatte mir erklärt, dass die runden Kuchen, die wie Berliner Pfannkuchen aussehen, zu Chanukka gegessen werden. Aber ich konnte Sufganiot nicht aussprechen und sagte immer nur *»Snufficats«*, was Noam so süß fand, dass ich die richtige Aussprache gar nicht mehr lernen wollte. Chanukka, das Lichterfest, war kein hoher Feiertag. Es ging über acht Tage und wurde jährlich zum Gedenken an die Wiedereinweihung des Zweiten Tempels gefeiert. Jeden Abend zündete man die Kerzen an, Kinder bekamen kleine Geschenke, spielten mit dem Dreidel und aßen in Öl gebackene Speisen. Die Sufganiot lagen schon Wochen vor Chanukka in den Supermärkten aus, wie Spekulatius vor Weihnachten.

Es war der erste Tag des Lichterfestes, und Noam und ich konnten keine Chanukkia in Maayans Wohnung finden. Direkt nach dem Frühstück suchten wir nach dem neunarmigen Leuchter, im Sideboard, in den Schränken in der Küche, oben auf der Galerie und sogar in der Gartenkiste neben dem Haus. Nichts. Aber Noam versprach, mir von einem seiner Streifzüge, den er mir nach dem Aufwachen angekündigt hatte, eine mitzubringen.

Ich mochte, dass er manchmal auf geheime Erledigungstouren aufbrach, die oft viele Stunden dauerten, und über die er mir nichts verriet außer den einen Satz: »Ich muss Asher helfen.« Was auch immer das bedeutete, es war seine Angelegenheit, und ich erwartete nicht, dass er mir alles aus seinem Leben offenbarte. Auch ich hielt Dinge vor ihm verborgen, und überhaupt fand ich es wichtig, dass Menschen nicht voneinander verlangten, sich alles zu erzählen. Wir hatten ein Recht darauf, Erinnerungen, Gedanken und Ängste in uns zu tragen, von denen niemand etwas erfahren sollte. Die Freiheit, die ich mir herausnahm, schenkte ich auch Noam.

Ich lag auf der Couch und verschickte Einladungen für die Konferenz, als es klopfte. Durch das schmale Glasfenster neben der Tür konnte ich Noams Silhouette erkennen. Ich sprang auf und öffnete ihm. Er hielt mir eine weiße Tüte vors Gesicht. Dann schob er seinen Kopf seitlich vorbei und grinste. »Da, unsere erste gemeinsame Chanukkia«, sagte er. Ich nahm ihm die Tüte ab und wickelte den Kerzenleuchter aus. Danach stellte ich ihn auf das Fensterbrett im Wohnzimmer, und Noam legte die Packung mit den Kerzen daneben.

Er zog seine Schuhe aus, stellte sie an die Wand und hängte seine schwarze Jacke an den kleinen Haken neben dem braunen Sideboard. »Ich freue mich auf das Kerzenanzünden«, sagte ich, und Noam antwortete: »Ich mache mir eigentlich nicht viel aus Chanukka, aber dieses Jahr fühlt es sich anders an.«

»Hast du denn sonst alles erledigen können?«, fragte ich vorsichtig, während ich in der Küche den Teller mit Sufganiot vorbereitete.

»Ja, konnte ich«, antwortete Noam. Er öffnete die Packung mit den Kerzen und legte vorsichtig zwei heraus. Ich stellte den Teller auf dem Glastisch ab.

»Oh, die haben farbige Streifen?«

»Die gibt es mit farbigen Streifen und in Weiß, aber ich mag die mit den farbigen Streifen. Mein Vater hat die immer gekauft.«

»Ashers Bruder?«

»Genau. Er hieß Avraham und ist gestorben, als ich sechs Jahre alt war.«

»Das tut mir leid. Wenn du mir die Geschichte erzählen willst, sag Bescheid.«

»Ich mag, dass du nicht bohrst.«

»Ich weiß.«

»Bohrst du nicht, um mir zu gefallen?«, fragte Noam, und ich schüttelte den Kopf.

»Nein, ich bohre nicht, weil ich nicht will, dass du bohrst.«

Noam lächelte, winkte mich zu sich und fragte, ob ich mit dem gelben sowie dem rosa Streifen an den beiden Kerzen zufrieden sei oder ob ich mir lieber andere Kerzen aussuchen wolle. Ich nahm die Packung in die Hand und schaute gewissenhaft nach, welche Farben sich darin befanden. Es gab noch blaue, grüne und rote.

»Gelb und rosa sind gut«, sagte ich.

Noam zog ein Feuerzeug aus der Tasche seiner grauen Jeans und legte es neben den Leuchter.

»Jetzt müssen die Brachot gesprochen werden«, sagte Noam und griff nach seinem Telefon.

»Wie, du kannst die nicht auswendig?«

»Nein, du?«

»Ich sowieso nicht, meine Großmutter war Kommunistin. Da ist nicht viel vom Judentum an meine Mutter und mich weitergegeben worden. Aber ich dachte, als Israeli würde man die Brachot kennen.«

»Ganz ehrlich, das letzte Mal, dass ich die Kerzen einer Chanukkia angezündet habe, ist sehr lange her. Da lebte mein Vater noch.«

»Das ist aber wirklich lange her. Da warst du ja noch ein Kind.«

»Ja. Ich weiß auch nicht, warum Asher das nie gemacht hat. Dabei haben wir in der Grundschule immer Chanukkia gebastelt, und ich habe sie mit nach Hause gebracht.«

»Hast du die noch?«

»Natürlich nicht. Wie kommst du darauf?«

»Ich weiß nicht. Hebt man so was nicht auf, also als Elternteil oder als Onkel?«

»Keine Ahnung.«

»Okay, ist doch auch egal. Wir beide haben jetzt unsere Chanukkia mit zwei Kerzen, eine mit gelben und eine mit rosa Streifen. Wer muss die Brachot jetzt sagen?«

»Der Mann.«

»Das ist jetzt schon ganz schön *old school*.«

»Stimmt eigentlich. Dann sprich du sie.«

»Aber ich habe doch keine Ahnung.«

»Hör zu, wir sprechen sie zusammen. Ich suche die drei

Brachot in Lautschrift, und wir sprechen sie zusammen, und es ist egal, ob du etwas falsch aussprichst. Ja?«

»Ja.«

Ich setzte mich auf Noams Schoß. Er fuhr mit dem Daumen über das kleine Rädchen am Feuerzeug. Die Flamme schoss hoch. Er begann mit den ersten Sätzen, und ich sprach ihm nach, während er erst den Schamasch und dann die Kerze anzündete: »*Baruch Ata Ado-naj Elohejnu Melech Haolam Ascher Kideschanu Bemizwotaw, Weziwanu Ledhadlik Ner Chanukka. Baruch Ata Ado-naj Elohejnu Melech Haolam Scheasa Nissim L'awotenu Bajamim Hahem Bisman Hase. Baruch Ata Ado-naj Elohejnu Melech Haolam Schehechejanu Wekijemanu Wehigianu Lisman Hase.*«

Wir legten uns auf die Couch, eng umschlungen, und sahen dabei zu, wie die Kerzen langsam abbrannten. Ich fuhr mit der Hand über die weiße Wand neben mir.

»Was machst du da?«, fragte Noam, und ich antwortete: »Fühlen, ob die Bilder aus meinem Traum noch dort hängen.«

# NOAM

## 3

Noam ging nicht mehr ins Sheleg. Er machte einen großen Bogen um das Café. Er mied außerdem die Meerseite der Allenby sowie die Geula Street und die Harav Kook Street. Er hatte eine Sperrzone von fünfhundert Metern um Tamars Wohnung errichtet, die er nicht betrat. Falls ihn Erledigungen für Asher doch in die Nähe führten oder er Amit zurück zu seiner Mutter Dana bringen musste, zog er sich eine Mütze über den Kopf und die Kapuze eines Hoodies darüber, den er in Tamars Gegenwart noch nie getragen hatte.

Sie hatte ihn dreimal angerufen und ihm sechs WhatsApp-Nachrichten geschickt, bis Noam ihre Nummer blockiert hatte. Manchmal bekam er Herzrasen, weil er Angst hatte, ihr zusammen mit Nike zu begegnen. Er hatte sich sogar Erklärungen und Rechtfertigungen zurechtgelegt, die die Situation entspannen würden, sollte Tamar plötzlich vor ihnen stehen. Zum Beispiel, dass Nike wie seine Mutter Miri deutsche Jüdin sei und dass es sich bei diesem Umstand nicht um Zufall, sondern nur um Schicksal handeln könne, dem er sich fügen müsse. Oder dass Nikes Instagram-Story über die *Fire and Water Fountain* in seinem *Discovery Feed* erschienen sei und Tamar ja wisse, wie viel ihm dieser Springbrunnen bedeute. Er hatte mehr Angst vor Tamar als vor Nike. Nike hätte er nichts erklären müssen, sie hätte gefragt: *Willst du mir sagen, wer sie ist oder nicht?*, und sie wäre mit jeder Antwort zufrieden gewesen, ohne einen Aufstand zu machen. Früher oder später würde diese unangenehme Begegnung stattfinden, dessen war sich Noam sicher, er wusste nur nicht, wann es so weit sein würde. Denn Tel Aviv war klein. Zweiundfünfzig Quadratkilometer klein, um genau zu sein. In etwa so groß wie Berlin-Mitte. Darauf nur vierhundertfünfzigtausend Einwohner. Es war geradezu unmöglich, zu verschwinden und niemandem mehr zu begegnen, dem man nicht begegnen wollte. Dafür hätte man eigentlich die Stadt verlassen müssen.

Auch in diesem Moment, als er mit Nike auf der dunkelgrünen Couch in ihrem Apartment lag, vor ihnen die beiden heruntergebrannten Chanukka-Kerzen, musste Noam daran denken, dass seine gesamte Vergangenheit über Tel Aviv verteilt war und er keine Lust hatte, ständig mit ihr konfrontiert zu sein. Schließlich fühlte sich mit Nike endlich alles richtig an. Er legte die Hand auf Nikes Bauch, ganz flach und leicht, er wollte sie schließlich nicht erdrücken, und fragte, ob sie sich vorstellen könne, mit ihm in eine andere Stadt zu ziehen.

»In welche denn?«, antwortete Nike, und Noams Herz begann zu rasen, weil er nicht damit gerechnet hatte, dass sie so offen reagieren würde.

»Jerusalem?«

»Warum Jerusalem?«

Noam überlegte, ob er Nike erzählen solle, dass er aus Jerusalem stammte, nicht aus Arad. Dass er dort mit Miri und Avraham gelebt hatte, so lange jedenfalls, bis sein Leben aus den Fugen geraten war, er mit einem Schlag seine Eltern verloren hatte und zu Asher ziehen musste.

»Es ist nicht so heiß wie in Tel Aviv«, antwortete Noam

und kam sich sofort schrecklich dumm vor, weil er eigentlich wusste, dass Nike den Strand und die Wärme mochte. Er drückte sein Gesicht in Nikes Nacken und wünschte sich von *Hashem*, sie solle nichts Böses antworten.

»Das hört sich für mich jetzt erst mal nicht nach einem Vorteil an.«

»Stimmt. Du magst das Meer und die Hitze und die Luftfeuchtigkeit.«

»Ja, genau.«

»Aber in Jerusalem warten die Antworten auf alle Fragen, die du hattest und jemals haben wirst.«

»Ist das so?«

»Ich glaube schon.«

»Und welche Fragen habe ich?«

»Wo kommen wir her? Wie sind wir in unser Leben hineingeraten? Wie können wir mit den Bruchstellen lernen zu leben?«

»Und warum befinden sich diese Antworten in Jerusalem?«

»Weil dort der Tempel zerstört wurde und uns diese Zerstörung zu Juden gemacht hat.«

Nike löste sich aus der Umklammerung, und Noam bekam Angst, etwas Falsches gesagt zu haben. Gleichzeitig war er sich sicher, dass die Fragen, die ihn umtrieben, auch Nikes Fragen waren.

Sie setzte sich auf und schaute Noam lange in die Augen. Doch sosehr er sich bemühte, er konnte nicht erkennen, was dieser Blick bedeutete. »Drehst du mir eine Zigarette?«, fragte er, aber Nike stand auf, ging die Treppen nach oben auf die Galerie und legte sich hin.

Schon drei Wochen später war das Wetter zu schlecht, um den Tag im Garten beginnen zu können. Nike und Noam saßen beim Frühstück im Wohnzimmer, und ohne Vorwarnung erklärte Nike, dass sie nach dieser langen Zeit der radikalen Innigkeit dringend ein paar Tage für sich brauche. Noch während sie ihren Wunsch aussprach, kam Noam der Abend in den Sinn, an dem sie zusammen die Kerzen angezündet hatten, und er geriet in Panik. Er fühlte sich aus Nikes Leben geworfen, ein bisschen so, als müsste er die Gebärmutter verlassen, ohne bereit für die Helligkeit der Welt zu sein. Aber er ließ sich nichts anmerken, versicherte Nike, dass auch er Raum für sich brauche, und gab ihr zum Abschied einen langen Kuss, den er im nächsten Augenblick bereute.

Als er das Gartentor passiert und den ersten Fuß in den staubigen Sand des Weges gesetzt hatte, gab er sofort Tamars Nummer frei und hoffte inständig, sie würde ihn anrufen. Aber nichts passierte. Es traf auch keine Nachricht ein. Er sah, dass sie ihr Profilbild auf WhatsApp gewechselt hatte. Sie lachte. Ihr ging es gut ohne ihn, dachte er.

Noam nahm ein Selfie vor einem schick sanierten Haus in Neve Tzedek auf. Er brauchte einige Anläufe, bis er sich gefiel. Er versuchte, verliebt zu wirken. Das machte er mit den Augen. Verträumt und wie nicht von dieser Welt, sollte es aussehen. Als er endlich zufrieden war, lud er das Foto als neues Profilbild bei WhatsApp hoch und änderte seinen Status von einem Gurken-Emoticon zu einem Auberginen-Emoticon. Das fand er so genial, dass er ein bisschen übermütig wurde und entschied, das Foto auch auf Instagram hochzuladen, ohne darüber nachzudenken, dass Nike es sofort liken würde. Aber nicht nur das. Sie kommentierte das Selfie mit einem Auberginen-Emoticon. Sein erster Gedanke war, sie seien eben seelenverwandt, bis er begriff, dass sie seinen WhatsApp-Status gesehen haben musste. Sein Herz begann zu rasen, und weil er kurz davor war, in eine Panikattacke zu geraten, löschte er nach zwei Minuten und achtundvierzig Sekunden das Instagram-Bild und änderte seinen WhatsApp-Status zur Gurke zurück. Weil es ihm immer noch nicht besser ging, musste er jetzt auch noch das Selfie auf WhatsApp löschen und sein altes Profilbild wieder hochladen.

Die erste Stunde seiner unfreiwilligen Nike-Pause war schon mal eine Katastrophe gewesen. Und auch die darauffolgenden Stunden sollten nicht besser werden.

Er lief orientierungslos durch Tel Aviv. Ohne Ziel, ohne Ahnung und ohne ein klares Gefühl von sich selbst. Was er aber zum ersten Mal mit Gewissheit begriff, war, dass er seinen Job bei der *Haaretz* verloren hatte. Ihm war nicht klar, was eigentlich schlimmer war: die Foto-Aktion gerade eben oder die Tatsache, dass er keinen Job mehr hatte.

Er rief Asher an, aber der ging nicht ans Telefon. Auch nicht beim dreiundzwanzigsten Versuch. Tamar konnte er nicht anrufen. Nike auch nicht. Ansonsten blieb da keiner. Noam schrieb Nike eine Nachricht: *Vermisse dich*, und schickte sie ab, auch wenn er sich sicher war, dass sie ihm nicht antworten würde, obwohl sie so fühlte wie er.

Es war später Nachmittag, als Noam aufwachte. Er lag auf der großen Wiese im HaYarkon Park. Daran, wie er in den nördlichsten Winkel Tel Avivs gekommen war, erinnerte er sich nicht mehr. Aber er fühlte sich besser als noch am Morgen. Er suchte das nächste Sherut, das ihn nach Bat Yam bringen würde, stieg ein und rief erneut Asher an.

*»Ma?«*

»Ich bin's. Wieso gehst du nicht mehr ans Telefon?«

»Ich weiß, dass du es bist. Das steht hier auf dem Display.«

»Wie geht's dir?«

»Alles gut.«

»Lange nicht gesehen.«

»Ist das so?«, fragte Asher.

»Ich bin gerade im Sherut auf dem Weg nach Bat Yam. Wo bist du?«

»In der Wohnung.«

»Was machst du?«

»Nichts.«

»Wollen wir uns im Arcafé treffen?«

»Keine Zeit.«

»Aber du sagtest doch gerade, du machst nichts.«

»Ich sagte, jetzt gerade mache ich nichts. Aber gleich.«

»Was musst du denn machen?«

»Was ich immer mache.«

»Asher, ich weiß, du bist böse, dass ich mich seit drei Wochen nicht gemeldet habe. Ich habe diese Frau kennengelernt. Die musst du treffen.«

»Nein, muss ich nicht.«

»Doch. Sie ist anders als die anderen.«

»Ich habe über tausend Frauen gefickt, ich muss wirklich keine Einzige mehr kennenlernen. Schon gar nicht eine, die du fickst.«

»Wir schlafen gar nicht miteinander.«

»Wieso? Brauchst du Medikamente? Geht es schon los?«

»Asher, ich brauche keine Medikamente. Wir lassen uns Zeit.«

»Bist du meschugge? Was soll das? Warum lasst ihr euch Zeit? Wir haben keine Zeit. Wir werden sterben.«

»Ich weiß.«

»Wo bist du gerade?«

»Im Sherut.«

»Das sagtest du schon. Lass mich es anders formulieren: Wo ist das Sherut, du Idiot?«

»Ich bin kein Idiot. Das Sherut ist irgendwo kurz vor Jaffa.«

»Keine Ahnung, ob ich noch hier bin, wenn du kommst, aber wenn ich noch hier bin, können wir schnell eine Zigarette zusammen rauchen.«

»Dann erzähle ich dir von Nike.«

»Nein, tust du nicht.«

Als Noam in der Wohnung in Bat Yam ankam, war Asher schon weg. Alles sah aus wie immer. Kleidung lag auf dem Boden, Werbebroschüren stapelten sich anstelle von Toilettenpapier im Bad. Die Dusche war trocken. Asher schien sie an diesem Tag nicht benutzt zu haben. Der Toilettendeckel war hochgeklappt. Noam spülte Ashers Exkremente weg. Anschließend legte er sich ins Bett, drehte eine Zigarette und rauchte sie. Er wollte zu Nike. Auf seine Nachricht hatte sie nicht geantwortet. Vielleicht machte sie gerade Schluss mit ihm. Wer konnte das schon wissen? Vielleicht war längst ein anderer bei ihr eingezogen, der auch nicht mit ihr schlief, weil er spürte, dass sie Zeit brauchte. Er scrollte durch ihre Instagram-Bilder. Nichts Neues. Was macht sie nur? fragte er sich. Was macht sie mit all dieser freien Zeit?

Mitten in der Nacht wachte Noam auf und entschied, die Wohnung sauber zu machen. Es gab nur Spülmittel und ein paar alte Handtücher, aber das war jetzt egal. So, wie es hier seit Monaten aussah, konnte es nicht bleiben. Noam wollte sich genauso wohlfühlen wie bei Nike und begann deshalb, alle herumliegenden Kleidungsstücke einzusammeln. Er wollte Ashers und seine in zwei große Haufen ordnen. Dabei fiel ihm auf, dass er gar nicht wusste, welche T-Shirts ihm und welche Asher gehörten. Benutzt wurden sie von beiden. Also entschied er, die Teile abzuzählen und auf jeden Haufen gleich viele T-Shirts, Hosen, Unterhosen, Socken und Pullover zu werfen. Dann zog er das Bettzeug ab, kramte in einem der Einbauschränke nach Wechselwäsche und fand zu seiner eigenen Überraschung welche. Er bezog das Bett frisch, roch an dem Laken und versenkte den Kopf in einem der zwei Kissen. Unter der Spüle lag eine Rolle mit Müllbeuteln. Er nahm einen und warf Essensreste, alte Werbebroschüren und alles hinein, was für ihn keinen Zweck erfüllte. Er reinigte das Waschbecken sowie die Ablagefläche mit einem feuchten Handtuch und ein wenig Spülmittel.

Noam wurde übermütig und ging ins Bad. Er spritzte die grüne Seife in die verdreckte Toilette, ins Waschbecken und in die Dusche und schrubbte drauflos. Danach stopfte er die benutzten Handtücher in einen Müllsack, in den anderen schmiss er die Kleidung, die er Asher zugeordnet hatte, und in einen dritten seine.

Zum Abschluss nahm er den Besen, der im Hausflur stand, und fegte die Wohnung. Weil er immer noch nicht zufrieden war, zog er ein altes Handtuch aus dem blauen Müllsack, schüttete Wasser aus einem Topf über dem Boden aus und verteilte das Spülmittel. Er kniete sich auf die Steinkacheln und wischte mit dem Handtuch durch die gesamte Wohnung, bis alles sauber war.

Danach stieg Noam in die Dusche, legte sich ins frisch gemachte Bett und schlief sofort ein.

Als er am nächsten Morgen um 8:23 Uhr aufwachte, hatte er nichts von seiner Energie verloren. Er nahm die vier Müllbeutel und warf einen in die Mülltonne, die neben dem Haus stand. Die drei anderen brachte er zur Wäscherei.

Er bekam einen Zettel in die Hand gedrückt, auf dem die Abholzeit notiert war. Er lief zurück in die Wohnung, schnappte seinen Rechner, fand noch fünfzig Schekel, die Asher in einem seiner vielen Geldverstecke verstaut hatte, und ging ins Arcafé.

Noam bestellte einen frischen Orangensaft und ein kleines Frühstück und schickte E-Mails an alle, die er kannte, um ihnen mitzuteilen, dass er und die *Haaretz* sich in gegenseitigem Einvernehmen voneinander getrennt hätten und er nun auf der Suche nach einer neuen Zeitung für eine neue Kolumne sei. Nike schrieb er eine weitere Nachricht, obwohl sie immer noch nicht auf die gestrige geantwortet hatte: *Boker tov, hab einen schönen Tag!* Und als er mit seinem Frühstück fertig war, kam auch schon die Antwort von Nike: *Vermisse dich auch. Sehen wir uns heute Abend?*

*Ja!* antwortete Noam erleichtert.

Am Nachmittag holte er die frisch gewaschenen Sachen und Handtücher ab. Sie lagen zusammengefaltet und intensiv nach Weichspüler riechend in durchsichtigen kleinen Plastiktüten. Noam war außer sich vor Freude. Wie unkompliziert das gelaufen war, wie schön alles aussah, wie sehr sich Asher über die frische Wäsche freuen würde, dachte er und lächelte, als er der Frau in der Wäscherei einen Scheck in die Hand drückte.

Auf der Straße zerrte Noam einen blauen Pullover aus einer der Tüten und zog ihn über sein weißes T-Shirt. Es war windig und kalt.

Zu Hause angekommen, sortierte Noam Ashers Kleidung in die Kommode ein. Seine ließ er in den Tüten, und als er mit allem fertig war, brach er auf zu Nikes Apartment.

## 4

Die zwei Wochen, die folgten, waren die stabilsten in Noams Leben. Nike hatte ihm einen Schlüssel nachgemacht, und wenn sie morgens zum DAAD fuhr, saß Noam im Garten und schrieb Bewerbungen oder holte Amit von der Schule ab und ging mit ihm ein Eis essen. Noch hatte er sich nicht dazu durchgerungen, Nike davon zu erzählen, dass er einen Sohn hatte.

Noam traf die wichtigsten Chefredakteure der wenigen israelischen Tageszeitungen und relevanten Magazine. Sogar Boaz Bismuth von der *Israel Hayom*, der kostenlosen Wochenzeitung, die man auch *Bibiton* nannte, weil die politische Nähe zu Benjamin Netanjahu nicht zu übersehen war. Noam war das egal. Bei der *Haaretz* hatte er sich politisch auch nicht richtig zu Hause gefühlt, und wichtig war nur, dass er so schnell wie möglich einen Job bekäme, um Nike, die ihn seit Wochen aushielt, zu unterstützen. Er wollte in den Supermarkt gehen und mit seiner eigenen Kreditkarte zahlen können, er wollte ihr eine Kette mit einem Anhänger kaufen und Blumen, wenn er schöne in einem Laden sah. Es gab Tage, an denen er gestresst und voller Angst aufwachte, aber sobald Nike zu seinem Becken hinunterrutschte und liebevoll seinen Penis in den Mund nahm, war alles vergessen. Er konnte sogar endlich wieder kommen, dabei schliefen sie nach wie vor nicht miteinander. Es war, als heilten beide an dieser vorsichtigen Nähe, an dieser Zeit, die sie sich ließen, und daran, dass sie längst mehr voneinander wussten, als sie es sich erzählt hatten. Es gab zwischen ihnen ein unausgesprochenes Verständnis für die tiefen Verletzungen, die ihnen in der Vergangenheit beigebracht worden waren und die sie dem anderen mit größtmöglichem Respekt begegnen ließen.

Auch Nike brachte er zum Orgasmus, und als sie ihm erzählte, dass sich kein Mann in den ersten zehn Jahren ihres sexuellen Lebens dafür interessiert habe, ob sie gekommen sei oder nicht, ärgerte ihn das zutiefst, wenngleich es ihn nicht sonderlich verwunderte. Noam wollte nichts sehnlicher, als Nike zu befriedigen. Er wollte, dass sie einmal, zweimal oder fünfmal hintereinander kam, und er wollte ihr nicht das Gefühl geben, es tun zu müssen.

Noam kehrte gerade vom zweiten Mittagessen innerhalb einer Woche mit Boaz Bismuth zurück. Sie hatten im Casino San Remo gesessen und diesmal sogar konkreter über eine mögliche Kolumne gesprochen. Er schaltete sein Telefon wieder ein und setzte sich auf den Rand des Springbrunnens vor dem Gesher Theater in Jaffa. Fünf Anrufe in Abwesenheit zeigte das Display an, von einer Nummer, die Noam nicht kannte. Er rief sofort zurück. Eine Service-Mitarbeiterin seiner Bank antwortete. Drei Schecks seien geplatzt, sagte sie. Man habe ihm lediglich mitteilen wollen, dass sein Konto bis auf Weiteres gesperrt sei. Noam erklärte, dass ihnen ein Fehler unterlaufen sein müsse. Er habe seit Wochen keine Schecks ausgestellt. Auch, weil er gar kein Geld auf seinem Konto gehabt habe. Die Service-Mitarbeiterin schaute in ihrem Computer nach und teilte Noam die Namen mit, auf die die Schecks ausgestellt worden waren. »Einer geht auf

Shimon Katz, einer auf Mohammed Assaf, einer auf Rivka Siboni, einer auf …«, zählte sie auf, als Noam sie unterbrach. »Danke, das reicht. Um wie viel Geld handelt es sich insgesamt?«, fragte er.

»Wie es aussieht, sind es insgesamt neunzehntausend Schekel.«

»*Elohim Adirim.* Ich kläre das, so schnell es geht«, sagte Noam und legte auf. Er rief Asher an.

»Wo bist du?«

»Warum?«

»Darum!«

»In Bat Yam. Aber ich muss in einer Stunde nach Eilat.«

»Ich komme jetzt. Ich muss mit dir reden.«

»Mach, was du willst.«

Noam zitterte am ganzen Körper. Asher hatte vor drei Wochen nach Noams Scheckbuch gefragt, und Noam hatte es ihm, ohne nachzudenken, gegeben. In Israel galten Schecks neben Bargeld und Karten als Hauptzahlungsmittel – Miete, Löhne, ja, selbst Handwerksarbeiten oder andere Dienstleistungen zahlte man regelmäßig mit Schecks. Würde das Konto gesperrt werden, würde es beide handlungsunfähig machen.

Noam wählte Nikes Telefonnummer. »Kannst du mir über Gett ein Taxi zum Casino San Remo bestellen, bitte? Ich muss dringend nach Bat Yam zu Asher und habe kein Geld für ein Taxi.«

»Kein Problem. Willst du mir sagen, was passiert ist?«

»Nicht jetzt. Erzähle ich dir alles heute Abend, okay?«

»Okay.«

Noam stürmte in die Wohnung und schrie: »Was hast du mir angetan? Was hast du mir angetan?«

Asher lag in schmutzigen Arbeitsklamotten auf dem frisch bezogenen Bett und drehte eine Zigarette.

»Was willst du? Was schreist du so, du Idiot? Sprich gefälligst normal mit mir, sonst poliere ich dir die Fresse. Was glaubst du, wer du bist?«

»Wo ist das Scheckbuch?«

»Keine Ahnung!« Asher wurde rot.

»Wo ist mein Scheckbuch?«

»Dein Scheckbuch?«

»Ja, mein Scheckbuch!«, schrie Noam und klopfte auf seine Brust.

»Du hast gar nichts, Noam. Keine Wohnung, kein Bett, kein Scheckbuch. Das Einzige, was du hast, bin ich.«

»Wo ist es?«

»In meiner Tasche«, sagte Asher und zeigte auf einen zerschlissenen schwarzen Rucksack, der neben der Tür auf dem Boden stand.

»Darf ich da reingucken?«, fragte Noam vorsichtig.

»Nimm, guck, mach! Mir egal, du Idiot.«

Noam durchsuchte den Rucksack und kniff dabei die Augen zu. Er hatte keine guten Erinnerungen an das letzte Mal, als er vor vielen Jahren in der Tasche seines Onkels gekramt hatte. Er hatte Zigaretten gesucht, und als Asher ihn dabei erwischt hatte, hatte er ihm die Nase gebrochen.

Noam fand das Scheckbuch und blätterte es durch. Er zählte akribisch, wie viele Schecks verwendet worden waren. *»Achat, steym, shalosh, arba, chamesh, shesh, sheva. Sheva?!«*, Noam sank zu Boden und schrie: »*Shevaaaaa*? Sieben? Wo sind die anderen? An wen sind die rausgegangen?«

»Was weiß ich.«

»Willst du mich ruinieren? Mein Leben? Willst du mein

Leben ruinieren? Du stürzt uns damit ins Unglück. Begreifst du das denn nicht?«, wimmerte Noam.

»Dein Leben. Genau! Seit Wochen geht es nur noch um dein Leben. Was ist mit unserem Leben?«

»Ich bin vierzig Jahre alt und habe eine Frau gefunden, mit der ich zusammen sein will. Die mich erdet, die gut für mich ist. Ich esse sogar. Ich trinke Orangensaft zum Frühstück. Verstehst du? Orangensaft! Ich kann nicht mein Leben lang in diesem Scheißlager bleiben, um mit dir Überleben zu spielen. Asher, das Lager ist leer. Alle sind befreit. Alle sind weg. Nur wir sind noch da. Ohne Grund. Es gibt keinen Grund, dort zu bleiben.«

»Wovon sprichst du eigentlich, Mann?«

»Von dir, von deinem Leben, von unserem Leben, in dieser Enge, dieser Gefangenschaft. Du hältst mich gefangen.«

»Wo halte ich dich denn gefangen? Hau ab zu deiner dreckigen Schlampe!«

»Sprich so nicht über Nike. Sprich so nicht über Nike. Sprich so nicht über Nike«, sagte Noam betont langsam.

»Ich spreche über jede Fotze dieser Welt, wie es mir passt.«

Noam richtete sich auf, stellte sich mit geballten Fäusten vor Asher und schrie. Er schrie so laut, wie er nie zuvor geschrien hatte.

Mit einem Satz sprang Asher vom Bett auf, griff mit der linken Hand nach Noams Arm und verpasste ihm mit der rechten einen Kinnhaken. Noam taumelte. Er war nie gut darin gewesen, sich zu wehren, sich zu prügeln oder sich gegen Asher zu verteidigen.

All die Male, in denen Asher stärker als Noam gewesen war, erschienen vor Noams innerem Auge, während Asher weiter auf ihn einprügelte. Zum Beispiel damals, als Asher den dreizehnjährigen Noam mit einer Flasche Wodka erwischt, ihn daraufhin ans Auto gebunden hatte und mit ihm um den gesamten Wohnblock gefahren war, bis Noam blutüberströmt im staubigen Sand lag. Oder als Noam auf den von Ashers damaliger Freundin frisch gebohnerten Boden uriniert hatte. Asher hatte ihn gezwungen, sich nackt auszuziehen, und Noam hatte gehorcht, wie er immer gehorcht hatte. Eine Stunde lang hatte ihn Asher mit seinem Gürtel verprügelt.

Auch jetzt, im Alter von siebzig Jahren, war Asher noch stärker als sein Neffe. Asher löste auch diesmal den Gürtel von seiner Hose und schlug so lange auf Noam ein, bis dieser auf dem Boden lag und keinen Mucks mehr von sich geben konnte. Er kniete sich neben ihn, rollte die Ärmel hoch, schrie auf und boxte so lange mit der Faust in Noams Gesicht, bis man es nicht mehr erkennen konnte. »Du bleibst bei mir!«, wiederholte er immer wieder im Takt der Schläge. »Du gehst nicht!«

Blind vom Blut, das in seine geschwollenen Augen gelaufen war, und nicht mehr fähig, durch die Nase zu atmen, weil Asher sie ihm erneut gebrochen hatte, kauerte Noam auf dem Boden, den er nur wenige Tage zuvor gewischt hatte.

»Ich hetze dir ganz Gaza auf den Hals. Die finden dich, wo immer du dich versteckst. Und wenn sie dich finden, möge dir Hashem beistehen, denn ich werde nicht für dich da sein. Ich werde dich den Hunden überlassen, genauso, wie du es verdient hast«, schrie Asher und knallte die Tür hinter sich zu.

# NIKE

## 5

Es war bereits nach Mitternacht, als ich vom Knallen der Tür aufwachte. Schlaftrunken rollte ich mich auf die linke Seite, sah durch die halb geöffneten Augen, wie Noam durchs Wohnzimmer schlich und ins Bad ging. Als er den Wasserhahn öffnete, schlief ich sofort wieder ein.

Das Erste, was ich am Morgen tat, war, meine Nase in seinen Rücken zu graben und tief einzuatmen. Ich drückte meine Wange gegen seine Haut, legte die Hand von hinten auf seinen Bauch und spielte vorsichtig mit den drahtigen Haaren. Er atmete schwer. Etwas war anders als sonst. Das konnte ich spüren. Anders als sonst blieb sein Körper trotz meiner Berührungen angespannt und wurde nicht weich und beweglich. Ich öffnete die Augen und beugte mich über seine Schulter, um ihm einen Kuss auf den Mund zu geben. Doch Noam legte sofort die Hände auf sein Gesicht. Vorsichtig bog ich mit meinem Zeigefinger jeden einzelnen seiner Finger nach hinten, um so seine Hände zu lösen, aber er ließ sie immer wieder zurückfallen.

»Was ist los?«, fragte ich ihn.

»Ich will nicht, dass du mich siehst«, nuschelte er.

»Aber ich habe dich doch schon längst gesehen. Oder meinst du das im übertragenen Sinne?«

»Ich sehe aber anders aus als sonst.«

»Aha.«

»Ich sehe schlimm aus.«

»Wieso siehst du denn schlimm aus?«, löcherte ich ihn und lugte durch die kleinen Schlitze seiner Hand, um etwas zu erkennen.

»Kannst du mich hier einfach zwei Wochen so liegen lassen?«, jammerte Noam.

»Ohne, dass du aufstehst?«

»Ja.«

»Und wo soll ich in der Zeit sein?«

»Neben mir.«

»Also, ich muss arbeiten, essen und leben. Ich kann dich aber ab und zu besuchen kommen, um dir Nahrung ans Bett zu bringen«, sagte ich und stand demonstrativ auf.

Ich sprang die Treppen zum Wohnzimmer hinunter, füllte in der Küche Wasser in den Wasserkocher und bereitete Kaffee für Noam und mich zu. Ich war mir sicher, er würde irgendwann aufstehen und sich aus dieser Laune selbst befreien, aber nichts passierte. Weder schlich er sich von hinten an mich heran, um mir ins Ohrläppchen zu beißen, noch rief er mir zu, wie viele Löffel Zucker er an diesem Morgen in seinem Kaffee haben wolle.

Ich nahm die beiden Tassen und stieg vorsichtig auf die Galerie. Um nicht gegen die Decke zu stoßen, duckte ich mich, und stellte beide Tassen auf meiner Seite des Bettes ab. »Noam, jetzt sag schon, was los ist!«, sagte ich energisch und hielt ihm die Tasse hin, doch er bewegte sich nicht.

»Ich weiß nicht, wie ich dir das alles erklären soll, sodass es auch Sinn ergibt«, nuschelte er, von mir abgewandt, durch seine Hände hindurch.

»Aber du kannst es doch einfach erzählen, ohne dass es

Sinn ergibt. Die wenigsten Dinge im Leben ergeben Sinn. Also eigentlich gar keine. Früher habe ich auch gedacht, dass das Leben einen Sinn haben müsste. Und mit einem Mal begriff ich, dass es ihn nicht gibt. Wir werden geboren, wir leben, eine Menge furchtbarer Dinge passieren, eine Menge toller Dinge, die sich gut anfühlen, passieren, und am Ende sterben wir. Aber Sinn? Sinn ist da nirgends. Und eigentlich ist es gar nicht so schlimm. Wir sind hier, um uns selbst Sinn zu geben. Also schieß los, nur raus damit. Je sinnloser umso besser, Noam. Wirklich! Da, wo der Sinn fehlt, da ist Leben.«

»Du spinnst«, sagte Noam und nahm die Hände vom Gesicht. Alles, was ich sah, war seinen muskulösen Rücken mit den vielen Leberflecken und den vereinzelt aus der Haut sprießenden Haaren. Ich kniete mich auf die Matratze und wartete geduldig. Dabei kraulte ich seine Waden. Ganz langsam drehte er den Körper zu mir herum. Den Kopf hielt er immer noch auf der Seite. Dann plumpste er auf den Rücken. Ich beugte mich zu ihm hinüber, um sein Gesicht sehen zu können. Seine linke Wange war geschwollen und lilafarben. Aus der Hocke hüpfte ich auf die andere Seite des Bettes, nahm vorsichtig seinen Kopf in die Hände und hob ihn an. »Oh, mein Gott, was ist passiert? Wir müssen sofort ins Krankenhaus.«

Ich berührte seine Nasenspitze mit meiner Nasenspitze und legte meine Stirn auf seine, weil mir das wie die einzig mögliche Handlung erschien. »Red mit mir! Sag was!«

Ich packte ihn an den Schultern, aber die waren auch blau. Es gab keinen Bereich an seinem Oberkörper und in seinem Gesicht, der so aussah, als könnte man ihn jemals wieder berühren, ohne schreckliche Schmerzen auszulösen.

»Verdammt noch mal, jetzt sag schon was! Ich rufe jetzt

einen Krankenwagen«, drohte ich Noam, in dem Wissen, dass es ihn zum Reden bringen würde.

»Asher«, sagte er.

»Asher hat dir das angetan?«

»Ja.«

»Du musst zur Polizei.«

»Was redest du?«

»Dir ist ja Gewalt angetan worden. Das heißt, du musst diese Gewalt melden bei einer staatlichen Institution, damit diese staatliche Institution dafür sorgt, dass die Gewalt geahndet wird.«

»Wie bitte?«

»Das ist Zivilgesellschaft.«

»Hast du den Verstand verloren?«, fragte Noam laut.

»Nein. Ich sage, was dir jeder mit einem gesunden Menschenverstand sagen würde.«

»Asher ist mein Onkel. Er ist meine Familie. Er ist alles, was ich habe. Wenn ich an Asher denke, sehe ich mich als kleinen Jungen. Wie er mich aus dem Wasser zieht, in dem ich fast ertrunken wäre. Wie ich mich an seinem Bein festhalte. Und vor mir brennt es, und hinter mir brennt es. Ich kann ihn nicht bei der Polizei anzeigen. Das ist doch wohl klar.«

»Wieso bist du fast ertrunken?«

»Das weiß ich nicht mehr. Ich bin in einen Pool gefallen. Da war ich sechs oder sieben Jahre alt. Und Asher hat mich gerettet.«

»Wieso fällt ein Kind einfach in einen Pool? Wo war Asher? Warum bist du überhaupt im Wasser gelandet? Das ist doch fahrlässig! Verletzte Aufsichtspflicht!«

»Das ist alles so deutsch, was du da sagst.«

»Ist mir egal, ob du das deutsch findest. Fragst du dich

denn nicht, wieso ein kleiner Junge im Pool landet? Ein Erziehungsberechtigter sorgt nicht dafür, dass du nicht ertrinkst, sondern dass du erst gar nicht ins Wasser fällst. Verstehst du den Unterschied?«

»Ja, nein. Ich weiß nicht. Darüber habe ich noch nie nachgedacht.«

»Was ist gestern passiert?«

»Das spielt keine Rolle. Aber wir müssen raus.«

»Wie raus?«

»Aus Tel Aviv. Für ein paar Tage.«

»Wieso?«, fragte ich.

»Weil Asher noch nicht fertig ist.«

»Was soll das heißen?«

»Das heißt, dass wir jetzt gleich unsere Sachen packen und in irgendeinen Bus springen und uns ein paar Tage woanders aufhalten müssen, weil Asher eben noch nicht fertig mit mir ist.«

»Woher weißt du das?«

»Weil es nicht das erste Mal ist, dass so etwas passiert.«

Danach ging alles ganz schnell. Noam hatte mir detailliert geschildert, was geschehen war und womit Asher ihm gedroht hatte. Ich warf das Nötigste in meinen Weekender. Auch ein paar T-Shirts und Unterwäsche für Noam. Derweil saß er zusammengesunken in meinem Garten und scrollte auf seinem Telefon herum.

»Was machst du da?«, fragte ich gehetzt, und Noam antwortete nur: »Die Basketballergebnisse checken.«

»Dir ist schon klar, dass ich das komplett bescheuert finde. Ach, quasi vollkommen unangebracht. Hilf mir mal lieber! Ich muss hier aus meiner Wohnung raus, weil dein Onkel

›Gaza‹ auf uns hetzen will«, sagte ich und zeichnete Anführungsstriche in die Luft beim Wort Gaza. »Dabei hat er die Scheiße gebaut, und wir müssen jetzt deswegen Angst haben.«

»Du hast recht.«

Noam warf sein Telefon auf den Tisch, sprang auf und umarmte mich. Der Anblick seines völlig demolierten Gesichts war kaum zu ertragen. Ich schämte mich für ihn, und dann dachte ich daran, wie ich mich fünfzehn Jahre lang für mich selbst geschämt hatte.

Eine Stunde später saßen wir erleichtert in einem Sherut nach Jerusalem. Es war das Einzige, was uns auf die Schnelle eingefallen war. Wir hatten auf der Rückbank Platz genommen. Ich am Fenster. Noam neben mir. Von den anderen acht Leuten bekam ich nicht viel mit. Die meiste Zeit konzentrierte ich mich auf Noam und darauf, wie ich sein Gesicht schützen und verstecken könnte, um es vor den Blicken der anderen zu bewahren. Ich wollte, dass niemand diese Scham spüren müsste, die ich empfand. Aber war das möglich? Ihm die Würde zurückzugeben, die er einmal besessen hatte? Ich fragte mich, ob er diese Würde überhaupt jemals besessen hatte und ob sie eigentlich wirklich weg war oder ich mich lediglich mit dem Gefühl meiner eigenen Würdelosigkeit konfrontiert sah, die niemals oder immer da gewesen war.

Noam schlief nach zehn Minuten Fahrt ein, und endlich drehte sich niemand mehr zu ihm um. Der Fahrer des Sheruts stellte das Radio lauter, als Aris Sans *Dam Dam* ertönte, und sang fröhlich mit. Ich glaubte, seinen Schmerz fühlen zu können, aber wahrscheinlich war es nur mein eigener. Überhaupt war plötzlich überall Schmerz. In Aris' Song. In der Stimme des Fahrers. Im Schweiß des Asiaten, der neben Noam saß.

In meiner Würdelosigkeit sowieso. In den Zypressen, die den Weg nach Jerusalem säumten. In Noams Gesicht und Noams Muskeln und Noams Haut und in seinem Blut. In unseren Genen, dachte ich zum ersten Mal in meinem Leben, da ist der Schmerz der Welt zu Hause.

Nach vierzig Minuten Fahrt wurden wir auf der Harav Kook Street rausgeschmissen. Ich öffnete Google Maps und suchte nach einer Unterkunft in unmittelbarer Nähe. Das Jerusalem Inn lag nur drei Minuten entfernt. Noam schlurfte kraftlos hinter mir her. Und ich konnte ihn verstehen, obwohl ich ihn gleichzeitig dafür hasste, dass er mich da hineingezogen hatte.

Ich legte die Karte aufs Schloss, das kleine Licht blinkte grün, und die Tür sprang auf. Das Zimmer war dunkel und schlecht eingerichtet. Ein *Queensize*-Bett gegenüber vom Fenster, vor dem vergilbte Gardinen hingen, zwei braune Nachttische daneben, die an den Ecken angestoßen waren. Ich warf meine Tasche aufs Bett und ging ins Bad. Das Neonlicht flackerte. Was Noam tat, interessierte mich nicht. Ich zog mich schnell aus, schaute dabei in den Spiegel und wusste nicht, wen ich sah. Dann drehte ich das Wasser in der Dusche an und stellte mich unter den harten Strahl, der eiskalt herausschoss.

Ich schloss die Augen, legte mir die Hände auf die Ohren und öffnete den Mund. Den Kopf ließ ich in den Nacken fallen. Das Wasser lief meinen Rachen hinunter. Ich sah nichts, hörte nichts und merkte auch nicht, dass Noam die Tür zur Duschkabine aufgerissen hatte.

»Wer ist Stefan?«, schrie er. Aber anstatt ihm zuzuhören, konnte ich nur auf seine Blutergüsse starren. Ich dachte: *Meine Güte, du siehst so schlimm aus*, und: *Ich bin so was von weg, wenn der ganze Mist hier vorbei ist.* Ich schloss erneut die Augen und trank noch mehr Wasser, aber Noam zog mich an meinem Handgelenk aus der Dusche.

»Wer ist Stefan?«, schrie er wieder.

»Wovon redest du?«

Noam fuchtelte mit einem kleinen gelben Zettel vor meinem Gesicht herum. Ich stand auf den Mosaikfliesen, und Wasser tropfte von mir herab. Aus dem Hahn in der Dusche flossen Unmengen an Wasser, und ich musste an die Wüste denken, auf der Israel erbaut worden war, und daran, dass Tausende deutsche Juden trotz der Bedrohung durch die Nationalsozialisten ihre Heimat nicht gegen diese Wüste hatten tauschen wollen.

Noam faltete den Zettel auseinander und hielt ihn mir vors Gesicht. Ich rieb mir das Wasser aus den Augen und versuchte zu erkennen, was auf dem Zettel stand. Eine Nummer. Das konnte ich sehen. Und ein Name: *Stefan*. Das konnte ich auch sehen.

»Ganz ehrlich: Keine Ahnung. Woher hast du den Zettel?«

»Aus deiner Tasche.«

»Ah ja. Und was hast du, außer dem Zettel, versteht sich, in meiner Tasche gesucht?«

»Meinen Tabak.«

»Deinen Tabak?«

»Meinen Tabak!«

»Klar.«

»Wer ist Stefan?«

»Noam, ich weiß es nicht«, sagte ich. Und als ich das »nicht« zu Ende gesprochen hatte, fiel mir ein, wer Stefan war und woher dieser Zettel stammte.

»Noam, das ist mein Großonkel.«

»Hältst du mich für völlig bescheuert?«

»Wenn ich es dir doch sage. Das ist der Halbbruder meiner Großmutter«, sagte ich leise und strich ihm über den Arm. Er zog ihn wütend weg.

»Und warum sollte ein Mitglied deiner Familie seine Nummer auf ein beschissenes Stück Papier schreiben? Das ergibt keinen Sinn, Nike.«

»Doch, tut es, wenn man die Geschichte meiner Familie kennt.«

»Ich glaub dir kein Wort.«

»Dann glaub mir halt kein Wort. Ich rufe Stefan jetzt an, und du wirst sehen, dass der Typ mein Großonkel ist, dem ich in meinem Leben noch nie begegnet bin, weil die Nazis unsere Familie zerstört haben.«

Ich griff nach einem Handtuch, wickelte es mir um den Körper und ging ins Zimmer, um nach meinem Telefon zu suchen. Noam lief hinter mir her und wedelte wütend mit dem Zettel. Ich ließ mich mit meinem Telefon in der Hand auf das Bett fallen. Es war weich und schwang nach. Die goldbraune Tagesdecke kratzte an meinem nackten Oberschenkel. Noam stand vor mir, und ich versuchte, ihm den Zettel zu entreißen, aber er zog immer wieder seine Hand weg.

»Wenn du mir den Zettel nicht gibst, kann ich dir nicht beweisen, dass das die Nummer meines Großonkels ist.«

»Es tut mir leid«, sagte Noam endlich, sank neben mir aufs Bett, gab mir den Zettel und ließ sich rückwärts auf die Matratze fallen. Ich tippte die Nummer in mein Telefon und drückte auf das grüne Einwahlsymbol.

»Stefan Waldman, hallo?«, ertönte aus dem Lautsprecher meines iPhones, den ich eingeschaltet hatte, damit Noam mithören könnte.

»Hi, hier ist Nike!«

»Nike, wie schön, dass du anrufst.«

»Ich habe eine sehr merkwürdige Bitte«, sagte ich, »könntest du bitte auf Englisch sagen, wer du bist und in welchem Verhältnis wir zueinander stehen?«

»Du bist meine, äh, Großnichte. Sagt man das so? Ich bin jedenfalls dein Großonkel«, antwortete Stefan im typischen Englisch eines Ostberliners.

»Danke!«, antwortete ich.

»Wo bist du?«

»Ich bin in Jerusalem.«

Noam atmete aus und zog die Beine eng an seinen Bauch.

»Seit wann?«

»Ich bin gerade angekommen.«

»Dann musst du nach Yad Vashem!«

»Warum?«

»Erstens, weil es wirklich unglaublich eindrücklich ist.«

»Und zweitens?«

»Weil es mit unserer Familiengeschichte, also mit deiner, nicht mit meiner, verbunden ist. Dort liegen wichtige Dokumente über das Verbleiben deiner Urgroßmutter.«

»Wo dort?«

»Im Archiv.«

»Ich versuche es, wenn ich die Zeit finde, okay?«

»Mach es. Wie ich Rosa kenne, wird sie dir nicht gesagt haben, was mit Dora passiert ist, oder?«

»Nein, das hat sie nicht.«

»Melde dich gerne, wenn du sprechen möchtest, okay?«

»Das mache ich.«

Ich legte auf. Noam zupfte an meinem Handtuch. »Ich bin echt sauer auf dich«, sagte ich, und Noam zog noch ein bisschen stärker, sodass es sich von meinem Körper löste. Die Tagesdecke roch nach Weichspüler, ein Presslufthammer vor dem Fenster nahm offensichtlich gerade den Gehweg auseinander. Mein Kopf tat weh. Noam tat mir leid.

»Ich stehe so schrecklich neben mir«, sagte er, und ich antwortete: »Ich weiß.«

# NOAM

## 6

Jeder Tropfen, der auf Noams Körper fiel, schmerzte, aber das würde er Nike niemals sagen. Auch nicht, dass er nicht nur deswegen nicht mit ihr schlief, weil er ihr Geheimnis kannte, sondern auch, weil er Angst hatte, nicht kommen zu können und als Schwächling dazustehen. Überhaupt, dachte Noam, wusste sie so vieles nicht. So vieles von ihm und Asher und dem Leben der beiden und dem Leben in Israel. Wie sollte das nur jemals funktionieren?

In diesem Augenblick fiel es ihm schwer, den Glauben daran aufrechtzuerhalten, dass Nike die Veränderung bringen würde, auf die er so lange gewartet hatte. Seine Hoffnung war dem Zweifel gewichen.

Er kauerte auf den weißen Fliesen der Hoteldusche und wollte nur eines: zurück nach Bat Yam. In Ashers Wohnung, in Ashers Bett, in Ashers Arm, auch wenn er in diesem seit sehr langer Zeit nicht mehr gelegen hatte. Er wollte, dass alles wieder so werden würde, wie es immer gewesen war.

Nike kam ins Bad, sie war nackt. Noam hielt seinen Penis fest umschlungen in der linken Hand. Nike öffnete die Glastür zur Dusche, drehte den Wasserhahn zu, nahm sich ein Handtuch und setzte sich neben Noam.

»Wir müssen nach Yad Vashem«, sagte sie und begann, Noam trocken zu rubbeln.

»Warum? Weil Stefan es sagt?«

»Vielleicht hat er recht.«

»Vielleicht. Vielleicht auch nicht. Die Vergangenheit lässt sich nicht ändern, wie auch immer man sie betrachtet.«

»Aber ich will sie nicht ändern, ich will doch nur etwas über sie erfahren. Er sagt, dort sei die Akte meiner Urgroßmutter.«

»Etwas zu wissen heißt noch lange nicht, es auch zu verstehen. Und selbst wenn man es verstünde, vielleicht machte es das Leben anschließend nur schwerer«, antwortete er.

»Noam, jahrelang kannte ich Dora nur von ihrem Stolperstein. Auch weil Rosa, meine Großmutter, nie über ihre Mutter gesprochen hat. Vielleicht lerne ich etwas über den Menschen Dora? Und jetzt, wo wir schon mal hier sind. Du sagst doch immer, es gibt keine Zufälle.«

Noam mochte, was Nike sagte, und er mochte, was sie gleichzeitig tat. Sein Penis schwoll an. Er drang mit zwei Fingern in sie ein. Nike stöhnte auf. Es war ein tiefes, dumpfes Stöhnen. Noam hatte Tage damit zugebracht, über dieses Stöhnen nachzudenken, weil es ihn an nichts erinnerte, was er zuvor bei einer Frau gehört hatte. Manchmal waren sie ganz still, die Frauen, und manchmal gluckten sie, meistens aber stießen sie ein leises Fiepen aus, was ihn nie gestört hatte. Aber Nikes Stöhnen schien direkt aus ihrem Unterleib zu kommen, und wenn er ehrlich war, sorgte er sich manchmal, diesem Stöhnen nicht genügen zu können.

Nachdem beide gekommen waren, zogen sie sich an und verließen das Hotel. In Jerusalem war es zehn Grad kälter als in Tel Aviv. Noam trug eine dicke Jacke und Nike einen Mantel, den sie sonst für den Übergang in Berlin nutzte. So hatte sie es ihm jedenfalls erklärt, als er ihr ein Kompliment für das schöne Dunkelblau gemacht hatte. Er winkte ein Taxi heran, erklärte dem Fahrer durchs heruntergelassene Fenster, dass sie nach Yad Vashem müssten, und öffnete die hintere Tür für Nike.

Sie rutschte auf den schwarzen Ledersitzen der Rückbank auf die andere Seite durch, und er folgte ihrem Hintern, der in einer grauen Jeans steckte und an diesem Tag besonders gut ausgesehen hatte.

Der Taxifahrer fuhr los und tippte dabei ununterbrochen auf dem Display seines iPhones herum, das in einer Halterung neben dem Lenkrad steckte. In schneller Folge wechselte er die palästinensischen News-Channel, die er offensichtlich alle abonniert hatte. Noam schaute aus dem Fenster. Er blickte den orthodoxen Juden nach, die er immer ein wenig beneidete ob ihres geordneten Alltags, der sich durch Gebete, Rituale und Gebote strukturierte. Er neidete ihnen das Familienleben und die enge Gemeinschaft. Er neidete ihnen, dass sie noch Familie hatten, und auch, dass sie in Jerusalem leben durften, der Stadt, die Noam als sein Zuhause empfand, der Stadt seines Ursprungs, auch wenn er kaum noch Erinnerungen an das Leben hier hatte. Er versuchte, Häuserecken wiederzuerkennen oder sogar Menschen, aber alles blieb fremd.

»Es soll morgen schneien«, sagte der Taxifahrer auf Englisch und zeigte auf das Display mit dem Wetterbericht.

»Der Schnee bleibt hier aber nie wirklich liegen«, sagte Noam und drehte sich zu Nike, doch die hatte ihre Augen geschlossen. »Nike«, sagte er leise und tippte vorsichtig auf ihren Oberschenkel. Kurz fragte er sich, ob Nike vielleicht tot sei, und als sie ihm Sekunden später nur mit einem »Hm« antwortete, war er sich sicher, sie frage sich gerade, genau wie er vor zwei Stunden unter der Dusche, ob diese Begegnung zwischen ihnen wirklich so schicksalshaft gewesen war, wie sie es sich wochenlang eingeredet hatten. Und ob sie für beide eigentlich noch gut war. Aber von welcher Begegnung konnte man das schon sagen? dachte er daraufhin. Von keiner, war seine Antwort. Und was würde sie langfristig bringen? Nichts! Noam nickte und sagte leise *»klum«*.

»Was heißt *klum*?«, fragte Nike, und Noam erschrak, weil er sich sicher gewesen war, das Wort so leise ausgesprochen zu haben, dass es niemand, also wirklich niemand, hören konnte.

*»Nichts«*, antwortete er.

»Wie, nichts? Es heißt nichts?«

»Ja, es heißt *nichts*.«

»Wie, es hat keine Bedeutung?«

»Nein, es bedeutet *nichts*.«

»Es bedeutet *nichts*?«

»Genau, die Bedeutung ist *nichts*.«

»Ah, die Bedeutung ist *nichts*.«

»Sag ich doch.«

*»Klum«*, sagte Nike langsam und gewissenhaft und dann noch einmal: *»Klum.«*

Der Taxifahrer fuhr den Hang nach Yad Vashem hoch. Eine kleine weiße Steinmauer säumte die Straße. Rechts von ihr quetschten sich Touristengruppen durch den angelegten Garten. Links ging es den Berg hinunter. Ein großer Bus kam ihnen entgegen. Der Taxifahrer lenkte zur Seite, um ihn vorbeizulassen, und drückte, nachdem er ihn passiert hatte, aufs Gas. Zweihundert Meter weiter bremste er mit quietschenden Reifen und hielt direkt vor dem Haupteingang von Yad Vashem. Nike kramte in ihrer Tasche und drückte dem Taxifahrer fünfzig Schekel in die Hand. Noam blickte zu Boden und öffnete leise die Tür.

»Als ich das letzte Mal in Yad Vashem war, sah alles noch ganz anders aus. Aber das ist auch schon viele Jahre her«, sagte er, um von der Situation abzulenken.

»Wie anders?«

»Viel kleiner.«

Die Sonne schien aus dem wolkenfreien Himmel, und die weißen Bodenfliesen, mit denen das gesamte Gelände ausgelegt war, reflektierten das Licht. Es war grell. Noams Augen brannten. Er sah, wie auch Nike ihre zusammenkniff, und sagte: »Ich glaube, das haben sie mit Absicht gemacht.«

»Was?«, fragte Nike.

»Dass man eigentlich nichts sehen kann, sondern so stark geblendet wird, dass man seine Augen kaum aufbekommt.«

»Geblendet von der Unerträglichkeit der Geschichte?«

»Ja, genau«, antwortete Noam.

»Lass uns den Informationsschalter suchen und fragen, wo ich die Unterlagen zu Dora Waldman bekommen kann.«

»Das machen wir«, sagte Noam und nahm liebevoll Nikes Hand. Sie streichelte seinen Handrücken mit ihrem Zeigefinger. Er nahm sie fest in den Arm und atmete erleichtert aus.

»Bist du aufgeregt?«, fragte Noam, ohne die Umarmung zu lösen.

»Vielleicht? Ganz ehrlich? Ich weiß es nicht.«

Sie betraten das fast quadratische Empfangsgebäude. Zu viele Menschen, dachte Noam. Sie waren hier, um sich einen Eindruck davon zu machen, was passiert, wenn Gott fehlt. So jedenfalls hatten sich viele Juden den Horror erklärt. Noam selbst empfand den Holocaust als logische Kausalität der jüdischen Geschichte. Es war nicht das erste Mal gewesen, dass man das Volk hatte auslöschen wollen, und es würde mit großer Sicherheit nicht das letzte Mal sein. Genau das hatte er auch bei seinem ersten Besuch in Yad Vashem 1996 jedem erklärt, der es wissen oder nicht wissen wollte. Damals war er nicht, wie heute, freiwillig gekommen, sondern mit seiner Einheit, der er zugeordnet worden war. Eine Woche nach dem offiziellen Beginn seines Wehrdienstes hatte man sie hergebracht, mit genau einem solchen Bus, wie er Nike und ihm entgegengekommen war.

Über dem langen Tresen auf der rechten Seite hingen drei Schilder: *Groups, Tours, Information*. Zielsicher steuerte Nike darauf zu, und Noam schlurfte langsam hinter ihr her.

»Hi! *Ma nishma*?«, sagte Nike, und Noam bekam weiche Knie. Er hatte ihr *Ma nishma* beigebracht und auch, wie man es richtig ausspricht.

*»Beseder, ma kore?«*, sagte die kleine, junge Frau mit der roten Brille in Schmetterlingsform und lächelte an Nike vorbei und Noam an.

»Wie kann ich dir helfen?«, fragte sie Nike auf Englisch.

»Ich suche nach Dokumenten zu meiner Urgroßmutter. Angeblich sollen hier einige sein.«

»Da musst du ins Archiv«, sie drehte sich um und zeigte auf ein Gebäude hinter sich. »Dort gibst du meinen Kolleginnen den Namen deiner Urgroßmutter, und sie helfen dir, die Unterlagen zu finden. Das meiste ist ohnehin eingescannt.«

»Super, *toda raba*«, antwortete Nike, und Noam strahlte übers ganze Gesicht.

»Sie ist süß. Hast du ihr das alles beigebracht?«, fragte die Mitarbeiterin Noam auf Hebräisch, und er nickte.

»Hast du gut gemacht. Sie ist ein Naturtalent.«

Noam durchfuhr eine Welle von Stolz. Auf sich, aber auch darauf, dass Nike seine Freundin war. Dann summte er leise die Bracha, die er auf dem Rettungsschwimmerturm vor dem ersten Treffen aufgesagt hatte, und alles fühlte sich nicht mehr so schlimm an wie noch ein paar Stunden zuvor.

Noam und Nike verließen das Gebäude durch den Haupteingang und bogen links ab. An einen kurzen schmalen Weg schloss sich ein enger dunkler Tunnel an, der zu einem überdachten kleinen Platz führte. Dort wurde die Decke von großen runden Säulen gehalten. An den Wänden hingen die Bilder Überlebender. Ein paar Meter weiter befand sich ein Balkon, von dem man auf Jerusalem schauen konnte. Nike löste sich von Noams Hand, lief zum Geländer, beugte sich über die Glasbrüstung und atmete tief aus. Links vom Balkon lag das Institut für Holocaust-Studien, eine Universität, die zum Genozid forschte und lehrte. Auf der anderen Seite war das Archiv untergebracht. 1953 hatte das israelische Parlament das sogenannte Yad-Vashem-Gesetz verabschiedet, das neben der Aufklärung und ausführlichen Beschreibung der Ereignisse des Holocausts auch das Sammeln, Aufnehmen und Veröffentlichen der Erfahrungsberichte beinhaltete.

Nike drückte sich gegen die schwere Glastür. Noam folgte ihr. Hinter einem Tresen saß eine ältere Dame mit rot gefärbten lockigen Haaren und heftete Dokumente in einen Ordner ab.

»Entschuldigung«, sagte Nike auf Englisch, aber Orit, wie das Namensschild verriet, sah nicht auf.

Noam schob Nike vorsichtig zur Seite und sprach Orit auf Hebräisch an. Er erklärte ihr, dass Nike eigens aus Berlin angereist sei, um den Umstand des Todes ihrer Urgroßmutter zu erforschen. Dass es von großer Wichtigkeit für sie sei und sie seit drei Monaten in Israel lebe, um Alija zu machen.

Das Wort *Alija* diente nicht immer als Türöffner. Bei Linken führte es in der Regel zu Gelächter. Aber Noam war sich sicher, dass es bei Orit, einer Frau, die im weltweit größten Holocaust-Museum arbeitete, Empathie erzeugen würde.

Orit schaute erst Noam und danach Nike an, nahm ihre Brille, die an einer goldenen Kette hing, und setzte sie auf.

»Wie heißt deine Urgroßmutter?«, fragte Orit und lächelte Nike an.

»Dora Jochevet Waldman, geboren am 13.9.1915.«

»Ist der dreizehnte September nicht auch dein Geburtstag?«, fragte Noam, und Nike nickte.

»Was ist mit deinem Gesicht passiert?«, fragte Orit Noam. Er erzählte ihr eine Geschichte von einem Autounfall, und Orit nickte verständnisvoll. Sie tippte mit ihren frisch manikürten roten Fingernägeln auf der gelblich verfärbten Tastatur herum, überflog schnell, was auf dem Bildschirm stand, setzte ihre Brille ab und blickte lange in Nikes Gesicht. Sie starrte erneut auf den Bildschirm und sagte: »Sie ist 1941 in Toulouse gestorben, richtig?«

»Ja, genau. Mehr weiß ich nicht.«

»Wir haben hier das *Page of Testimony*, das ihr Bruder Max ausgefüllt hat.«

»Was ist das?«

»Ein Formular, das von uns entworfen wurde, um die Identität jedes Einzelnen der sechs Millionen ermordeten Juden festzuhalten.«

»Ist da noch mehr als das *Page of Testimony*?«, fragte Nike ungeduldig.

»Es scheint auch Auszüge aus dem Polizeibericht zu geben

sowie Fotos. Das Schreiben des Polizisten ist sehr ausführlich. Ich hole jetzt die ganze Akte von Dora. Du willst das sicher lieber alles in der Hand halten und nicht am Computer lesen, oder?«

»Ja gerne.«

»Das dauert nur einen Moment. Ich muss nach hinten.«

»Kein Problem«, antwortete Nike. Noam fasste um ihre Hüfte und legte seine Wange an ihren Rücken. Sie fühlte sich kalt an, dachte er. Und weit weg auch. Er wollte ihr so gerne nahe sein in diesem Moment, aber er wusste nicht wie.

Nike löste sich aus Noams Umarmung und ging zum Fenster. Sie stellte sich ganz nah an die Scheibe, legte die Handflächen auf das Glas und schaute verloren auf die Hauptstadt Israels.

»Vielleicht hast du recht, und ich sollte das alles gar nicht wissen«, sagte sie. Noam lief zu ihr rüber und flüsterte: »Los, lass uns gehen! Du musst das auch nicht wissen wollen. Manchmal ist es besser, nur nach vorne zu schauen und nicht mehr zurück.«

»Nein, jetzt sucht Orit ja gerade nach den Dokumenten. Das können wir ihr nicht antun. Wir reden hier von sechs Millionen toten Juden. Sechs Millionen Akten. Sechs Millionen Berichten. Und es sind ja noch mehr, weil man die der Überlebenden auch gesammelt hat. Was für ein Aufwand.«

»Ich finde nicht, dass wir Orit etwas schuldig sind.«

»Ich finde schon«, fauchte Nike.

Noam zuckte zusammen und bekam Angst vor ihr. Aber er wollte sich nichts anmerken lassen, zog seinen Tabak aus der Hosentasche und sagte nur: »Ich bin hier. Für dich. Okay?« Er setzte sich auf den Boden neben sie und rollte sich eine Zigarette.

Nike antwortete nicht. Sie wandte sich auch nicht vom Fenster ab. Ihre Hände klebten an der Scheibe, ihr Blick war auf Jerusalem gerichtet.

»Willst du lieber allein sein?«, fragte Noam vorsichtig.

»Hast du niemanden, nach dessen Spuren du suchen könntest? Vielleicht würde es die Sache für uns beide besser machen, wenn ich hier nicht im Zentrum der großen Enthüllung stünde.«

»Meine Großeltern Jankel und Dina haben Bergen-Belsen überlebt, und mein Vater und Asher sind in einem Camp für *Displaced Persons* irgendwo in Süddeutschland geboren. Eigentlich gibt es da nichts mehr zu suchen.«

Nike drehte sich ruckartig um. Schaute zu Noam hinunter, rutschte zu ihm auf den Boden und fragte: »Wirklich? Wieso hast du mir das nicht erzählt?«

»Keine Ahnung. Ich glaube, ich fand es nicht wichtig.«

»Nicht wichtig?«

»Nicht, dass es nicht wichtig wäre, aber, ach, keine Ahnung.«

Gerade wollte Nike Noam antworten, da kam Orit hinter dem Tresen hervor. Zwischen Mittel- und Zeigefinger klemmte eine weiße Akte. Sie lief auf die beiden zu. Noam blieb sitzen und befeuchtete das Zigarettenpapier. Nike stand auf und nahm die Akte entgegen.

»Schau mal, da vorne sind Schreibtische und auch Sitzmöglichkeiten. Da kannst du dir alles ganz in Ruhe anschauen«, sagte Orit und legte Nike vorsichtig die Hand auf die Schulter.

Noam war wie paralysiert. Hilflos beobachtete er, wie Nike einige Sekunden mit der geschlossenen Akte neben ihm stand. Er blickte zu ihr hoch und überlegte, wie er ihr helfen könnte. Orit hatte sich wieder hinter den Tresen zurückgezogen und ihre Brille aufgesetzt. Noam blieb sitzen, wie erstarrt, konzentrierte sich auf das Geräusch, das Orits Nägel auf der Tastatur verursachten, beobachtete verzweifelt Nike, wollte sich in Wasser verwandeln, in ihren Mund gelangen und so endlich ihr Inneres erreichen.

Dann schlug Nike die Akte auf. Noam schob sich die Zigarette in den Mund, auch wenn er sie nicht anzünden konnte. Er beobachtete angespannt ihre Augen, die konzentriert über die Seiten flogen. Schnell und ungeduldig blätterte sie hin und her, vor und zurück. Sie hielt kurz inne und schloss ruckartig die Akte.

Noam drückte sich mit den Füßen vom Boden hoch. Nike ging zum Tresen, schmiss die Akte auf die graue, raue Oberfläche und drehte sich wieder um. *»Toda Raba«*, rief sie, ohne Orit anzuschauen, lief an Noam vorbei und stieß mit voller Wucht die Tür des Archivs auf.

# NIKE

## 7

Dora war von Präfekturangestellten oder Polizisten in ihrer Wohnung in Toulouse vergewaltigt und anschließend erwürgt worden. Wie viele Männer es gewesen waren, wusste man nicht. Der Polizeibericht sprach von zwei. Gefunden hatte man sie nie. Nach ihnen gesucht wahrscheinlich auch nicht. Die Informationen, die in Doras Akte zu finden waren, blieben Annahmen, die durch Zeugenbefragungen entstanden waren. Eine dieser Zeuginnen war Rosa. Die dreijährige Rosa, die sich während des Vorfalls unter dem Bett ihrer Mutter versteckt hatte. Sie wurde wenige Tage später von einer engen Freundin Doras in ein Kinderheim gebracht und dort bis zum Ende des Krieges mit anderen jüdischen Kindern versteckt. Auf die Frage, wo eigentlich Doras Mann, mein Urgroßvater, in all dieser Zeit gewesen war, gab es keine Antwort. Er war nicht da gewesen. Nicht davor, nicht währenddessen und auch nicht danach.

Ohne die Nazis kein Toulouse, ohne Toulouse keine Vergewaltigung, ohne Vergewaltigung kein Mord, ohne Mord eine andere Rosa, ohne Mord eine andere Lea, ohne Mord ein anderes Ich. Das war alles, woran ich denken konnte.

Der Wind fuhr durch die weißen Leinenplanen über der Terrasse und brachte sie zum Flattern. Ich genoss das Geräusch. Es war kalt. Die Sonne: Groß, rund und stark hing sie über dem Horizont am Himmel. Was sie nicht alles gesehen hatte, dachte ich, und jeden Tag sehen muss. So viel Leid und so viel Glück und so viel Unerträgliches. Sie kann nichts dagegen tun. Verdammt, die Tage mit uns Menschen zu verbringen und uns dabei zuzusehen, wie wir alles nur noch schlimmer machten.

Ich bemerkte nicht, dass Noam mir nachgeschlichen war. Schon seit einer Weile hatte ich versucht, ihn zu ignorieren. Er war wie ein Rucksack gefüllt mit Blei. Er war schwer, ohne dass man ihn brauchte. Ihn zu tragen war sinnlos. Ich ballte meine Hände zu Fäusten und boxte gegen die Brüstung. Dann drehte ich mich um und ging links zu den Toiletten. Ich wusch meine Hände in der Hoffnung, mich danach besser zu fühlen, aber es half nicht. Das Wissen um Doras Tod klebte an mir, und die unangenehme Ahnung, dass das, was ich erlebt hatte, in direktem Zusammenhang damit stand, war nicht mehr zu ignorieren.

Als ich die Toilette verließ, kauerte Noam auf dem Boden vor der Tür.

»Willst du darüber reden, was in der Akte steht?«, fragte er und streichelte von unten mein Bein.

»Nein. Ich will, dass wir jetzt was essen gehen und uns betrinken.«

»Bist du dir sicher, dass das mit dem Betrinken eine gute Idee ist?«

»Ja!«

»Ich bin mir eigentlich sicher, dass es das nicht ist.«

»Weißt du, Noam, eine sehr lange Zeit habe ich versucht, immer nur gute Ideen zu verfolgen, nachdem ich am eigenen Leib erfahren habe, was es heißt, einer nicht so besonders guten Idee nachzugehen. Weder das eine noch das andere hat mich zu einem glücklichen Menschen gemacht.«

»Und was, glaubst du, könnte dich zu einem glücklichen Menschen machen?«

»Ich habe keine Ahnung. Aber eines weiß ich mit an Sicherheit grenzender Wahrscheinlichkeit: Heute Abend möchte ich mich einfach nur betrinken.«

Noam und ich saßen an einem schmuddeligen Holztresen in irgendeiner Bar, in die sich außer uns noch eine Gruppe junger Amerikaner auf ihrem *Birthright*-Trip verirrt hatte. Wir machten uns über diesen kostenlosen, zehntägigen Ausflug lustig, der von der Organisation Taglit angeboten wurde, um jüdischen Erwachsenen Israel näherzubringen und sie schließlich davon zu überzeugen, Alija zu machen. Dabei tranken wir Bier und Arak. Im Laufe des Abends redeten wir wenig und schwiegen viel. Wir küssten uns, und obwohl der ganze Tag beschissener nicht hätte sein können, fühlten sich die Küsse besser an, als ich erwartet hatte. Ich bestellte eine weitere Runde Arak, kippte mein Glas auf ex und sagte zu Noam: »Dora ist etwas Schreckliches passiert.«

»Ich weiß«, antwortete er.

»Und mir sind auch schreckliche Dinge passiert«, sagte ich lallend.

»Ich weiß«, sagte Noam erneut und vergrub seinen Kopf in meinem Nacken.

»Ich glaube, dass mir diese Dinge passiert sind, weil Dora passiert ist, was ihr passiert ist.«

Noam entließ mein Ohrläppchen, von dem er behauptete, es sei so weich wie ein Marshmallow, aus seinem Mund, setzte sich auf, bestellte noch zwei Arak und sagte: »Weißt du, dass es viele Jahre konträr wissenschaftlicher Annahmen schien, dass Traumata vererbt werden können? Aber mittlerweile ist man sich sicher, dass sie von Generation zu Generation weitergegeben werden. Eine Gruppe Wissenschaftler hat es durch Tests an Babyhasen beweisen können.«

»Was haben sie bewiesen?«

»Die transgenerationale Weitergabe von Traumata.«

»Wie haben sie das gemacht?«

»Sie haben Babyhasen Kirschblüten zu fressen gegeben und sie währenddessen mit Elektroschocks malträtiert.«

»Das ist ja schrecklich«, sagte ich und bestellte noch einen Arak.

»Als die Babyhasen groß wurden und Junge bekommen haben, hat man ebendiesen Jungen Kirschblüten vor die Nase gelegt. Aber anstatt sie anzurühren, sind sie vor lauter Angst weggehoppelt.«

»Krass.«

»Nike, darf ich dich etwas zu Dora fragen?«

»Ja, aber vorher will ich noch etwas sagen.«

Ich stellte mich auf den Fußtritt seines Barhockers, fiel ihm um den Hals und sagte leise: »Es tut mir leid, wie ich heute zu dir war.«

Er strich mir durchs Haar, mir wurde schwindelig. »Mach dir keine Sorgen.«

»Es tut mir so leid«, sagte ich wieder. Noam hob mich ein Stück hoch und setzte mich zurück auf den Stuhl. Er schaute mich eindringlich an.

»Nike, war deine Großmutter Rosa nicht schon geboren, als Dora das alles passiert ist?«

»Ja, sie war drei Jahre alt.«

»Und wie ist ihr Trauma auf dich übertragen worden?«

»Rosa war dort. Sie war bei ihrer Ermordung dabei.«

»Rosa war dabei?«

»Ja! Das ist alles kaum zu ertragen.«

»Ich weiß. Aber, Nike, es gibt keine erträglichen Geschichten aus dieser Zeit. Jede ist anders schrecklich.«

»Du hast recht.«

»Ich wusste heute auch nicht, wie ich mich richtig verhalten soll. Du warst so fern. Und wenn du mir so fern bist, dann kriege ich Angst, dass du für immer so fern bleibst.«

»Aber Menschen sind sich fern. Das ist der Normalzustand. Wir träumen allein. Wir sterben allein. Dazwischen versuchen wir, einander zu verstehen und die Ferne ein kleines bisschen erträglicher zu machen. In den seltensten Fällen gelingt uns das.«

»Siehst du das wirklich so?«, fragte Noam und sah verzweifelt aus.

»Heute Nacht schlafen wir miteinander.«

»Willst du das wirklich?«

»Ja, aber du musst genau machen, was ich dir sage, egal, wie verrückt es klingt.«

»Okay.«

»Kannst du das?«

»Ich weiß nicht. Ich glaube schon.«

Ich legte dreihundert Schekel auf den Tresen, fiel fast hin, als ich versuchte, vom Barhocker zu steigen, und zog Noam hinter mir her ins nächste Taxi.

Als wir im Hotel ankamen, schleppte ich ihn ins Treppenhaus, öffnete den Reißverschluss seiner Hose und nahm seinen Penis in den Mund, der in dieser Nacht noch größer aussah als sonst. Ich griff nach seiner Hand, drückte sie in meine Haare und bat ihn darum, meinen Kopf gegen seinen Unterleib zu pressen und ihn dort so lange zu halten, bis ich laut würgen musste. Dann zog ich ihn auf meine Höhe, um ihm etwas ins Ohr zu flüstern. Ich sagte: »Ich will, dass du mich jetzt hier auf der Treppe vergewaltigst. Ich will, dass du deinen Schwanz nicht anspuckst, um ihn nass zu machen. Ich will, dass du meine Arme mit deiner linken Hand festhältst und mit der rechten diesen Schwanz in meinen Unterleib rammst, egal, wie weh es tut.«

»Auf keinen Fall«, sagte Noam, schreckte zurück und schaute mich angewidert an.

»Bitte«, flüsterte ich leise.

»Du wirst mich morgen dafür hassen«, sagte er.

»Ich verspreche dir, das werde ich nicht. Aber du musst mir versprechen, dass wir darüber nie ein Wort verlieren werden«, sagte ich lallend und mit erhobenem Zeigefinger.

»Wozu? Wozu müssen wir das machen?«

»Weil ich glaube, dass es längst hätte passieren müssen und daraufhin vieles anders gekommen wäre. Ich habe, ohne es zu dürfen, mein Schicksal verhindert und damit alles nur noch schlimmer gemacht.«

»Was? Nike, du bist betrunken.«

»Ja, klar bin ich betrunken. Aber ich glaube trotzdem, dass ich das jetzt tun muss. Auch wenn es Quatsch ist. Ich brauche es für meinen Neuanfang.«

Noam schloss die Augen, seufzte laut und sagte: »Muss das hier auf der Treppe sein, oder können wir die Nummer auch im Hotelzimmer veranstalten?«

»Wo wolltest du denn schon immer mal eine Frau vergewaltigen? Auf einer Treppe oder lieber in einem Hotelzimmer?«

Wir landeten am Ende im Hotelzimmer. Das ist zumindest, was ich noch erinnere. Und ich erinnere mich daran, dass ich mich danach neben dem Bett auf den Steinfußboden übergab, was weniger mit der inszenierten Vergewaltigung zu tun hatte als mit den Unmengen an Arak, die ich in mich hineingeschüttet hatte.

Noam hielt mir liebevoll die Haare am Hinterkopf zusammen und wischte danach alles mit einem Handtuch aus dem Badezimmer auf.

Am nächsten Abend, wir saßen gerade in einem kleinen Restaurant in der Altstadt und aßen Schawarma, bekam Noam eine SMS von Asher: *Wo bist du, du Idiot? Ich brauche deine Unterschrift. Ruf mich zurück!*

Das sei Ashers Art, sich zu entschuldigen, meinte Noam. Ich zog die Augenbrauen hoch und schüttelte den Kopf. Noam versicherte mir, dass wir jetzt zurück nach Tel Aviv könnten und er sich niemals wieder bei seinem Onkel melden werde. »Ich bin durch mit ihm«, sagte er und gab mir einen Kuss auf die Wange.

Noch in derselben Nacht fuhren wir mit dem Sherut zurück nach Tel Aviv, und wir versuchten, in den Alltag zurückzukehren, als wäre nie etwas geschehen. Ich ging jeden Morgen ins Büro, während Noam an meinem Gartentisch Platz nahm, um E-Mails zu schreiben.

Doch obwohl ich es mir gewünscht hatte, gelang es mir nicht, eine Normalität herzustellen. Wenn ich zum DAAD fuhr, dachte ich an Dora. Wenn ich an meinem Schreibtisch saß, dachte ich an Dora. Wenn ich frühstückte, zu Mittag aß und das Abendessen vorbereitete, dachte ich an Dora. Ständig schossen die Bilder, Dokumente und Berichte aus der Akte durch meinen Kopf. Dazu setzte ich mich damit auseinander, was Noam über die Bruchstelle gesagt hatte. Dass sich aus ihr das Judentum konstituiere. Ich dachte an meine eigene Bruchstelle und an Doras und daran, dass beide miteinander verbunden waren. Aber was bedeutete all das für mein zukünftiges Leben?

Noam spürte meine offenen Fragen und bot mir an, darüber zu reden. Aber ich lehnte ab. Nicht, weil ich ihm nicht zutraute, mir beim Finden der richtigen Antworten zu helfen, sondern, weil ich die offenen Fragen in mir genoss. Dieses Chaos, das sie verursachten. Diese unglaubliche Unordnung. Ich begann zu verstehen, dass sie der Wahrheit näherkam als die geordnete Gefasstheit, der ich mich für eine viel zu lange Zeit wie blind verschrieben hatte. Was, wenn es galt, diese Bruchstelle auszuhalten, sie eben nicht zu schließen? Vielleicht sogar im Gegenteil: sie bewusst offen zu lassen. Aber nicht, um sie wie einen heiligen Gral zu schützen und ihr mit allerlei Gaben zu huldigen, sondern sich lediglich ab und an mit einem Picknickkorb bewaffnet in ihre Nähe zu setzen, um sich daran zu erinnern, was sie einen gelehrt hatte. Eigentlich genau so, wie man es an Purim, Pessach und Chanukka machte.

Als Noam eines Freitagmorgens um halb sieben aus dem Bett sprang und rief: »Los aufstehen, wir müssen in einer Stunde los!«, fühlte ich mich überrumpelt. Aber ich war nicht überrumpelt worden. Tagelang hatte Noam von der Hochzeit in Arad gesprochen, nur hatte ich ihm, in meine eigenen Gedanken versunken, nicht richtig zugehört. Ich konnte sehen, wie sehr er sich auf Rivka, Neta, Ruby und Shahar freute. Seine *Fast-Familie*, wie er sie nannte, und obwohl mir nicht nach solch einer Veranstaltung zumute war, versuchte ich, die vergangenen zwei Wochen von mir abzuschütteln und ließ mich auf den Ausflug ein. Noam zuliebe.

»Okay, okay. Ich stehe auf«, sagte ich und küsste seine Schulter, die verheilt aussah, ohne es zu sein.

Noam hockte nackt vor der Matratze, sein Gesicht lag in seinen Händen, hinter ihm das verlassene Nest der Kolibris.

»Sagst du mir noch mal schnell, wer heute heiratet?«, fragte ich, während ich ein gelbes Kleid aus dem Schrank nahm.

»Na, Shahar und Shiran. Das habe ich dir doch vorgestern beim Abendessen erzählt.«

»Ich weiß, dass du mir davon erzählt hast. Aber ich habe dir nicht richtig zugehört, weil ich die ganze Zeit in Gedanken bin.«

»Immer noch wegen Dora?«

»Ja.«

»Und willst du sie mit mir teilen?«

»Noch nicht. Ist das okay?«

»Selbstverständlich ist das okay.«

»Also, wer ist Shahar?«

»Shahar ist der Sohn von Rivka, der ältesten Freundin meines Vaters.«

»Richtig. Das ist dieselbe Rivka, bei deren Geburtstag du Ende November warst, oder?«

»Genau die.«

»Okay, super. Wie kommen wir nach Arad?«

»Mit dem Bus.«

»Und wie kommen wir heute Abend aus Arad zurück?«

»Oh.«

»Genau. Ab sechzehn Uhr fahren keine Busse mehr, wegen Schabbat, du erinnerst dich?«

»Schabbat. Das Wort habe ich schon mal gehört.«

»Das könnte stimmen.«

Noam und ich lachten. »Dann schlafen wir dort«, sagte er und wackelte aufgeregt mit seinem Oberkörper.

»Auf keinen Fall, Noam. Das kann ich nicht. Ich muss wieder nach Hause heute Abend.«

»Wieso?«

»Weil ich es hasse, woanders zu schlafen.«

»Okay. Und nun?«

Nachdem ich mir das Kleid angezogen, die Zähne geputzt und meine Haare geföhnt hatte, telefonierte ich mich durch alle acht Mietwagenunternehmen, deren Läden sich nebeneinander aufgereiht am Ende der HaYarkon Street befanden, und erwischte eines, das noch einen Wagen übrig hatte.

Drei Stunden später saßen Noam und ich nebeneinander in einem kleinen asiatischen Auto und fuhren durch die Wüste. Vor zwei Tagen hatte Tu Bischwat, das jüdische Neujahr der Bäume, stattgefunden und den israelischen Frühling eingeleitet. Die Wüste blühte. Kleine zarte Pflanzen sprossen aus der Erde. Ein roter Teppich aus Anemonen, der bis zum Horizont reichte.

»In dieser Form sieht man die Wüste nur wenige Wochen im Jahr«, sagte Noam, der gedankenversunken aus dem Autofenster schaute, während ich am Steuer saß.

»Wüsste man nicht, dass es das gibt, würde man glauben, die Wüste sei immer nur trocken, braun und leblos«, antwortete ich und konzentrierte mich aufs Fahren. Tracy Chapmans *Fast Car* ertönte, ich sang leise mit. Noam setzte mit ein. Und als der Refrain begann, schrien wir, als würde unser beider Leben davon abhängen. Nachdem der Song zu Ende war, drehte Noam das Radio leiser und fragte: »Weißt du, was Tu Bischwat bedeutet?«

»Nur, dass es am fünfzehnten Tag des jüdischen Monats Schwat stattfindet und man eine Art Neujahr feiert.«

»Wenn Rosh ha-Shana im Judentum der Jahresbeginn der Menschen ist, dann ist Tu Bischwat der der Bäume. Ab diesem Tag wird gezählt. Und erst, wenn der Baum drei Tu Bischwats hinter sich hat, darf man von seinen Früchten essen.«

»Man lässt ihm nach seinem Entstehen drei Jahre?«

»Genau. Ein Mindestmaß an ungestörter Entwicklung, bevor man beginnt, von ihm zu nehmen.«

»Hattest du ein Mindestmaß an ungestörter Entwicklung?«, fragte ich Noam.

»Nein. Du?«

»Ich weiß nicht, ob man das überhaupt haben kann und ob die eigenen Eltern, die ja nur Menschen mit ihren eigenen Traumatisierungen sind, dieses Mindestmaß überhaupt gewährleisten können.«

»Ja, wahrscheinlich können sie das nicht. Und man muss ihnen diese Unfähigkeit verzeihen.«

»Das habe ich so nicht gemeint«, sagte ich angespannt, schaltete in den dritten Gang und ging vom Gas. Das Radio stellte ich wieder lauter und das Fenster ließ ich herunter. Ein angenehmer Windhauch fing sich im Auto.

»Asher kommt auch.«

»Zur Hochzeit?«

»Ja.«

Mein Herz begann zu rasen. Ich überlegte, rechts ranzufahren, Noam einfach aus dem Auto zu schmeißen und umzudrehen. Dann überlegte ich, ihn in eine Diskussion zu verwickeln, aber dafür fehlten mir die richtigen Worte und auch die Kraft. Also fuhr ich einfach weiter, schaltete zurück in den vierten Gang und das Radio aus.

Noam hatte die Hochzeit immer als »kleine Mittagshochzeit« beschrieben, und ich hatte mir etwa siebzig geladene Gäste vorgestellt, was selbstverständlich an meiner Unwissenheit lag. Als wir gegen 12:30 Uhr ankamen und den großen Innenhof des Fünfsternehotels betraten, saßen circa vierhundert geladene Gäste an vierzig runden, aufwendig gedeckten Tischen. Ich griff nach Noams Hand und dachte an meine Baldriantabletten, die ich nicht bei mir trug. Die weißen Schirme, die in den Tischen steckten, flatterten im kräftigen Januarwind. Noam gab mir einen Kuss auf den Mund. »Das ist ein wichtiger Tag für mich«, sagte er nur, und ich drückte fest seine Hand. Er stellte mich Rivka und dem Brautpaar, Shahar und Shiran, vor. Shahar ermahnte Noam enttäuscht, dass wir die Zeremonie unter der Chuppah verpasst hätten. Noam entschuldigte sich aufrichtig und gab dem Mietwagenunternehmen die Schuld. Shiran versicherte, dass sie Verständnis habe und sie sich freue, dass wir es zumindest pünktlich zum gemeinsamen Essen geschafft hätten. Aber Noams schlechtes Gewissen blieb.

Wir wurden zum Familientisch geführt. Auf dem Weg dorthin rannte mich ein kleines Mädchen, das Noam als Alma vorstellte, fast um. Von Weitem erkannte ich Asher. Obwohl ich ihm nie begegnet war und kein Foto gesehen hatte, wusste ich, dass es sich um Noams Onkel handeln musste. Als er Noam erblickte, stand er sofort auf. Ohne zu zögern, umarmten die Männer sich innig und schlugen sich gegenseitig auf den Rücken. Mir tat es weh. Es dauerte keine zehn Sekunden, bis ich begriff, dass sie sich, im Gegensatz zu Noams Behauptung, er wolle Asher nie wiedersehen, sehr wohl in den Wochen nach Jerusalem getroffen hatten.

Ein DJ spielte anstrengende Trance-Music, die weder zum Ort noch zum Anlass passte. Dann hielt ein Verwandter, den Noam nicht zuordnen konnte, eine Rede und öffnete zum Abschluss einen großen Vogelkäfig, aus dem weiße Tauben flatterten. Sie flogen hinauf in den blauen Himmel und sahen für einen kurzen Moment aus wie Wolken.

Ich saß eingeklemmt zwischen Noam und Shiran. Vor mir stand ein Glaskelch, in dem drei lebende Goldfische schwammen. Pro Tisch gab es vier. Für alle Himmelsrichtungen, in die einen das eigene Leben führen könne, erklärte mir Shiran, und ich antwortete nur: »Und trotzdem schwimmen sie immer im Kreis.«

Neben Noam saß Asher, der einen grauen, von Motten zerfressenen *Fruit-of-the-Loom*-Pullover trug und schwarze Stoffhosen, die ich irgendwann einmal an Noam gesehen hatte. Er hatte schneeweißes lockiges Haar, das ihm bis zum Kinn ging. Seine Zähne, braun und abgebissen, schienen nur selten hervor. Seine Haut war großporig, faltig und verbrannt von der Sonne. Unter seinen Fingernägeln klebte schwarzer Dreck. Ich wollte sehen, ob seine Zehennägel auch so aussahen, rutschte ein Stück vom Tisch weg, kippte mit dem Stuhl nach hinten und warf unauffällig einen Blick auf seine Füße, die in blauen Badelatschen steckten. Die Nägel waren so lang, dass sie schon begonnen hatten, sich spiralförmig zu drehen.

Während des mehrgängigen Menüs standen Noam und Asher alle paar Minuten auf, um sich am Ende der Hotelterrasse in die Raucherecke zu setzen. Zurück blieben zwei leere Stühle, die ich mit meinen Gedanken ausfüllte, und unangerührte Teller. Die Raucherecke glich einem Garten. Hotelmitarbeiter hatten offensichtlich falschen Rasen ausgelegt, eine gusseiserne Bank darauf abgestellt und einen Oleanderbaum aus Plastik am Rand drapiert. Auf einem seiner Zweige saß ein ausgestopfter Vogel, auf einem anderen klebte eine Blüte aus rosafarbenem Stoff.

Noam und Asher saßen schweigend nebeneinander und zogen gleichzeitig an ihren Zigaretten. Ihre Bewegungen ähnelten sich, als würden sie einem unbewussten Gleichklang unterliegen. Auf meinem Display erschien eine Nachricht: *Kommst du rüber zu uns?* Ich schaute zu Noam. Er lächelte und zwinkerte mir mit seinem rechten Auge zu. Ich zwinkerte zurück und antwortete: *Dort ist kein Platz für mich.*

## 8

Es war Freitagvormittag. Ich saß am Gartentisch und drehte Zigaretten. Der zierliche Orangenbaum in meinem Garten trieb neue Knospen aus. In einem Monat würden die Parlamentswahlen stattfinden, auf die alle so viel Hoffnung setzten. Endlich, so hieß es, würde King Bibi seinen Platz räumen müssen. Die Sache schien festzustehen. Zum ersten Mal seit Jahren. Ich befeuchtete das Papier und dachte an meinen Freund Joachim, der immer behauptet hatte: »Da, wo Orangen wachsen, gibt es keine Demokratie.«

Noam lag auf der Couch, von der er sich seit unserer Rückkehr aus Arad eigentlich so gut wie nicht mehr erhoben hatte. Diese horizontale Position, aus der er nun sein Leben bestritt, machte mich wahnsinnig. Aus keinem seiner Treffen mit Israels Zeitungsmachern war etwas geworden. Regelmäßig warf ich ihm seine finanzielle Abhängigkeit von mir vor, doch zu meiner Überraschung schien ihn das nicht zu berühren. Ich hatte den Eindruck, es war ihm einfach egal. Sowieso erhob sich Noam nur noch von der Couch, wenn er irgendetwas für Asher erledigen musste.

Meistens schlief er auf dem Sofa ein, früher, als ich überhaupt zu Bett ging. Ich deckte ihn zu, nahm ihm das Handy aus der Hand, das drohte, auf die Steinkacheln zu fallen, sah kurz die Seite mit den Basketballergebnissen aufleuchten und legte das Gerät auf den Glastisch.

•

Ich legte die fertig gedrehte Zigarette in die kleine, von Maayan getöpferte Schale. Elf Zigaretten reihten sich nebeneinander auf. Anschließend nahm ich ein weiteres Blättchen, einen Filter, ein bisschen Tabak und ging weiter meiner Arbeit nach.

»Willst du Miri kennenlernen?«, rief Noam vom Sofa aus, und obwohl ich ihn verstand, tat ich so, als hätte ich ihn nicht gehört.

»Willst du Miri kennenlernen?«, rief er erneut, diesmal ein bisschen lauter. Jetzt musste ich antworten und schrie genauso laut zurück: »Was?«

Irgendwie hoffte ich, er würde von der Couch aufspringen, in dem unbedingten Willen, gehört zu werden, aber nichts passierte. Auf mein »Was?« kam nichts. Gar nichts. Kein erneutes: »Willst du Miri kennenlernen?«, und auch kein Sprung von der Couch. Ich war enttäuscht, befeuchtete das Papier mit der Zunge und drehte schwungvoll die Zigarette zu Ende. Denn ich wollte Miri kennenlernen. Unbedingt sogar. Noam hatte mir in Jerusalem auf dem Weg zum Schawarma-Laden von ihr erzählt. Sie war als einziges Kind zweier Überlebender 1954 in Frankfurt geboren worden. Ihre Eltern Chaim und Rachel waren Nachbarskinder im Frankfurter Ostend gewesen und wurden von ihren Eltern, die die Lager nicht lebend verließen, gemeinsam bei einem Pastorenpaar versteckt. Diese Erfahrung hatte sie für alle Zeit miteinander verbunden. Aber auch die Tatsache, dass niemand ihrer Verwandten den Holocaust überlebt hatte. Das Pastorenpaar kümmerte sich um beide, bis sie achtzehn Jahre alt waren, dann heirateten sie, und zwei Jahre später kam Miri zur Welt. Rachel hatte sie nach ihrer ermordeten Mutter benannt. Miri war auf eine jüdische Schule gegangen und hatte kurz nach der Mittleren Reife angefangen, im Laden ihres Vaters zu arbeiten, in *Bernsteins Modegeschäft*. Während sich Chaim um die Kunden und die Zahlen kümmerte, schneiderte Miris Mutter Rachel hinten in einem separaten Raum, was in Auftrag gegeben wurde. Es kamen Juden und Nichtjuden, um sich Anzüge und Kleider anfertigen zu lassen. Bei den Nichtjuden ließ es sich Rachel nicht nehmen, den Kleidungsstücken eine individuelle Note zu verpassen. Manchmal stickte sie ein Hakenkreuz in einem minimal dunkleren Ton ein oder einen winzig kleinen Totenkopf oder das SS-Zeichen in der Farbe des Stoffes. Sie ließ ihrer Fantasie freien Lauf, wenn es darum ging, sich an den Deutschen für den Tod ihrer Eltern, Großeltern, Urgroßeltern, Cousinen, Cousins, Tanten und Onkel zu rächen.

Abends, wenn sie mit Chaim und Miri auf dem Sofa saß, erzählte sie von ihren kleinen Angriffen auf die Deutschen, und alle lachten.

Miri war schon als Kind nicht zu bändigen gewesen, und als sie älter wurde, riss sie regelmäßig aus, um sich auf dem nahe gelegenen Alliierten-Stützpunkt herumzutreiben. Meistens kehrte sie Tage später reumütig und erschöpft zurück, und ihre Eltern verziehen ihr sofort.

Als Golda Meir 1969 Ministerpräsidentin wurde, dachte Miri zum ersten Mal darüber nach, wirklich abzuhauen und nach Israel zu gehen, aber Rachel verbot es ihr und forderte ihre Mitarbeit im Geschäft. Miri wartete bis zu ihrem siebzehnten Geburtstag, packte von einem Tag auf den anderen ihren Koffer, schrieb *Fliege nach Tel Aviv* auf einen Zettel und meldete sich danach viele Jahre nicht mehr. Erst nach Avrahams Tod flog sie wieder zurück nach Frankfurt und stand mit demselben Koffer, mit dem sie abgehauen war, vor dem Geschäft ihrer Eltern. Dass sie einen Sohn namens Noam hatte, erwähnte sie mit keinem Wort. Fortan arbeitete Miri im Bekleidungsgeschäft, bis ihre Eltern zu alt waren, um es weiterzuführen. Chaim verkaufte es und übertrug Miri einen großzügigen Anteil. Nachdem 2012 Chaim und zwei Jahre später auch Rachel starben, kehrte Miri nach Tel Aviv zurück. Sie kaufte sich von ihrem Erbe eine kleine Wohnung in Jaffa, mit Blick auf das Meer, und suchte sich einen Aushilfsjob als Kindergärtnerin, damit ihr die Zeit nicht zu lang wurde und die Gedanken und Erinnerungen an die Entscheidungen, die sie getroffen hatte, nicht das Gemüt beschwerten. Das war jedenfalls meine Interpretation.

Noam hasste Miri. Daraus hatte er kein Geheimnis gemacht. So schnell bekäme ich nicht noch eine Chance, sie zu treffen.

»Ich würde Miri gerne kennenlernen«, sagte ich und lugte durch die offene Tür.

»Okay, dann antworte ich ihr. Sie fragt, ob wir sie zum Schabbat-Dinner treffen wollen.«

»Cool.«

»Cool.«

Nachdem Noam schwerfällig sein Handy vom Glastisch genommen, auf das Display getippt und das Telefon anschließend wieder zur Seite gelegt hatte, schloss er die Augen und verschwand.

Es war ein milder Abend. Ich trug nur eine leichte Kaschmir-Strickjacke über meinem weißen Seidenhemd, das in schwarzen Ledershorts steckte. Noam nahm meine Hand, als wir in Richtung Florentin Street schlenderten. Miri wollte sich mit uns im KANU treffen, einem vietnamesischen Restaurant auf der Herzl Street.

»Wahrscheinlich geht es ihr nur darum, uns von irgendeinem bescheuerten Urlaub zu erzählen«, meckerte Noam. Er wirkte angespannt, und ich fühlte mit ihm. Schließlich hatte Miri ihn im Stich gelassen. Nicht einfach so, sondern in der schlimmsten Zeit seines Lebens. Dass er es überhaupt schaffte, sie zu treffen, wunderte mich.

Mein Telefon klingelte. Es war David.

»Wer ist das?«, fragte Noam.

»Mein Anwalt«, antwortete ich und drückte David weg.

»Worum geht es?«

»Eine alte Sache. Nichts Wichtiges«, sagte ich und steckte mein Telefon zurück in die Tasche.

»Ich weiß nicht, wann wir uns das letzte Mal die Wahrheit gesagt haben«, entgegnete Noam, ließ meine Hand los und legte den Arm fest um meine Schultern. Meine Wimpern wurden feucht.

»Ich weiß es auch nicht.«

»Wie konnte das passieren?«

»Ich will dir eigentlich immer die Wahrheit sagen. Über alles.«

»Und ich dir.«

»Und wieso tun wir das nicht mehr?«, fragte ich und legte

meinen Arm um Noams Bauch. Ich pflückte eine burgunderrote Bougainvilleenblüte ab und steckte sie in das Knopfloch meiner Bluse. Noam roch an der Blüte, und für einen kurzen Moment vergaß ich, wie falsch sich die letzten Wochen angefühlt hatten. Ich dachte daran, dass ich David zurückrufen müsste, um ihm endlich mitzuteilen, dass ich endschieden hatte, die Sache mit Sascha endgültig zu vergessen.

Als wir im KANU ankamen, entdeckte ich Miri sofort. Sie sah aus wie Noam. Die gleiche Haut. Die gleiche Körpergröße. Die gleichen Augen. Die gleiche Nase. Der gleiche Mund. Die gleichen Haare. Ihre genetische Dominanz beeindruckte mich. Vor Noam tat ich so, als sähe ich sie nicht, und zeigte auf einen leeren Tisch.

»Meine Mutter ist schon da. Schau, da drüben«, sagte er und deutete zu der Frau.

»Ich hätte sie nicht erkannt«, antwortete ich nur.

»Ja, wir sehen uns auch nicht ähnlich«, erwiderte Noam. »Ein Glück.«

Ich stellte mich auf die Zehenspitzen und gab ihm einen Kuss auf die Stirn, die sich ganz warm und weich anfühlte. Miri stand auf, als wir uns an den anderen Tischen vorbeischlängelten, und als ihr Stuhl nach hinten wegkippte, fing sie ihn blitzschnell auf, stellte ihn wieder richtig hin und lächelte uns an. Im Gegensatz zu Asher sah sie gepflegt aus. Ihre Haare waren frisch gefärbt, ihre Zähne weiß, ihre Kleidung war sauber.

Ich fand sie wunderschön. Das war die Wahrheit. Meine Verachtung für sie aufrechtzuerhalten war nicht ganz einfach. Sie hatte etwas Leichtes und Wildes zugleich. Miri wusste, was sie getan hatte. Daran bestand kein Zweifel. Sie wusste es und schämte sich dafür. Aber sie wusste auch, dass ihr die Entscheidung abgenommen worden war, bevor sie überhaupt zur Welt gekommen war. Ich dachte an Dora, an Rosa und an Lea.

Miri spannte ihre Arme auf, um Noam damit zu umschließen, aber er nickte ihr nur zu. Ich quetschte mich zwischen die beiden und schmiegte mich an ihre Brust. Miri drückte mich. Fest und innig. Und ich konnte fühlen, wie sie Noam gerne umarmt hätte. Ich konnte ihre Liebe für ihn fühlen. Sie wirkte aufrichtig. Ich saugte sie auf, obwohl sie nicht mir gehörte, und ich begriff zum ersten Mal, was es bedeutete, wenn man nicht geben durfte, was man geben wollte, und deshalb nicht bekam, was man brauchte. Ich spürte die Einsamkeit, die daraus resultierte, und die Wut, die sie heraufbeschwor. Erst als Noam mehrmals meinen Namen rief und vorsichtig an meiner Jacke zog, stieß ich mich von ihrem Körper ab und strich meine Haare zurecht.

Noam zog den Stuhl vom Tisch zurück, sodass ich mich hinsetzen konnte, und nahm selbst neben mir Platz.

»Du bist also Nike«, sagte Miri mit einer tiefen, kratzigen Stimme, die überhaupt nicht zu ihr passte. »Noam hat mir gar nichts von dir erzählt«, und ich wusste, dass das keine Beleidigung, sondern die Wahrheit war.

»Von dir hat er mir ein bisschen erzählt«, sagte ich auf Deutsch.

»Du bist Deutsche?«, fragte sie.

»Ja, so wie du. Verrückt, oder?«

»Eine deutsche Jüdin. Schlimmer geht es kaum«, sagte sie und zog die Schultern hoch.

»Ja, es gibt bessere Konstellationen, als deutscher Jude zu sein«, antwortete ich auf Englisch, damit Noam sich nicht ausgeschlossen fühlte.

»Gibt es die?«, fragte Noam. »Ich meine, welche sollen das sein? Deutsche Juden sind verrückt, weil sie sich aufgrund der Deutsch-Jüdischen-Geschichte auch mit der Schuld der Täter identifizieren und sich als schlechte Juden empfinden. Sephardische Juden fühlen sich aschkenasischen Juden gegenüber minderwertig. Mizrachische Juden sind letztlich Araber, hassen aber Araber, weil sie von ihnen jahrhundertelang verfolgt wurden. Am Ende wählen sie Bibi und fordern eine harte Politik gegen die Palästinenser. Und zu den äthiopischen muss ich eigentlich nichts mehr sagen.«

»Du hast recht«, sagte ich und strich ihm liebevoll über den Arm.

»Wollen wir bestellen?«, unterbrach uns Miri.

»Was machen wir mit diesen Traumatisierungen?«, fragte ich Noam, ohne auf Miri zu reagieren.

»Wir machen sie zu unseren Freunden und hören auf zu glauben, wir könnten sie irgendwann überwinden. Das wird nicht passieren. Sie sind da. Sie bleiben da. Und sie werden nicht weggehen.«

Der Kellner kam an unseren Tisch, begrüßte uns freundlich und reichte uns die Karten. Ich überflog das Angebot und bestellte eine Pho Bo, Miri nahm die vegetarischen Dim Sum, und Noam nahm nichts.

»Willst du gar nichts essen?«, fragte Miri ihn unsicher.

»Nein, Miri, ich will nichts essen«, antwortete Noam schroff.

»Noam, bestell doch bitte auch was!«, sagte ich, aber Noam stand plötzlich auf, zerrte sein Handy aus der Hose und sagte nur: »Asher.« Er tippte demonstrativ an sein Ohr: »Ist bestimmt wichtig«, und ging zur Straße. Er lief hektisch auf und ab. Fuhr sich gestresst durch die schönen Haare. Legte immer wieder die Hand vors Gesicht und sank mit jedem Wort, das er sprach, tiefer in sich zusammen.

»Das habe ich nie gewollt«, sagte Miri und nippte zaghaft an dem Kokosnuss-Ananas-Saft, den ihr der Kellner gebracht hatte.

»Ich weiß«, antwortete ich.

# NOAM

## 9

Noam lief vor dem Restaurant auf und ab und versuchte, Ashers Worten zu folgen, er konnte sich kaum darauf konzentrieren, weil er Nike beobachtete, wie sie mit Miri sprach. Die Vertrautheit zwischen den beiden beunruhigte ihn, am liebsten hätte er Nikes Hand gegriffen und sie weggezerrt.

»Hörst du eigentlich, was ich dir da gerade sage?«, schrie Asher. »Wir müssen aus der Wohnung raus. Einer der Gläubiger hat herausgefunden, wo wir wohnen. Am besten noch morgen. Ich brauch dich, verstehst du? Du musst eine neue Bleibe für uns finden.«

»Okay, okay. Morgen ist Schabbat. Wie soll ich uns jetzt so schnell eine Wohnung finden?«

»Das ist mir egal. Du bist der Einzige, der das machen kann. Ich habe dir letzte Woche vierhundert Schekel gegeben. Reicht dir das nicht als Argument? Ich habe mein ganzes Leben nur für dich gelebt und für dich gearbeitet.«

»Ich weiß. Kann ich dich in einer Stunde zurückrufen? Wir sind beim Essen mit Miri.«

»Miri?«

»Ja«, sagte Noam leise.

»Was willst du mit der? Die hat dich im Stich gelassen. Die hat mich im Stich gelassen. Die hat deinen Vater im Stich gelassen. Sie ist wie alle Frauen.«

»Ich weiß nicht, ob sie wie alle Frauen ist, oder anders: ob alle Frauen wie sie sind. Nike zum Beispiel …«

»Nike, Nike, Nike. Meine Güte, Noam. Wann schnallst du es endlich? Nike wird gehen. Nike wird nicht bleiben. Warum auch? Du bist ein Loser, ein Nichtsnutz, du hast nichts, kannst nichts. Und daran wird sich nichts ändern.«

»Hör auf, so mit mir zu sprechen!«, schrie Noam wütend. Eine rotbraune Straßenkatze lief ihm hinterher, als wäre er ihr Herrchen. An einem Elektrokasten rutschte er zu Boden, den Rücken an das graue Plastikgehäuse gelehnt. Die Katze setzte sich neben ihn. Er streichelte ihr weiches Fell. Eine Windböe vom Meer erfrischte sein Gesicht. Während Asher ihm Aufgaben diktierte, beobachtete Noam die beiden Frauen, von denen ihn eine ausgetragen und ihn die andere in sich gelassen hatte. Wie viel Macht sie beide besaßen, dachte er. Die Macht über das Leben und den Tod. Über das Glück und das Unglück.

»Ich kümmere mich um alles. Versprochen. Lass mich zurück zum Tisch. Miri und Nike warten schon.«

»Frauen warten nicht. Die sind froh, dass sie sich heimlich über dich und mich unterhalten können. Was glaubst du, was die gerade machen?«

»*Tov*. Wir sprechen später, okay?«

»Was glaubst du, was die da gerade reden?«, fragte ihn Asher erneut, aber Noam hatte schon aufgelegt.

Er schob das Telefon zurück in die Hosentasche und scheuchte die Katze davon. Dann drückte er die Schultern nach hinten, atmete tief ein, sodass sich seine Brust hob, und ging zum Tisch zurück.

»Willst du jetzt doch etwas bestellen, Noam?«, fragte Miri liebevoll, aber Noam antwortete ihr nicht.

»Deine Mutter hat dich doch gerade gefragt, was du essen willst«, sagte Nike.

»Wenn sie mich kennen würde, wüsste sie, dass ich nichts esse. Ich ernähre mich von Sonnenlicht.«

»Was spinnst du denn jetzt so rum?«

»Lass ihn, Nike. Er muss nichts essen, wenn er nicht will. Wir essen einfach, und wenn er Hunger kriegen sollte, nimmt er eben doch noch was.«

»Als hätte dich jemals interessiert, ob ich Hunger habe«, lachte Noam. Nikes Telefon klingelte.

»Ist das schon wieder dein mysteriöser Anwalt?«

»Ja, ich muss jetzt wirklich rangehen«, sagte sie.

Nike stand auf und schlängelte sich an den Tischen vorbei.

Noam beobachtete sie. Auch sie lehnte sich zuerst an den Elektrokasten, aber anstatt wie er zu Boden zu gehen und sich auf den dreckigen Asphalt zu setzen, legte sie das Telefon oben ab und drückte sich mit den Armen hoch. Nach einer wendigen Drehung setzte sie sich gerade hin und streckte die Arme vor Begeisterung in die Luft. Miri applaudierte ihr. Noam zuckte nur mit den Achseln. Er vermutete, dass sie das alles nur tat, um ihn ungelenk, schwach und dumm aussehen zu lassen. Kurz kam ihm der Gedanke, aufzustehen und ihr einen kleinen Schubs zu geben, damit sie herunterfallen würde. Doch im nächsten Moment schämte er sich für seine Gewaltfantasie. Er stand auf und lief zum kleinen Waschbecken, das man wegen der fehlenden Toilette neben dem Tresen montiert hatte. Er wusch sich die Hände und spritzte sich Wasser ins Gesicht.

Die Winkekatze grinste ihn dämlich vom Tresen aus an. Er schnipste gegen ihren Bauch, und sie fiel nach hinten.

»Kann ich ein Kokoswasser bekommen?«, fragte er den

Kellner, der gerade Miris vegetarische Dim Sum in einen beigen Bambuskorb füllte.

»Klar. Bring ich euch gleich«, antwortete er freundlich.

Noam hob die Figur auf, stellte sie wieder richtig hin und blickte suchend durchs Fenster nach draußen.

Nike saß immer noch auf dem grauen Kasten und telefonierte. Miri umklammerte die rote Lacktasche auf ihrem Schoß und starrte unbeirrt die Herzl Street hinunter.

»Kann ich das Wasser vielleicht jetzt gleich mitnehmen?«, fragte Noam den Kellner.

*»Ken, kamuvan«*, antwortete der, griff aus der Ablage des Tresens nach der Flasche und drückte sie Noam in die Hand.

Noam hielt sich an der Flasche fest und ging zum Tisch zurück.

»Ah, toll, hast du dir doch noch was bestellt?«

»Etwas zu trinken, ja.«

»Na, damit fängt es ja immer an.«

»Wenn du das sagst.«

»Wie läuft es bei der *Haaretz*?«

»Gut, alles super.«

»Ich habe schon so lange nichts mehr von dir gelesen.«

»Ist das so?«

»Ich kaufe die *Haaretz* jeden Freitag. Nur wegen dir.«

»Aha.«

»Ja, und deine Kolumne fehlt jetzt schon seit einiger Zeit.«

»Das kann gar nicht sein. Du übersiehst sie vielleicht.«

»Oh, okay. Beim nächsten Mal schaue ich ein bisschen besser.«

»Wie läuft es im Kindergarten?«

»Gut. Es macht so viel Spaß mit den Kleinen.«

Der letzte Satz war wie ein Schlag gegen Noams Zwerchfell. Der Schmerz breitete sich vom Brustkorb bis zu seinem Magen aus. Noam krümmte sich. Miri legte ihre Hand auf sein rechtes Knie. Noam wollte es wegziehen, hatte aber keine Kraft mehr.

»*Elohim Adirim,* du musst etwas essen, Noam. Essen ist wichtig«, sagte Miri, aber ihre Worte erreichten Noam nur als Fiepen und Rauschen.

Nike kam zum Tisch zurück und legte ihr Telefon neben Noams Kokosnusswasserflasche. »Was ist los?«

»Noam hat Magenschmerzen«, antwortete Miri.

»Nein«, krächzte Noam.

»Okay, aber was ist denn los?«, fragte Nike. Der Kellner kam mit dem Essen. »Oh, wunderbar. Noam, komm, iss ein bisschen von der Brühe«, sagte sie, während Miri vorsichtig den Bambusdeckel abhob. Wasserdampf entwich. Ein leichter Dim-Sum-Geruch stieg auf. Noam würgte.

»Ich muss gehen. Ich muss hier weg«, sagte er, und Nike rollte mit den Augen.

»Jetzt bleib schon hier, Noam. Was soll das denn? Es ist Schabbat. Lass uns in Ruhe essen, dann könnt ihr ja gleich wieder gehen«, versuchte ihn Miri zu beruhigen. Aber Noam war schon aufgestanden, hatte den Stuhl nach hinten geschoben und war blitzschnell losgerannt.

Noam rannte so lange, bis er keine Puste mehr hatte. Aber da war er schon fast in Neve Tzedek. Die letzten Meter zu Nikes Haus lief er langsam, er öffnete leise die Gartentür, die trotz der Mühe, die er sich gab, laut quietschte, und legte sich auf die dunkelgrüne Sonnenliege neben dem Olivenbaum. Er zog seinen Tabak aus der Hosentasche, nahm eine von Nike gerollte Zigarette heraus und zündete sie an. Er griff nach seinem Telefon und scrollte sich durch die aktuellen NBA-Ergebnisse. Dann öffnete er den Knopf seiner Jeans, holte seinen Penis aus der Boxershorts und bewegte die Hand langsam vom Schaft bis zur Spitze und wieder zurück. Das College-Basketballspiel Michigan gegen Michigan State lief auf seinem Display. Sein Penis wurde härter und härter, mit jedem Quietschen der Turnschuhe auf dem Parkett. Als einer der Jungen den Ball in den Korb warf, kam Noam und schlief kurz darauf ein.

Als Nike, die das Abendessen mit Miri beendet hatte, in den Garten zurückkehrte, lag Noam schlafend auf der Sonnenliege, wie es Dudy sonst immer getan hatte. Sie setzte sich vorsichtig neben ihn und beobachtete lächelnd, wie seine rechte Hand liebevoll seinen Penis umschlungen hielt. In der linken lag sein Handy, leise und dunkel.

Sein Sperma war über der Liege und seiner Jeans verteilt. Längst getrocknet, hatte es diesen sonderbar verletzlichen Aggregatzustand angenommen. Wie Klarsichtfolie oder Eiweiß sah es aus. Nichts von der Kraft, Aggressivität und fordernden Schärfe, die das männliche Ejakulat im ersten Augenblick besaß, war übrig geblieben. Welch fließender Übergang zwischen Stärke und Schwäche, dachte Nike. Da schoss es im einen Moment in rasender Geschwindigkeit heraus und endete Minuten später als hauchdünnes Nichts. Und obwohl dieser Impuls die Ursache für all die Verwundungen war, die man Dora, ihr und den anderen Frauen zugefügt hatte, hätte sich Nike immer für den ersten Aggregatzustand entschieden.

Noam wachte nicht auf, obwohl sie dicht neben ihm saß. Nike streichelte mit ihrem Zeigefinger über seine Nase. Von der Spitze bis zur Wurzel und zurück. Noam blinzelte mit den Augen, öffnete eines und schloss es sofort wieder.

»Noam, ich glaube, wir müssen reden«, flüsterte Nike.

»Hm«, summte Noam mit tiefer Stimme, ohne die Augen zu öffnen.

»So wird das nichts«, sagte Nike.

»So wird was nichts?«, fragte Noam mit geschlossenen Augen.

»Wir, du und ich.«

Nike legte ihre Hand auf sein Herz. »Es ist nicht so, dass ich das nicht will. Aber dein Drama ist nicht mein Drama.«

»Und deines nicht meines.«

»Absolut. Und vielleicht können zwei Menschen mit so viel Vergangenheit in ihren Leben sich niemals gegenseitig anerkennen. Sich nicht sehen, sich nicht fühlen, sich nicht spüren, sich nicht annehmen. Nicht gut füreinander sein.«

Noam schlug die Augen auf. Blitzte Nike böse an und sagte ruhig und leise: »Weißt du, Nike, du bist eine dämliche Nutte. Wie meine Mutter. Wie es alle Frauen sind.«

Nike schrie auf und sprang von der Liege. Noam warf sein Handy nach ihr. Es landete auf der Wiese. Nike rannte ins Haus, direkt in die Küche, öffnete den Schrank unter der Spüle und nahm eine Plastiktüte heraus. Danach lief sie auf die Galerie zur Kommode und packte Noams Kleidung ein.

Noam stand mittlerweile im Wohnzimmer. Er schaute nach oben zur Galerie. Das Handy hielt er in seiner Hand umklammert. Er wollte zerspringen vor Wut. Es knallte in seinen Ohren. Er hörte die Detonationen an verschiedenen Stellen seines Gehirns. Er legte die Handflächen auf seine Ohren und schrie auf. Die Explosionen wurden lauter. Sie fanden nicht mehr nur in seinem Gehirn, sondern in allen Teilen seines Körpers statt. Er wollte sich aus diesem Körper herauslösen, aber das ging nicht. Ihm blieb nichts anderes übrig, als den Explosionen ein Ventil zu geben. Die Energie musste nach draußen. Raus aus seinen Venen und Organen und Blutgefäßen. Raus aus seiner Haut. Raus aus seinen Knochen und Nägeln und Haaren.

Noam sprang mit voller Wucht auf den gläsernen Sofatisch, der unter ihm zerbrach. Wütend packte er die Teekanne, die Nike auf dem Sideboard neben der Eingangstür abgestellt hatte, und warf sie auf die Galerie. Die Teekanne zerschellte an der grauen Brüstung. Noams Schreien wurde nur durch vereinzeltes Ein- und Ausatmen unterbrochen. Er glaubte, die Splitter, die die Detonationen in seinem Körper hinterließen, flogen durch seinen geöffneten Mund in die Welt. Er hob einen Stuhl, der am Schreibtisch stand, in die Luft und schleuderte ihn auf die Galerie. Nike duckte sich. Der Stuhl riss die Deckenlampe mit sich, die über Nikes Kopf kaputtging.

Noam sah, dass sich Nikes Mund bewegte und offensichtlich Wörter aus ihm entwichen, aber hören konnte er sie nicht. Er griff alles, was er greifen konnte, und feuerte es durch die Wohnung. Große Gegenstände. Kleine Gegenstände. Es spielte keine Rolle, denn für Noam entluden sich lediglich innere Explosionen über seine Arme. Er konnte nicht sehen, hören oder denken, was um ihn herum geschah. Selbst als die Sirenen ertönten und das Blaulicht durch das Fenster und die offene Tür drang, machte er weiter. Drei Polizisten stürmten in das Haus, kämpften sich ihren Weg durch das völlig demolierte Wohnzimmer und warfen sich auf Noam. Erst als er bäuchlings auf dem Boden lag und die

Polizistin seine Arme auf den Rücken bog, um sie mit Kabelbinder zu fixieren, hörte er, wie laut es eigentlich um ihn herum war und wie still in seinem Inneren. Totenstille war da auf einmal in seinem Kopf, und binnen weniger Sekunden zog er sich wieder dorthin zurück, wo er immer zu Hause gewesen war.

# NIKE

## 10

Es war gegen sechs Uhr morgens, als ich vom Polizeirevier am nördlichen Ende der Dizengoff Street zurückkam. Ich setzte mich auf den Boden in der Mitte dessen, was von Maayans Wohnzimmer übrig geblieben war. Wie konnte ich ihr das nur alles erklären? Und wer würde für den Schaden aufkommen, fragte ich mich. Mir fiel niemand anderes ein als ich selbst.

Vorsichtig stand ich auf, lief über die Scherben in die Küche, füllte Wasser in den Wasserkocher, der zu meiner Überraschung überlebt hatte, und nahm ein großes Glas aus dem Schrank. Ich schüttete ein wenig Nescafé hinein und goss das kochende Wasser darüber. Ich nahm die Milch aus dem Kühlschrank, gab einen Schluck ins Glas und trank davon. Ich schrieb eine Nachricht an Yseult: *Noam ist in meiner Wohnung durchgedreht. Das Wohnzimmer ist völlig demoliert. Ich glaube, ich brauche Hilfe.* Dann drückte ich einfach auf *Senden* und war von mir selbst überrascht. Damals bei Sascha hatte ich das noch nicht gekonnt.

Eine halbe Stunde später stand nicht nur Yseult vor der Tür, sondern auch Gabriela und Nitsan, Gabrielas Freundin, die ich auf der Demonstration kennengelernt hatte. Yseult nahm meine Hand, ohne etwas zu sagen, führte mich auf die Galerie zum Bett, legte sich mit mir hinein und umarmte mich. Gabriela und Nitsan begannen, die Scherben aufzufegen und in blaue Müllsäcke zu werfen, die sie mitgebracht hatten. Weder Yseult noch Gabriela oder Nitsan taten das hier zum ersten Mal, dachte ich.

Ich schämte mich. Mal wieder. Und war gleichzeitig so genervt von mir selbst, dass ich diese Scham verscheuchen wollte, die Hand hob und sie mehrmals hintereinander vor- und zurückbewegte. Es irritierte mich, dass Yseult nicht mit mir sprach, sondern mich nur im Arm hielt, dabei fühlte es sich genau richtig an. Keine der drei Frauen wollte irgendetwas über den Vorfall wissen. Weder fragten sie, ob Noam mich körperlich angegriffen habe noch ob ich bei der Polizei gewesen sei. Und vor allem fragten sie nicht, wie es zu alldem gekommen sei. Nicht mit dieser Frage konfrontiert zu sein führte dazu, dass ich sie mir selbst nicht stellen und auch nicht beantworten musste. Das Warum war egal. Ich musste nicht nach vermeintlichen Gründen suchen. Mir nicht die Schuld dafür geben. War es passiert, weil ich zu lange mit Miri gesprochen hatte? Weil ich mich vom Tisch wegbewegt und so getan hatte, als würde ich mit David telefonieren? Weil ich Noam nach seiner Bestellung gefragt hatte? Weil ich mit den Augen gerollt hatte? Es war irrelevant.

Nachdem die Scherben weggefegt und eingesammelt waren, fingen Nitsan und Gabriela an, die Möbel wieder an ihren ursprünglichen Platz zu stellen. Sie hoben das umgekippte Sofa an, und als ich aufspringen wollte, um ihnen zu Hilfe zu kommen, hielt Yseult mich noch fester in ihrem Klammergriff.

»Das schaffen sie auch ohne dich«, sagte sie nur, und ich schloss die Augen. Ich dachte, eigentlich müsste ich weinen, aber ich konnte nicht.

»Keiner fordert irgendwas von dir. Wir wollen jetzt nur für dich da sein. Stell dir einfach vor, wir wären ein inspirierendes und empowerndes Zitat, das normalerweise auf dem Instagram-Account von *Female Collective* gepostet würde.«

Ich musste lachen. Sehr sogar. Ich lachte über Yseults Kommentar und darüber, dass ich nicht mehr allein war. Darüber, dass sich Frauen derart unterstützen konnten, und darüber, dass ich es doch tatsächlich geschafft hatte, mich in eine Situation zu bringen, die identisch zu der vor fünfzehn Jahren war. Ich dachte an Dora, und daran, dass ich ganz offensichtlich ihre Urenkelin war und dass ich für immer stolz darauf sein wollte, ihre Geschichte in mir zu tragen, auch wenn es eine schmerzhafte Geschichte war. Ich dachte daran, dass ich viel zu lange versucht hatte, mein Leben mit Kontrolle im Griff zu behalten, und es dabei fast zum Stillstand gebracht hatte. Ja, ich dachte daran, dass Doras Traumatisierungen Teil meines Lebens waren und es auch für immer bleiben sollten.

Nach einer Stunde war das Wohnzimmer so gut wie hergerichtet. Wenn man von den kaputten Gegenständen absah, die Gabriela und Nitsan einfach in den Garten gestellt hatten, wirkte es fast so, als wäre nie etwas passiert. »Kommt runter, Babes, wir gehen jetzt frühstücken. Hier ist so weit alles im Griff«, schrie Gabriela zu uns nach oben. Yseult ließ mich los.

»Ich sehe scheiße aus!«, rief ich und wurde von allen drei Frauen ignoriert.

Wir fuhren mit dem Taxi ins Casino San Remo. Ich setzte mich neben einen pinken Plastikflamingo und bestellte für uns Frühstück und Weißwein. Wir aßen und tranken und unterhielten uns über unsere Jobs, die anstehenden Wahlen und warum echter Feminismus nur intersektional sein könne. Wir redeten auch über das neue Buch von Eva Illouz und über Yseults und Gabrielas geplante Hochzeit. Ich glaube, über die Hochzeit redeten wir am längsten.

Mit keinem Wort erwähnten wir Noam. Es war nicht so, dass das Thema tabuisiert worden wäre, sondern wir hatten uns einfach stillschweigend darauf geeinigt, dass es schlicht nicht wichtig genug war, um an diesem wunderschönen Samstag im Februar diskutiert zu werden.

Gegen Mittag spürte ich zum ersten Mal, dass es bald Frühling werden würde. Es war bestimmt fünfundzwanzig Grad warm. Die großen Palmen direkt vor dem San Remo bewegten sich langsam. An den Nebentischen zogen Tel-Avivi-Hipster ihre Pullover und Jacken aus und zeigten ihre T-Shirts, die Muskeln und Narben aus den unzähligen Kriegen. Yseult setzte ihre schwarze, exzentrische Sonnenbrille auf. Der DJ, der mit zwei Plattendecks an einem kleinen Tisch saß, spielte Berliner Minimal. Gabriela wippte mit dem Oberkörper und stieß gegen mein Weinglas.

»Lasst uns an den Strand gehen«, sagte ich. »Aber wir haben doch gar keine Badesachen dabei«, antwortete Yseult.

*»So what?«*

*»So what?«*, sagte Nitsan und winkte der Kellnerin. *»Ifshar chesh bon«*, bat sie auf Hebräisch um die Rechnung, und wir legten unsere Kreditkarten auf den Tisch und sagten nur *»Chetzi Chetzi«*: Hälfte, Hälfte.

Dann klemmten wir unsere Jacken unter den Arm und liefen zum nur zweihundert Meter entfernten Meer. Dafür mussten wir die Derech Jaffa Street überqueren, die man vor ein paar Tagen für den großen U-Bahn-Bau komplett gesperrt hatte. Wir passierten die große saftgrüne Wiese, die über ein ausgeklügeltes Sprinklersystem am Leben gehalten wurde, und liefen aufgeregt in den von der Sonne aufgeheizten Sand. Ich zog mein langes Kleid über den Kopf, schmiss es in den Sand genau wie meine Sandalen, löste meinen BH, schlüpfte aus meiner Unterhose und rannte in das eiskalte türkisfarbene Meer. Nitsan, Yseult und Gabriela warfen ihre Sachen auf den kleinen Haufen und folgten mir ins Wasser. Ohne Angst stürzten wir uns in die Wellen, genau darum wissend, dass sie uns jederzeit mit sich reißen konnten.

»Das Meer ist unsere Mikwe«, rief Yseult, und Gabriela sagte: »Lasst uns gemeinsam ganz untertauchen.«

»Auf drei«, antwortete ich und zählte auf Hebräisch: *»Achat, steym, shalosh.«*

Ich atmete tief ein und tauchte unter. Sofort verschloss das Wasser meine Ohren. Eine dumpfe Stille entstand. Mein Inneres flüsterte. Die Augenlider presste ich fest aufeinander. Meine Arme breitete ich aus. Mein Haar schwebte an die Oberfläche. Ich sank tiefer ins Meer. Und kehrte ruckartig in die Welt zurück, um Luft zu holen.

Wir blickten gegenseitig in unsere schönen, klaren Gesichter und schwammen langsam zurück ans Ufer. Dort schüttelten wir uns wie nasse Hunde und ließen uns von der Sonne trocknen, die nur feine Salzkristalle auf unseren Körpern zurückließ.

Nacheinander zogen die anderen sich an, aber ich blieb noch sitzen.

»Ich werde ein bisschen am Strand bleiben. Vielleicht so lange, bis die Sonne untergeht«, sagte ich, und die drei nickten. Keine versuchte, mich zu überreden mitzukommen. Ich saß mit angewinkelten Beinen im Sand, und die drei gingen in die Knie, um mich innig zum Abschied zu umarmen.

»Danke«, flüsterte ich leise.

Ich schaute ihnen nach. Wie sie tänzelnd durch den Sand liefen, auf der grünen Wiese haltmachten, noch einmal winkten, und anschließend über die Retsif Herbert Samuel Street rannten und aus meinem Blickfeld verschwanden.

Ich zog meine Tasche über den Sand näher zu mir. Suchte nach meinem Telefon und wählte Davids Nummer. Er antwortete nicht, also hinterließ ich ihm eine lange Sprachnachricht auf WhatsApp. Ich entschuldigte mich dafür, dass ich über Monate nicht zurückgerufen hatte, und erklärte mein langes Schweigen. Ich erklärte ihm auch, dass ich eigentlich entschieden hatte, die Sache mit Sascha nicht mehr weiter zu verfolgen, meine Meinung jetzt aber geändert hatte. Dass ich ihm in einer Stunde die Zahnarztrechnung schicken würde, damit er sie zusammen mit dem Vergleich an Sascha weiterleiten könne. Dass ich begriffen hätte, dass Sascha sie zahlen müsse, dass ich ihn unter allen Umständen in die Verantwortung ziehen müsse und dass er keine Angst zu haben brauche, dass ich einen Rückzieher machen würde.

Danach suchte ich in meiner Tasche nach einer Serviette, auf die mir Nitsan eine Nummer notiert hatte. Es war der Kontakt zu Orit Rubinstein, einer Anwältin, die Fälle wie meinen pro bono übernahm. Langsam tippte ich ihre Nummer auf dem Display ein. Es klingelte zehnmal. Die Mailbox sprang an. Ich beschrieb kurz und knapp meine aktuelle Situation und erwähnte, dass ich rechtliche Schritte gegen Noam Elstein einleiten wolle und dass sie mich nach dem Ende des Schabbats gerne anrufen könne, um alles Weitere zu besprechen. Danach zog ich mich an, packte meine Tasche und erhob mich aus dem weichen, warmen Sand.

Die Sonne sank langsam ins Meer. Die Palmen beugten sich demütig. Der Himmel nahm mit jeder Minute, die verging, einen anderen Rotton an. Ich lief über den großen Parkplatz, auf dem im Sommer Hunderte Autos standen und der den ganzen Winter über leer geblieben war. Dann erreichte ich den Spielplatz. Kinder jagten sich, und Hunde bellten. Auf dem Basketballplatz neben der großen Wiese versenkte ein Junge einsam Bälle im Korb. Die Bank, auf der die Jungs mit dem Joint gesessen hatten, war leer. Ich ließ mich auf ihr nieder und wählte die letzte Nummer des Tages. Das hatte ich mir versprochen, egal, ob sie rangehen würde oder nicht.

»Meine Liebe«, sagte Rosa.

»Wie schön, dass du zu Hause bist«, antwortete ich.

»Wie ist es dir ergangen? Du hast dich eine lange Zeit nicht gemeldet, weißt du.«

»Ich weiß.«

»Ich habe sogar begonnen, dich zu vermissen.«

»Das klingt schön.«

»Nun erzähl schon! Erzähl vom Land, in dem Milch und Honig fließen, dem gelobten, der Quelle all unserer Sehnsucht«, sagte Rosa und lachte laut.

»Ich war in Yad Vashem.«

Rosa schwieg. Ich lauschte ihrem schweren Atem. Das Geräusch des Feuerzeugs drang in meine Ohren. Sie zog lange an ihrer Zigarette und sagte: »Ich mochte es sehr.«

»Wie? Du mochtest es sehr?«

»In Yad Vashem. Die Lavendel- und Rosmarinbüsche, die den Weg säumen zum Denkmal für die ermordeten Kinder, die weißen Steinplatten, die einen fast erblinden lassen, wenn die Sonne darauf trifft. Das Flattern der weißen Planen vor dem Archiv.«

»Aber du hast gesagt, du bist noch nie hier gewesen! Hier in Israel.«

»Das habe ich gesagt, ja, aber was glaubst du, wer all die Dokumente und den Polizeibericht zu Doras Tod nach Yad Vashem gebracht hat.«

»Du?«

»Ja, ich. Irgendeiner musste es tun. Dafür sorgen, dass die Erinnerung an sie nicht erlischt, dass der Bruch, der ihr Leben kennzeichnete, sichtbar wird.«

»War Lea auch schon da?«

»Nein, ich denke nicht.«

»Weiß sie denn, wie Dora gestorben ist?«

»Nein, ich habe es ihr nicht erzählt. Jeder muss entscheiden, wann er den Weg zu sich selbst gehen will. Niemand kann dazu gezwungen werden. Wir alle sind frei. Frei, die Leerstelle, die die Ereignisse hinterlassen haben, zu besuchen, ihr offen zu begegnen und sie für alle Zeit anzunehmen.«

»Das ist das jüdischste, was du jemals zu mir gesagt hast, Rosa.«

Sie zog an ihrer Zigarette, pustete den Rauch sehr laut aus, und antwortete: »Das bin ich ja auch, eine Jüdin. Nike, ich muss auflegen. Gleich bekomme ich Besuch. Genieß deine Reise.«

»Danke, Rosa, ich …«, begann ich, und noch bevor ich den Satz zu Ende sprechen konnte, hatte sie aufgelegt. Vielleicht wusste sie es auch so. Dass ich sie liebte, egal, wie schwierig und angespannt unsere Beziehung mein Leben lang gewesen war. Dass ich ihren Schmerz immer gesehen, aber erst jetzt wirklich verstanden hatte, und dass es mir leidtat, unendlich leid, nichts dagegen ausrichten zu können. Aber dass sie, obwohl sie sich ganz bestimmt einsam damit fühlte, eigentlich nicht allein war. Denn ihr Schmerz war auch Leas Schmerz und meiner mit dazu.

# NOAM

## 11

Das Polizeiauto fuhr leise durch die Morgenstunden. Das Blaulicht färbte die Palmen, die Scheiben der parkenden Autos und die Schaufenster der noch nicht geöffneten Läden auf der Dizengoff Street. Noam saß auf der Rückbank. Seine Stirn lehnte am Kopfteil des Vordersitzes. Seine Hände waren am Rücken zusammengebunden. Er hatte Angst. Sehr viel Angst. Angst davor, nie wieder aus der Zelle zu kommen. Angst davor, Nike verloren zu haben. Angst vor Asher.

»Was passiert jetzt mit mir?«, fragte Noam die beiden Polizisten, die vorne saßen.

»Wir nehmen deine Aussage auf, und dann kommst du in Untersuchungshaft.«

»Für wie lange?«

»Mindestens drei Tage. Danach kann Kaution beantragt werden.«

Noam spürte, wie sich Tränen hinter seinem Gesicht in einer Art Auffangbecken ansammelten. So viele, bis es überlief und das Wasser durch seine Wimpern zu tropfen begann. Er wünschte sich, nach seinem Telefon greifen und die Basketballergebnisse checken zu können, aber die Polizistin hatte es ihm bei der Verhaftung abgenommen.

Er stellte sich die Tabelle mit den Ergebnissen vor und wie er auf das YouTube-Video eines Spiels klickte. Irgendeines, das er schon kannte und das er in seiner Fantasie mit neuen Details anreichern konnte. Es funktionierte. Er hörte auf zu weinen.

Drei Tage verbrachte Noam in einer Zelle, bis Asher eine Kaution hinterlegen und ihn aus der Untersuchungshaft holen konnte. Man hatte eine einstweilige Verfügung gegen Noam erlassen, in der es ihm untersagt wurde, sich Nike bis auf zweihundert Meter zu nähern oder sie zu kontaktieren.

Asher wartete auf einer Bank vor der Polizeidienstelle. Er hatte Rivka gebeten, aus Arad anzureisen, das Geld bei der Polizei zu hinterlegen und zu behaupten, Noam habe keine Familie mehr. Danach hatte Asher sie zur nächsten Bushaltestelle gebracht.

Asher rauchte, als Noam sich neben ihn setzte. Er hielt ihm den Tabak hin.

»Ich weiß nicht mehr, wie man dreht. Das hat alles Nike für mich gemacht«, sagte Noam mit gesenktem Kopf.

»Wenn ich diesen Namen noch einmal höre, bringe ich dich um. Diese dumme Tante hat mich gerade viertausend Schekel gekostet.«

»Ich habe dich viertausend Schekel gekostet.«

»Ach so, weil du dich selbst bei der Polizei verpfiffen hast, oder was?«

»Nein, weil ich durchgedreht bin.«

»Na und? Das machen Männer so. Männer drehen durch, betrügen, lügen und arbeiten. Frauen nerven, kriegen Kinder und räumen die Scheiße danach wieder auf. Was man aber nicht macht, ist die dämliche Polizei zu rufen. Diese deutsche Nazischlampe.«

»Nike ist Jüdin.«

»Und? Sie ist Deutsche, wie deine Mutter. Ist sie eben ein Kapo.«

»Asher, lass uns nach Hause fahren. Ich muss duschen.«

»Ich muss nach Eilat.«

»Okay, ich bring dich jetzt zum Busbahnhof und gehe danach in die Wohnung.

*»Sababa.«*

Am Eingang zum Busbahnhof kontrollierten zwei äthiopische Juden Ashers Tasche und winkten sie beide durch. An dem kleinen ranzigen Kiosk, der Bourekas, Pizzen und süße Teigtaschen verkaufte, holte Noam sich und Asher einen Kaffee. Danach nahmen sie die Rolltreppe in den sechsten Stock. Noam schaute auf die Digitalanzeige an der Haltebucht nach Eilat. »Zwanzig Minuten«, sagte er.

»Hmm«, antwortete Asher.

»Lass uns raussetzen und warten.«

»Du musst nicht mit mir warten.«

»Ich weiß. Ich tue es aber gerne.«

Asher drückte die schwere Glastür auf, die zum Parkplatz führte, und ließ Noam den Vortritt. Eine junge verwirrte Amerikanerin fragte Asher nach dem Bus nach Jerusalem, und der antwortete nur, während er auf ihre Brüste starrte: »Sage ich dir nicht.«

»Jetzt sag ihr doch, wo der Bus nach Jerusalem abfährt. Was soll der Quatsch?«, ermahnte ihn Noam auf Hebräisch. Aber da war die Amerikanerin schon verunsichert weitergelaufen.

Noam saß auf der Holzbank und rollte sich zum ersten Mal seit Monaten selbst eine Zigarette. Er wusste, sie würde niemals so gut schmecken wie eine von Nike. Er fragte sich, was sie wohl gerade machte. Was sie an dem Morgen nach seinem schrecklichen Ausraster getan hatte. Bestimmt hatte sie geweint. Vielleicht war sie auch in den nächsten Flieger zurück nach Berlin gestiegen. Wahrscheinlich hatte sie in den letzten Tagen versucht, Noam zu erreichen, aber es nicht geschafft, weil sein Telefon ausgeschaltet gewesen war. Sofort, wenn er in Bat Yam ankommen würde, musste er es aufladen. Sie würden das schon wieder hinkriegen, dachte er. Noam erinnerte sich an einen Post auf Nikes Instagram-Profil: *Sad girls and sad boys making each other sad, when all they want is to be happy together*.

»Was ist los? Träumst du oder was?« Asher stieß ihn brutal mit dem Ellenbogen in die rechte Niere.

»Ja. Ich bin fertig. Ich muss schlafen.«

»Du bist fertig vom Leben.«

»Vielleicht auch das, ja.«

»Weißt du, wen ich in Eilat treffe?«

»Nein, wen?«

»Ilan! Du erinnerst dich, mein alter Freund Ilan, der dir so toll das Basketballspielen beigebracht hat.«

»Hm.«

»Er macht Urlaub in Eilat, und wir ziehen ein bisschen um die Häuser, einsame Witwen klarmachen. Wie früher.«

»Wie früher, verstehe.«

Noam fühlte eine riesige Erschöpfung. Von einer Minute auf die nächste könnte er einschlafen, das spürte er genau. »Asher, ich muss los. Ich schlafe wirklich gleich ein«, sagte er und stand auf.

»Ich dachte, du wartest noch, bis mein Bus kommt?«

»Es tut mir leid, ich kann nicht. Ich muss schlafen.«

»Kümmerst du dich um die Wohnung morgen?«, fragte Asher.

»Ja, mache ich.«

Noam klopfte Asher auf die Schulter, hielt ihm die linke Hand hin und wartete, dass Asher Geld hineinlegte, wie er es immer getan hatte. Sein Onkel kramte in der Hosentasche, zerrte zwei Hundert-Schekel-Scheine hervor und warf sie Noam vor die Füße.

Am nächsten Tag wachte Noam erst am frühen Nachmittag auf. Er öffnete die Augen, blickte kurz zur Wanduhr, die 13:25 anzeigte, und schloss sie wieder. Vor dem Fenster fuhr ein Krankenwagen vorbei. Die Sirene schrillte in Noams Kopf. Er wollte sich die Hände auf die Ohren legen, doch es gelang ihm nicht. Erst dachte er, er habe einen Krampf im Arm. Dann dachte er, er habe einen Krampf in beiden Armen, aber als er sie ausschütteln wollte, bewegte sich nichts. Panik stieg in Noam auf. Vorsichtig versuchte er, den großen Zeh anzuheben und wieder abzusenken, doch egal, wie sehr er sich anstrengte, es ging nicht. Er schickte Gedanken zu seinem rechten Zeh und auch zu seinem linken, sie sollten sich bewegen, aber nicht nur sein Körper schien zu streiken, sondern auch sein Geist.

Noam schaute auf diesen funktionslosen Körper herunter, der zwar zu ihm gehörte, ihm aber nicht mehr gehorchte. Die Bettwäsche war dreckig. Es war dieselbe, mit der er die Decke und die Kissen für Asher frisch bezogen hatte, bevor er zu Nike gezogen war. Seine Nike, dachte er. Sein Blick fiel auf die Steckdose, und er sah, dass er am Abend sein Telefon angeschlossen hatte. Wie gern würde er jetzt Nike anrufen, dachte er. Wenn es irgendetwas auf dieser Welt gab, was er noch mehr wollte, als seine Arme und Beine zu bewegen, dann war es, Nikes Stimme zu hören. Eine Träne lief aus

Noams linkem Auge. Sie kullerte an seiner Wange herunter und kitzelte ihn, doch er konnte sie nicht abwischen. Stattdessen drehte er den Kopf und trocknete die Wange am Kissen ab. Die Bettwäsche roch nach Asher. Noams Blaseninhalt drückte gegen die Harnröhre. Was nun? dachte er. Was, wenn er für immer gelähmt bliebe? Was, wenn Asher in den nächsten Tagen nicht aus Eilat zurückkäme? Was, wenn er seinen Urin nicht länger halten könnte?

»Hilfe!«, schrie Noam, und noch ein bisschen lauter, »Hilfe!«, aber niemand hörte ihn.

Mit einem Mal begriff er, dass er das Wort »Hilfe« noch nie benutzt hatte. Er sagte es noch einmal langsam und leise, »Hilfe«, um seinem Klang zu lauschen. Unangenehm fühlte es sich an, das Wort auszusprechen. Noam fühlte sich schwach, bedürftig, einsam. Er dachte an all die Gelegenheiten in seinem Leben, in denen dieses Wort angebracht gewesen wäre. Zu viele fielen ihm ein.

Noam wollte Nike um Hilfe bitten. Er wollte ihr alles erzählen. Auch die Dinge, die er geschworen hatte, sich nicht einmal selbst zu erzählen, weil sie dadurch wahr geworden wären. Eine lange Zeit hatte er geglaubt, dass er die Ereignisse ungeschehen machen könnte, wenn er nur niemals von ihnen erzählte. Ohne Bericht kein Ereignis. Ohne Zeugen kein Beweis.

Langsam begann er, die Lähmung zu genießen, sich in ihr zu Hause zu fühlen. Er begann zu lachen, laut, hysterisch, gelöst. Er lachte, bis seine Hosenbeine nass wurden und die Decke. Der frische Urin roch nach nichts. Die Wärme strömte angenehm an seinem Körper entlang und wich allmählich der Kühle, die vom nassen Stoff ausging. Noam blickte ein weiteres Mal auf die Uhr: 13:54. Er dachte an Ilan und daran, wie dieser ihm sein Lieblingsgedicht vorgetragen hatte, wenn sie zusammen auf der schmalen Liege in seinem Büro gelegen hatten. Es war das einzige Gedicht, das Noam auswendig konnte. Mit offenen Augen und durchnässten Hosenbeinen starrte er an die Decke und sagte es langsam auf:

*Schattenküsse, Schattenliebe,*
*Schattenleben, wunderbar!*
*Glaubst du, Närrin, alles bliebe*
*Unverändert, ewig wahr?*

*Was wir lieblich fest besessen*
*Schwindet hin, wie Träumereyn,*
*Und die Herzen, die vergessen,*
*Und die Augen schlafen ein.*